Explicação dos pássaros

António Lobo Antunes

Explicação dos pássaros

ALFAGUARA

© 1981, António Lobo Antunes
Todos os direitos desta edição reservados à
Editora Objetiva Ltda.
Rua Cosme Velho, 103
Rio de Janeiro — RJ — Cep: 22241-090
Tel.: (21) 2199-7824 — Fax: (21) 2199-7825
www.objetiva.com.br

Capa
Dupla Design

Imagem de capa
© Zeliha Vergnes
Istockphoto ooyoo/Istockphoto

Revisão
Luana Gonçalves
Héllen Corrêa

Editoração eletrônica
Abreu's System Ltda.

CIP-BRASIL. CATALOGAÇÃO-NA-FONTE
SINDICATO NACIONAL DOS EDITORES DE LIVROS, RJ

A642e   Antunes, António Lobo
         Explicação dos pássaros / António Lobo Antunes. - Rio de Janeiro : Objetiva,
        2009.

             252p.   ISBN 978-85-60281-89-3

         1. Romance português. I. Título.

09-2286.   CDD: 869.3
                                            CDU: 821.134.3-3

Para a Marília e o Dinis Machado
— Amigos e companheiros de caminho.

Quinta-Feira

— Um dia destes dou à praia aqui, devorado pelos peixes como uma baleia morta — disse-me ele na rua da clínica olhando os prédios desbotados e tristes de Campolide, os monogramas de guardanapo dos anúncios luminosos apagados, os restos de purpurina das boas-festas das montras, um cão que vasculhava, na manhã de janeiro, o monte de lixo de um edifício demolido: caliça, pó, pedaços de madeira, bocados de tijolo sem alma. Vinha a pé desde a avenida dos eléctricos, a cheirar os caixotes de fruta das mercearias num apetite brumoso e sôfrego de gaivota, como em criança, de regresso da escola, farejava o aroma ácido das drogarias ou a penumbra castanha, cor de sangue seco, das tabernas, onde um cego, de copo na mão, o seguia com as órbitas alarmantes e imóveis dos políticos nos cartazes, e pensou Trazem-me para a casa de saúde, empurram por mim o fecho de latão do guarda-vento (Não se incomode, Não se incomode, Não se incomode), obrigam-me a esperar na sala repleta de cadeiras de couro com grandes pregos amarelos (cadeiras de velório, verifico eu), uma mesa de pernas em saca-rolhas, reposteiros pesados como arrotos de juiz e as visitas invisíveis do meu funeral cochichando gravemente pelos cantos, enquanto eles parlamentam em voz baixa com empregadas poeirentas que se devem limpar de manhã a si próprias com espanadores de penas, retirando das gavetas das barrigas maços de cartas antigas e caixas de costura de embutidos. A rapariga magrinha e feia do PBX, de cócoras atrás de um balcão de farmácia como uma coruja na sua gruta, desenhava corações enlevados num bloco: devia ter ido duas vezes seguidas ao cinema com o mesmo oficial de finanças míope, que morava num quarto alugado à Penha de França e tirava por correspondência cursos de inglês, curvado para um caderno com bonecos (my garden, my uncle) diante de uma bica vazia. Disse-lhe o nome da mãe enquanto a outra, de língua de fora, aperfeiçoava um coração enorme, idêntico ao rótulo dos frascos de arear metais da época da avó: um batalhão de criadas de farda cinzenta friccionava com energia as maçanetas do andar de baixo: Esteja quieto com as mãos, menino, senão vou fazer queixa às suas manas. Cheiravam a sabão azul e branco, a açúcar amarelo e a pão de segunda, e à noite primos soldados, de grandes dedos de pedra de camponeses ou de pastores, vinham tocar-lhes à socapa o peito no portão do jardim.

— Terceiro quarto à direita — informou a coruja a esboçar uma flecha de cupido num sorriso lânguido de postal: as orelhas do oficial de finanças deviam arder por cima de uma soma de repente impossível, e ele ultrapassou uma espécie de copa onde duas enfermeiras arrulhavam, encostadas a um armário, como um casal de pombos num beiral: uma delas comia um bolo, de mão em concha para aparar as migalhas, e o sol da janela conferia às batas engomadas a alvura lisa do giz. Um sujeito de meia-idade cruzou-se com ele a examinar um balão de urina que segurava à altura dos olhos, como um lacrau morto, numa curiosidade pensativa. O odor de álcool, de medo e de esperança dos hospitais avançava e recuava no corredor, idêntico ao de um mar adormecido no qual flutuassem os gemidos sem som dos doentes, afogados pelos suspiros aflitos da família: Não quero aqui ninguém quando chegar a minha vez: enxotá-los com as sobrancelhas para onde os não veja, aonde não chegue a sua insuportável amabilidade compungida, os seus cuidados excessivos, as pupilas amareladas pelo seu próprio pânico da morte. Ficar sozinho, de nariz no tecto, a esvaziar-me lentamente de mim: como me chamo, o sítio em que nasci, os anos que tenho, os filhos grisalhos que fornecem pormenores no corredor.

— Bom dia, mãe — disse ele
e pensou logo Como tu emagreceste catano, ao mirar os tendões do pescoço, a testa demasiado pálida, as veias salientes

dos braços, as íris verdes cravadas na almofada, redondas, a espiá-lo, o suor viscoso do nariz. A aliança dançava no dedo: Qual de nós a tirará daqui a pouco, a pousará no prato de louça da cómoda do teu quarto, sob o espelho, inundado de colares, de brincos, de anéis? Não tenho gravata preta para o enterro, só a de tricot cinzento de um Natal antigo, do tempo em que ainda usava casaco, se tomava a sério, escrevia intermináveis ensaios péssimos que ninguém leria, eriçados de conceitos prolixos, de teorias confusas, de aproximações absurdas. O dedo invisível do editor roçou-lhe o braço:

— Talvez alguma coisa se possa aproveitar desses estudos.

— Como é que se sente? — perguntou numa voz derrotada, enquanto observava a mãe a pensar As lágrimas estão já do outro lado dos teus olhos, deslizam por dentro da cabeça, para a garganta, num ardor ácido de bagaço.

— Não a achas com melhor aspecto? — perguntaram de súbito à sua esquerda e ele viu, sentada na única poltrona do quarto, entalada entre a cama e a janela, uma prima remota com um livro aberto nos joelhos: Aposto que és a única pessoa da família disposta a acompanhar um moribundo. Colados ao vidro os prédios feios, desbotados das Amoreiras: Ainda estaria viva quando chegasse a sua vez?

— Mais corada — confirmei eu —, mais cheia. E para mim mesmo, envergonhado: Desculpa mãe. Quando eu era pequeno e adoecia de gripe trazias-me a velha telefonia Philips do pai para o quarto, e eu ficava a escutar os programas de discos pedidos no torpor morno da febre. Os Novos Emissores em Marcha. Quando o Telefone Toca. Que Quer Ouvir? Pensa Como o teu cabelo era castanho, os gestos decididos, nesse tempo. Nunca deixarias, imaginava ele, que nos acontecesse mal.

— Os miúdos? — disse a mãe da infinita distância de dois metros. Havia botijas ferrugentas de oxigénio à cabeceira, um aspirador de secreções ao pé do lavatório, um ramo de flores numa jarra de vidro facetado, sobre um naperon.

— Óptimos, mãe, óptimos. Sem problemas.

— Sempre que os vou buscar ao colégio perguntam por si — e assaltou-o a certeza de que a mãe se apercebera da pausa, do segundo de espera, da mentira. Entravam no carro de roldão, empurrando-se um ao outro, como cãezinhos, para o beijarem. A porteira da escola, gorda, com cara de toupeira, sorria, na boutique ao lado uma senhora alta e ruiva acariciava com as longas unhas vermelhas um frasco estreito de perfume: Que tesão me dás.

— Onde é que vocês querem ir almoçar?

— Ao Pónei.

— À Tasca.

Mas a senhora ruiva veio à porta e a ternura dissolveu-se-lhe num ápice no furioso desejo daquele rosto de louça, da saia travada que aprisionava o leque de carne espessa das coxas. Através dos anos o colega de carteira do liceu sussurrou-lhe ao ouvido:

— É o que elas querem, pá: agarras-te ao colchão, apertas os dentes, e é para trás e para a frente, para trás e para a frente, percebes, até os quadros se virem na parede.

— Devem estar enormes — afirmou a prima do fundo da cadeira, a retirar o tricot de um saco de plástico. A respiração da mãe tornara-se um assobio difícil, baixo, imperceptível. As falanges, azuis, moviam-se devagar no cobertor em reptações de insecto.

— Vou esta tarde para Tomar, mãe, ao congresso, volto no domingo à hora do jantar. Livre-se de se apaixonar pelo indiano manhoso do médico nestes três dias: não quero vacas sagradas na família.

Que falta de humor, catano, nem uma piada de jeito te sai, recriminou-se ele, graças pesadas como os pingos de chumbo das banheiras da insónia, parvoíces tolas de revista: preciso urgentemente de me reciclar no Charlie Hebdo. A prima espalhava cuidadosamente os novelos no colo:

— São tão simpáticos, os indianos, tão delicados. Ó Fernanda, reparaste no bigode dele?

— Imensas metástases pulmonares — informou o doutor —, um derrame monstro na pleura. — (Parecia refe-

rir-se às anginas de um esquimó que nenhum deles conhecia.)
— O melhor é irem-se preparando para o que der e vier.

Mostrava radiografias, exibia análises, fornecia explicações pomposas. A perfeição do nó da gravata irritava-me ao rubro: desabotoar-lhe o colarinho com um puxão, amarrotar o excessivo cuidado da camisa: a minha mãe vai morrer e este cabrão nas tintas.

Os olhos verdes fitavam-no impiedosamente da almofada.

— Já saiu o teu manual? — soprou ela a custo.

Um carro de pensos rebolou a guinchar no corredor, entrechocando como bilhas de leite as latas cromadas, cheias do silêncio fofo das compressas. Do quarto vizinho crescia um queixume rítmico, a ondulação de um gemido, um protesto que subia e descia de mulher: Tapem-me a boca para não gritar. Respondeu a contragosto:

— Ainda não, mãe, uma data de chatices na tipografia, as provas gatadas — pensando Lá vão os cínicos dos críticos cair-me em cima com a sua raivinha de impotentes, as resenhas minúsculas, anónimas, secas, sem retrato, nos jornais da tarde. Quando eu principiar a putrefazer-me considerar-me-ão primordial, entrevistar-me-ão, dissertarão sobre mim, seleccionar-me-ão para os aborrecidos cemitérios das suas selectas. Deu um passo em frente, afagou a mão da mãe: porosa, sem sangue, leve e dura como as raízes ocas das vinhas.

— As pessoas já não gostam de história, de poesia — suspira a prima por trás das agulhas de tricot, fabricando uma horrível camisola furta-cores, aos losangos, que ninguém vestiria (Muito obrigado mas agora não preciso, acho que o Francisco adorava). Não gostam de romances sem escândalos, sem palavrões, sem sexo: quanto mais porcaria melhor.

O cheiro das casas de saúde, pensou ele, põe-me um peso na testa, um desconforto, uma dor esquisita: quando fui operado às costas vi o meu pus num balde e apeteceu-me vomitar aos arrancos, de bruços na marquesa, o oco das tripas. O cirurgião conversava com o ajudante à medida que lhe remexia a sumaúma do corpo, e ele notava-lhes as botas de pano idênticas às dos burros a fingir, formados por dois comparsas, no circo. Uma menina de saia de lantejoulas e sombrinha passeava num arame altíssimo, iluminada por um foco roxo e amarelo. Na plateia deserta, um palhaço rico, de boca vermelha, experimentava o saxofone.

— O pai? — perguntou ele, e as palavras pairaram muito tempo, adiante dos lábios, como uma escala de música.

O progenitor, de casaca e pálpebras sublinhadas a carvão, avançou até ao microfone em meneios miudinhos de mestre-de-cerimónias. Um cone de claridade azul, vindo do tecto, perseguia-o:

— Palavras para quê? — anunciou a alisar as farripas da calva entre os assobios fanhosos dos altifalantes. — É um artista português.

— Muito trabalho no escritório — explicou a mãe. — Deve passar logo por cá.

— A secretária dele já telefonou três vezes — esclareceu a prima —, mandou aquelas flores embrulhadas em celofane com uma fita cor-de-rosa nos pés.

A jarra de vidro facetado aumentou subitamente de tamanho: o pai estendeu a mão para um reposteiro coçado e ele e as irmãs saíram lá de dentro a correr, vestidos de tártaros, num turbilhão de cambalhotas e de pulos.

— Quietos — ordenou o pai —, estou a ler o jornal.

A careca severa, a cara fechada, o odor de água de colónia e de tabaco americano da roupa: e depois, de tempos a tempos, as viagens de negócios de que demorei anos a entender o motivo, a mãe trancada no quarto, estendida na cama (Uma enxaqueca, não é nada, vou já jantar), as visitas ao psiquiatra, o ioga, a macrobiótica, os jogos de cartas, a ginástica. E os meus olhos mudos a interrogarem-te nas costas Porque não voltas mais cedo para casa?

— Talvez passe cá logo — suspirou a mãe —, talvez passe logo em toda a parte.

A doença boleara-lhe as arestas da voz, tornara-a doce, suave, delicada como o canto de um búzio: Mozart, la mer ou l'écho de vos rêves: reclame de uma marca qualquer de gira-discos franceses, lido numa revista no dentista. Aproximou-se da janela, espreitou para fora: uma mulher de avental depenava uma galinha na rua (a cabeça do bicho, dependurada, oscilava ao ritmo sem ritmo dos seus puxões), dois cães, instalados nas patas traseiras, contemplavam-na de longe numa avidez submissa. Os edifícios das Amoreiras vogavam, desgovernados e feios, na neblina: cidade de merda, que não me piro enquanto é tempo?

— O almocinho — gritou uma criatura jovial, de tabuleiro metálico nos braços: canja, pescada cozida com grelos, uma pêra, um pires ao contrário a proteger o copo de água. As irmãs sumiram-se numa cambalhota derradeira, o pai experimentou o microfone com a unha:

— Comida de doentes — vociferou para um público de primas remotas, que tricotava instalado em volta nas bancadas de pau. — Cuidado, Fernanda, não se arrisque. Solicitamos à estimada assistência o máximo silêncio durante a perigosa refeição.

A criatura jovial principiou a subir à manivela a cabeceira da cama, como os tipos de farda azul que esticam a mesa alemã para os exercícios de saltos. O laço, teso de goma, do avental, vibrava-lhe no rabo à laia de uma asa de borboleta aprisionada.

— Quem vai papar o almocinho todo, quem é? — perguntou ela no tom irritantemente divertido de uma mestra de meninos. — Sopinha, pescadinha, perinha, uma delícia, a capsulazinha antes e o comprimido depois, já está.

— Ariops — berrou triunfalmente o pai num molinete do braço.

— As tuas irmãs também têm telefonado — disse a mãe a retirar cuidadosamente as espinhas em forma de aspa, muito brancas, da pescada. — Esta noite, com toda a gente que garantiu que aparecia, o quarto vai ser uma sociedade recreativa em terça-feira gorda: vou-me divertir imenso.

Uma orquestra de parentes idosos, de casaco de palhetas prateadas, tocava um bolero lento ao pé do lavatório, com a expressão impassível ou vagamente aborrecida dos músicos de bar. À luz velada do candeeiro de folhos da mesa de cabeceira, enodoado de manchas, as enfermeiras, os médicos, os tios graves conversavam baixinho, mastigavam croquetes espetados em palitos, aproximavam e afastavam, ao acaso, os rostos pálidos e lunares. O doutor indiano dançava com a prima do tricot num recato digno de termas, quando arredam as mesas da sala de jantar para lúgubres serões de violoncelos tristes.

— Quietos — repetiu o pai —, estou a ler o jornal.

A mãe sorriu inesperadamente: a infância escorregou-lhe, lenta, ao longo da boca, como a água num desnível de tábuas:

— Não te preocupes — disse ela —, tratam tão bem de mim aqui.

Ele saía de casa com a mala cheia de rótulos de hotéis estrangeiros e tu ficavas sozinha, minúscula a um canto da cama enorme, a ler grossos livros ingleses incompreensíveis, romances, histórias de guerra, um homem e uma mulher a beijarem-se sem vergonha na capa. Voltava três, quatro dias depois, queimado do sol, com um resto de luz estranha nas pupilas alheadas. Eu ia vê-lo fazer a barba de manhã, em calças de pijama e tronco nu, fascinado pelo brilho da navalha. Usava Fixador Azevichex O Produto Favorito do Homem De Sucesso, e gargarejava impetuosamente, de nariz no ar, contra a cárie, a piorreia e o mau hálito: Quando eu for grande mando calar toda a gente para ler o jornal. Os cães das Amoreiras, diante da clínica, farejavam no nevoeiro as penas da galinha, um resto de sangue, o montículo gelatinoso e repelente das tripas. A mãe marcava o livro com um bilhete de eléctrico, apagava a luz, e eu tinha a certeza de que os olhos dela permaneciam abertos no escuro, resplandecentes e fixos como os dos mortos nos retratos. Um telefone principiou a chorar como uma criança numa mesinha baixa junto dele.

— Sim — respondeu a prima que se apoderou velozmente do auscultador como um elefante do seu molho de cenouras. — Sim. Sim. Não, passou bem a noite, o médico visita-a logo à tarde. Se houver alguma alteração eu aviso-te.

O pai, a vaga culpabilidade do pai, a preocupação distraída do pai, a amante de que conhecia apenas a voz rouca e densa, como se uma lamparina de álcool lhe aquecesse permanentemente a garganta. Uma vez por mês almoçavam juntos num restaurante ao pé do escritório dele, sem falar, comendo silenciosamente num incómodo que se apalpava, que crescia. A calva inclinada para o prato luzia como um bule. As bochechas aumentavam e diminuíam, elásticas, enquanto mastigava, e vinham-me à ideia dias longínquos de infância, na quinta (a sombra móvel das árvores no chão, o odor seco das folhas e da terra), e um homem novo, magro, alegre, cujas gargalhadas se espalhavam no sossego da tarde, trotando, comigo às cavalitas, a caminho de casa. Pensa: Vamos voltar o filme para trás, recomeçar. A prima tapa o bocal com a mão:

— Queres dizer alguma coisa ao teu marido?

O talher de peixe estremece sem responder, agarro no aparelho:

— Pai.

As sílabas chegam do outro lado, dentro do seu ouvido, nítidas e precisas como as paisagens gravadas a estilete numa placa de bronze:

— Como está ela?

O homem novo, magro e alegre, deu lugar a um senhor de idade que engordava, apertando constantemente os cabelos ralos contra as têmporas:

— Melhor, pai, melhor. Não se preocupe.

Sentado nos teus ombros quase tocava os ramos dos castanheiros com a cabeça, aureolado de luz à maneira dos santos dos milagres, enquanto uma eternidade de fotografia me imobilizava o sorriso que encontro, tantos anos depois, no espelho do quarto, a troçar-me numa careta azeda: como eu cresci, caraças, como o cabelo, por meu turno, me começa a faltar também: tento calcular de memória a idade do pai nessa época (serias mais novo do que eu hoje?) e a voz baralha-lhe as contas através dos furinhos de baquelite do telefone:

— Ouvi dizer que ias sair uns dias.

Percebia-se o ruído das máquinas de escrever do escritório, gente debruçada para as mesas, o desodorizante da secretária transformando o espaço livre, salas, paredes, corredores, num enorme sovaco depilado e morno: Já a comeste, velho?

— O quê? — pergunta o pai.

— Nada, estava a dizer que sigo agora mesmo para Tomar. Um congresso sobre o século XIX, sabe como é.

A minha irmã contou-me que tinhas outra casa com outros filhos, outro televisor, outros óleos, outra mesa de gamão, outro pote de Fixador Azevichex O Produto Favorito Do Homem De Sucesso, outro jornal. Escrever é uma coisa idiota, entendes, quando não se ganha o Nobel: tira o cursozinho.

Houve uma pausa e a voz do senhor careca respondeu a hesitar:

— Realmente nestes telefones não se percebe nada.

— Não tem importância, sigo agora mesmo para Tomar.

— Hum — rosnou o pai, desconfiado.

E ele adivinhava-lhe os olhos escuros, atrás dos óculos, a calcularem sem acreditar: Tinha de mentir-te, tinha sempre de mentir-te, não suportavas que eu fosse diferente de ti, que arranhasse versos, que preferisse ser professor num péssimo liceu dos subúrbios, a uma miséria por mês, a trabalhar na companhia, composto, de gravata, como os outros da tribo. Às vezes consolava-me pensar que o homem novo e alegre, que passeava comigo na quinta, me teria entendido: íamos os dois até ao muro coberto de cacos de garrafa, e permanecíamos fascinados a olhar o saguim do vizinho, preso à casota por uma corrente de cão, a figueira suspensa sobre o poço, a tranquilidade lilás dos fins de tarde, muito para lá das estátuas de loiça do jardim e das cadeiras de lona desbotadas da família, ao acaso na relva. Os pavões da mata gritavam angustiadamente ao longe:

— Têm medo da noite — explicava o pai —, têm medo de poder sonhar.

Pensa O tipo que me levava às cavalitas pode bem acontecer que percebesse, percebia com certeza: quem conhece os pavões compreende um mau poeta à légua. Pensa Chiça, o que eu gostava de dizer e não consigo. Pensa A ausência de coragem é uma grande porra.

— Quando é que voltas? — questiona o pai como se remexesse um pauzinho cruel numa ferida infectada.

— No domingo, acho eu — declara ele.

E emenda, irritado consigo mesmo (Como vês tenho medo de ti, não sirvo para dirigir nenhuma empresa), numa afirmação categórica:

— No domingo sem falta.

Domingo era a chatice da desocupação, o quarto dos brinquedos revolvido, o corpo a arrastar-se, maçado, pelos cantos. A mãe jogava as cartas com as amigas, na sala, numa cintilação de pulseiras e de brincos, as bocas pintadas conversavam, como periquitos, de filhos, de criadas, dos empregos dos maridos. Mãe. E agora estava ali a morrer no outono de Campolide, num quarto de clínica, diante do tabuleiro de espinhas do almoço, que a prima colocou ao pé da jarra das flores antes de se afundar de novo, distraída, no tricot.

— Pelo sim pelo não deixa o número de telefone aí — ordena o pai. — Já sabes como estas coisas são: pode ser que de um momento para o outro haja necessidade de falar contigo.

As amigas das cartas desatam a rir em coro, inclinadas para trás nas cadeiras de veludo vermelho: um grupo de caras brancas, pensa ele, em torno do cadáver do palhaço pobre, cujos enormes sapatos apontam para a lona esburacada do circo, comoventes e ridículos. Um burro formado por dois tios trota a relinchar à roda da arena, agitando para a esquerda e para a direita a estopa cor-de-rosa das crinas. O caseiro, de bigodes postiços, vestido com uma pele de tigre de plástico, exibe a tatuagem desenhada a esferográfica do braço e ergue, numa trovoada de aplausos, a cama em que a mãe agoniza, magra e leve como um pardal no outono.

— Claro que sim, pai, na recepção — promete ele.

O pai desliga sem responder, e eu fico com o telefone mudo encostado ao ouvido, imóvel como uma concha sem mar. A voz aborrecida da rapariga do PBX pergunta.

— Pediu alguma chamada? e ele olha com espanto o aparelho, admirado pelo grilo falante que o questiona do interior, imperativo: o fiscal das finanças, se ela o conseguisse pescar, ia sofrer das boas.

— Não, obrigado, acabei agora mesmo — gaguejo eu à pressa pousando o auscultador no descanso (plim, canta uma campainha murcha) e defrontando-se de novo no espelho com o seu rosto que envelhece, os óculos, o cabelo ralo sempre oleoso apesar dos sucessivos champôs, as rugas ainda jovens dos trinta anos cavando o seu caminho nas bochechas e na testa: daqui a mais uns tempos estou frito. Pensa nos homens de idade em fato de banho na praia, de mamas flácidas e ventre mole sobre as pernas fininhas desprovidas de pêlos, a trotarem para a água numa jovialidade empenada, nos que entram nos restaurantes caros acompanhados de raparigas novas, e lhes cochicham sobre o bife intimidades sorridentes, pensa que no mês passado viu uma mulher loira a conduzir com ar proprietário o automóvel do pai, e que o sangue lhe desatou a bater com força nas têmporas, furibundo: Montou-lhe casa e eu com duas assoalhadas em Campo de Ourique, quatro inquilinos por andar, os caixotes do lixo sempre entornados à porta, cães vadios, ciganos, lama, a roupa pendurada das janelas, mole e feia, entristecendo a manhã, livros e jornais por toda a parte, cinzeiros sujos, o cheiro da comida frita na cozinha: foda-se. Senta-se na cama da mãe e acaricia-lhe o pé por cima dos lençóis, os ossos estreitos, os dedos, as canelas saídas. Minha velha. Os olhos claros da doente, desfocados por uma espécie de nevoeiro interior, observam-no simultaneamente de muito longe e muito perto como os animais aprisionados do Jardim Zoológico. Uma espumazinha rosada incha e desincha nos ângulos da boca. Pensa Como ficaram distantes as partidas de canasta, como o teu rosto adquiriu uma densidade insuspeitada, como o teu pescoço frágil estremece.

— Vou andando, mãe.

Nunca tivemos tempo, não é, uns para os outros, e agora é tarde, estupidamente tarde, ficamos assim a olhar-nos, ausentes, estrangeiros, cheios de mãos supérfluas sem bolsos para ancorar, à procura, na cabeça vazia, das palavras de ternura que não soubemos aprender, dos gestos de amor de que nos envergonhamos, da intimidade que nos apavora. Uma camioneta ocupa completamente a janela do quarto na manhã decrépita, e a cara do condutor, opaca e neutra, colava-se quase ao branco amarelado das cortinas, à pele de vidro dos espelhos, aos móveis impessoais pintados de creme, à pipeta da campainha suspensa sobre a cama num desânimo entrançado. A mulher loira que guiava o automóvel do pai cruzou o tecto, de vara nas mãos, em equilíbrio num arame esticado: cautela Dolores, não se arrisque. Nuvenzinhas de giz tombavam a cada pirueta das sapatilhas doiradas.

— Até domingo, mãe — disse ele, e pensou Nunca é agora entre nós, é sempre até domingo, até sexta, até terça, até ao próximo mês, até para o ano, mas evitamos cuidadosamente enfrentar-nos, temos medo uns dos outros, medo do que sentimos uns pelos outros, medo de dizer Gosto de ti. A camioneta desapareceu e no lugar dela surgiu de novo o reboco desfeito das fachadas melancólicas das Amoreiras, as varandas sem graça, a palidez inchada e ocre do céu, a tabuleta oscilante de um barbeiro: Salão Gomes. A prima veio atrás dele até ao corredor, confidencial:

— O médico dá-lhe uma semana no máximo, querido.

— O enfarte apanhou o coração quase todo — elucidou o indiano no centro da pista, para a família que aplaudia, entusiástica, das bancadas.

Retirou do bolso um volume vermelho, arredondado, que sangrava, e exibiu-o vagarosamente em torno:

— A distinta assistência faça o obséquio de reparar.

O burro de pano dos tios veio a trote farejar o coração, e o doutor afastou-o com um pontapé do seu sapato gigantesco de anhuca. As calças demasiado largas e curtas deixavam ver as meias de listras vermelhas e os pêlos enormes, postiços, das pernas. O maqueiro que trouxera a mãe para a clínica, mascarado de vendedor de balões de gás, impingia de fila em fila as suas esferas coloridas. Uma enfermeira surgiu a correr de seringa em riste, sumiu-se num quarto dos fundos, e a prima e ele tiveram que se espalmar contra a parede no corredor sombrio, em cujo tecto bailavam para cá e para lá manchas pálidas de sol.

— Uma semana no máximo — repetiu a prima. — Já viste como ela definha de hora a hora?

— Este coração não presta — berrou o indiano em entoação de banha da cobra numa feira, num intervalo das gargalhadas do público que se ria do burro estendido no chão, de barriga para cima, a espernear. — Este coração não presta mas qual é, damas e cavalheiros, o coração que presta? Ora tenham a bondade de atentar no meu.

Extraiu de debaixo da camisa uma bola amarrotada de feltro, que aumentava e diminuía ritmicamente accionada por um mecanismo qualquer, ergueu-o ao alto Para que a selecta assistência o possa ver, se alguém quiser tocar que desça à pista, e nesse momento uma criatura coberta de serapilheira surgiu a tropeçar de uma cortina, roubou-lhe a bola com uma palmada, e enfiou-se a trote, nas canelas escanzeladas, por uma porta miudinha.

A morte, pensou ele. Sempre imaginei que fosse um anjo. Ou uma mulher de cabelos loiros. Ou um homem muito velho com uma foice na mão.

— Eu deixo o telefone na recepção para o caso de ser precisa alguma coisa — disse à prima que o olhava com órbitas baças e ásperas de pedrês: Tenho de chegar a Tomar antes da hora do almoço. Apoiou o ouvido ao umbral, não escutou nada: a mãe devia ter adormecido um sono ligeiro, sobressaltado, de esquilo, no meio das suas revistas inúteis de doente. Uma semana no máximo. Ao longo do corredor as paredes fitavam-no com ódio: Vais-te embora. Doutor Oliveira Nunes, doutor Oliveira Nunes, chamou uma voz atrás dele. Na copa a enfermeira dos bolos, sentada num banco rotativo, envernizava as unhas, soprando pela ponta dos beiços nos dedos já prontos.

Uma empregada de uniforme castanho, dobrada para a frente, empurrava uma enceradora como um cortador de relva sem motor: que estupidez a agonia de manhã, durante o café com leite e a ensonada arrumação da casa, quando o universo adquire o inofensivo tamanho de uma chávena de café vazia, que chatice deixar de respirar antes do sinal horário das doze que é como o Cabo Bojador do tempo, quando se sacodem os tapetes nas varandas e os vendedores ambulantes pesam o peixe e a fruta, em grandes gestos de honestidade espectacular, no outono húmido de Campolide. Deixou um papelinho escrito (Se for necessário estou aqui) à funcionária magra do PBX, empurrou o guarda-vento que chiava nos gonzos à laia de um joelho difícil, e saiu para a rua cinzenta sob o céu cinzento de zinco. Na loja aberta do barbeiro os metais cintilavam, multiplicados, nos espelhos, as tesouras voavam sobre os cabelos abrindo e fechando os grandes bicos aguçados. Procurou com os olhos a janela do quarto da mãe e encontrou uma fieira de peitoris idênticos, de pintura desmantelada, estores oblíquos, telhados sem pombos, uma chaminé negra que tossia: que morresse em casa ao menos, na grande cama de casal onde eu gostava de me deitar, quando era pequeno, nas semanas de gripe, tentando fazer coincidir o meu corpo minúsculo com a cova do corpo do pai, enquanto tu de pé, junto à cómoda, somavas números num livro quadriculado de capa preta. As brasas desfeitas da lareira estremeciam a espaços vibrações alaranjadas. Os quadros da sala, emoldurados em talha, representavam paisagens, curvas de rios, árvores, igrejas ao longe. Vieste acabar longe do pano verde da mesa de canasta, dos cães de porcelana, dos retratos redondos dos filhos pendurados de uma espécie de arbusto de prata, longe das criadas, dos bassets, do óleo de São João Baptista da sala de jantar. A enfermeira do bolo soprava as unhas pintadas encostada à secretária do escritório do pai, o odor enjoativo dos medicamentos inquinava a comida. Começou a trepar vagarosamente a calçada na direcção da avenida dos eléctricos: Deixei o carro em transgressão, a cavalo no passeio, Deus queira que não mo tenham multado. A tristeza da manhã escorria para a cara e para a roupa das pessoas, o trânsito deslizava sem rumor junto ao seu flanco como um grande animal múltiplo e suave: daqui ao apartamento de Campo de Ourique a buscar a Marília e depois a estrada sem fim para Tomar, sempre repleta de tractores, de camionetas, de motorizadas, de cães: duas ou três horas de automóvel junto dela, de que é que vou falar o tempo todo? Trago-te comigo a Tomar para te dizer que já não gosto de ti. Imaginam logo que há uma mulher qualquer: Não há mulher nenhuma, quero estar sozinho uns meses, a pensar, depois se vê, tenta entender. E o perfil dela, calado, tenso, duro, a recriminar-me em silêncio de quatro anos de expectativas frustradas: sempre tão fácil começar e tão difícil acabar: e depois os telefonemas intermináveis, as acusações, as súplicas, os gritos, a eterna chantagem sibilina do costume: Se me acontecer alguma coisa não te sintas culpado. Chegou ao cimo da calçada, junto a uma banca de jornais tripulada por um sujeito imundo de muletas, com o emblema do Benfica, a quem faltavam dedos na mão esquerda, a pular numa única perna como um gafanhoto coxo. Em frente dele um cavalheiro digno folheava hesitante uma revista de nus, demorando-se no retrato colorido da página central, e ele lembrou-se das irmãs, bem casadas, sérias, tricotantes, reproduzindo já o modelo da mãe (o mesmo género de amigas, o mesmo género de interesses, as cartas, o Algarve nas férias, os filhos): espreitou por cima do ombro do cavalheiro digno, Grande par de mamas caramba, e pensou Como serão elas na cama com os maridos, à espera, resignadas, que eles tirem o relógio, esvaziem os bolsos, se dispam devagar, alinhem a prega das calças na cadeira, se estendam por fim de barriga para cima, a remoer as peripécias financeiras da empresa: pelo menos sei sempre quando queres fazer amor Marília, sinto no pescoço a tua respiração aflita, encontro a ansiosa urgência do teu corpo no meu sangue, vejo a líquida agonia dos teus olhos, Apaga a luz, formas vagas que se confundem na escuridão azul, um braço que acena, um cotovelo, a tremura dos pés, estou em ti como uma caneta Parker no estojo, agora agora agora agora agora agora agora mais depressa vem-te que bom. Pensa E isso chega? Pensa Nunca me apetece voltar depois das aulas para casa, subir as escadas, meter a chave à porta, surges na moldura da cozinha a remexer qualquer coisa num tacho, Olá amor, eis os móveis do costume, os objectos do costume, a televisão acesa sem som e um tipo qualquer com olhos de robalo a perorar em silêncio lá dentro, Vou-me embora, adeus, ou fico, qual é a alternativa, ir para onde, serei mais feliz sozinho, conseguirei alguma vez ser feliz com esta inquietação de sempre nas tripas, esta espécie de colite da alma, este desassossego de entranhas, rodo o botão do som, a adesão de Portugal ao Mercado Comum, torno a calá-lo, as lombadas dos livros irritam-me, o contador irrita-me, as bonecas de pano irritamme, o sofá demasiado fofo irrita-me, vou à janela espiar a tranquilidade da rua, os carros imóveis sob os candeeiros, a pele lunar dos prédios, como farão os outros para aguentar a pastilha, os casais que conheço viverão intimamente satisfeitos consigo, lograrão lavar os dentes de manhã numa esperança relativa, qual é a solução quando nada mais há a conhecer, a descobrir, a inventar, foram quatro anos muito agradáveis, desculpa, mas acho melhor separarmo-nos, e a tua cara, de tacho na mão, boquiaberta de espanto, primeiro, a enrugar-se de dúvida, de incredulidade, depois, Deves ter bebido diz ela, Não bebi nada digo eu. De qualquer maneira guarda a conversa para logo que não tenho pachorra agora diz ela, Falo o mais a sério possível digo eu, e a voz treme, Vai à fava diz ela da cozinha a regular o bico do fogão e os azulejos ampliam-lhe o grito, estilhaçam-no em mil partículas agudas, reproduzem-no num mosaico miúdo de raiva, sento-me no sofá e penso Que desilusão esta sala, que fúnebre a imitação do Picasso da época rosa na parede, que feia a tua escrivaninha de gavetas, o cavalheiro digno fecha a revista, pousa-a de novo na banca dos jornais por trás da qual uma rapariguinha de oito ou nove anos mastiga uma sanduíche de fiambre a medir-me com as pupilas gigantescas, fixas e escuras, pensa Vai chover, esta humidade no ar é prenúncio de chuva, os edifícios das Amoreiras desbotar-se-ão ainda mais, empalidecerão ainda mais, tornar-se-ão ainda mais feios, idosos e tristes, encontra o automóvel, sem aviso de multa no pára-brisas, entre uma motorizada e um carro americano dos anos cinquenta de vidros verdes com um homenzinho de chapéu lá dentro, deve usar pulseira, fio, cinco anéis e a fotografia da esposa e dos filhos Pensa Em Nós no tablier, deve estar à espera da amante que se oxigena no cabeleireiro do segundo esquerdo, o homenzinho de chapéu atarefava-se com os botões da telefonia do carro, um jorro de música, de assobios, de vozes distorcidas emergia abafado lá dentro, abriste a porta do teu lado, sentaste-te diante do volante, Que desconfortável este banco e agora para Campo de Ourique a buscar a Marília, as malas, a tua nula vontade de partir acompanhado, o hotel de Tomar, as caras conhecidas e desconhecidas, a atrapalhação da chegada, o horrível comprimento da noite à tua ilharga, encostado ao penedo adormecido dos teus rins. Desceu o Arco do Carvalhão a travar sempre (Há qualquer coisa que não funciona nesta geringonça, um dia destes quebro os cornos num muro e acabam-se as porras, as hesitações, as aulas, os ensaios, os arrotos enjoados dos sacanas dos críticos) e virou num anúncio luminoso, depois da esquadra da polícia com o seu inofensivo soldado de chumbo de metralhadora a vigiar a entrada, na direcção da Rua Azedo Gneco através da geometria sem graça do bairro, das suas capelistas e leitarias manhosas, a cheirarem a cadernos de duas linhas e a queijo da serra estragado. Em frente do prédio dele um grupo de garotos jogava à bola no alcatrão. Uma velha com um cão obeso e um livro de missa entrou na pastelaria vizinha para a torrada eucarística. O céu aclarava-se do outro lado do rio, por entre borbotões fuliginosos de nuvens: os cagalhões das chaminés do Barreiro, pensou ele, viva Portugal industrial. Da casa de um amigo avistava-se o cais e as fábricas da margem oposta, e eu debruçava-me do peitoril, à noite, enquanto os colegas falavam de literatura, de política e de música, encharcados de conhaque de má qualidade e de nauseabundos cigarros franceses sem filtro, a olhar o céu de ardósia do carvão: foi no primeiro ano em que vivemos juntos e desejava tanto o teu corpo nessa altura que ficava parado, de pé, na sala, a observar-te maravilhado com os teus gestos, o teu sorriso, a curva estreita dos ombros. Catano as vezes que escrevi o teu nome, com o indicador, nas janelas do inverno, enquanto as letras escorriam para os caixilhos como se chorassem, lentamente pernaltas de uma espécie de lágrimas. Fechou o carro e cruzou a rua na direcção do edifício de gaveto que detestava, e pensou: Campo de Ourique habita-me irremediavelmente os ossos, acho que não seria capaz de morar longe destes quarteirões mornos e sem graça, desta triste prisão de fachadas desigualmente idênticas, construídas na pasta sem grandeza de um cenário de melancolias resignadas. O pai, fardado de cicerone, de barba por fazer e sapatos sem graxa, apontou à casa o indicador apressado, seguido por um cacho de japoneses risonhos e míopes:

— Morou ali quatro anos antes de aos trinta e três se separar da segunda mulher. Não havia filhos e não houve cenas: os vizinhos não repararam em nada, a porteira só veio a saber uma semana depois. A senhora levou a roupa do corpo e uma escova de dentes, alugou um apartamento em São Sebastião e deixou de ensinar. Parece que faz tenções de emigrar para Angola: o comunismo amoleceu-lhe o cérebro.

— Já? — comentou a Marília, surpreendida. Havia uma mala aberta em cima da cama (A mesma de quando te conheci, as coisas mudam tão pouco) e o tronco dela desaparecia no armário dos vestidos, em cuja porta de espelho se penduravam as gravatas e os cintos que eu não usava nunca: só blusas de quadrados, calças de ganga e canadiana, o uniforme da Esquerda: O velho é rico, o que dignifica a minha opção de classe. Um odor leve e adocicado evaporava-se das gavetas porque a tua água de colónia impregna tudo, até a ausência de ti quando te lembro. Converso, por exemplo, com um aluno, e o cheiro visita-me com tal intensidade que procuro a tua mão no meu braço e não estás, que palpo com um soslaio o ar em volta e não existes, e depois, a pouco e pouco, à medida que te afastas de mim no interior de mim, vou deixando de tropeçar no teu perfume, de me lembrar das tuas rugas no trabalho, de ter saudades tuas se almoço sozinho na cantina. A mãe principiou a distribuir as cartas da canasta, voltou a cabeça para mim e disse:

— Nunca aprovámos aquela ligação.

— Como vai a santa? — perguntou a Marília a arrumar uma pilha de camisas. — Não te esperava tão cedo.

A minha mãe recusava-se a receber-te e tu respondias-lhe com uma careta altiva: Não preciso desses fachos de merda para nada, mas quando eu ia lá no Natal e nos anos atiravas-me no regresso piadas sibilinas. Não passas de um pateta burguês, de um conservador intragável, vou queixar-me ao Partido. Uma noite fechou-se na retrete a chorar, ele espreitou pelo buraco da fechadura e lá estava ela a limpar com papel higiénico as pálpebras de repente grossas: apeteceu-me tanto abraçar-te, Gosto de ti Gosto de ti Gosto de ti, fazer amor assim mesmo, de pé, nos azulejos, discutir a complicação, que não entendia, da vida.

— O clínico promete uma semana — respondeu ele.
— A gaita é que as semanas dos facultativos duram sempre três dias.

— Nunca calculei que eu acabasse assim — garantiu a mãe servindo o chá às amigas com o bule de prata da avó. — Imaginava qualquer coisa de mais agradável, de mais civilizado, de diferente, longe destas horríveis enfermeiras de unhas sujas e deste médico preto com ar de marido de Mahalia Jackson.

— Vocês já repararam que só lhe falta o chapéu alto? — questiona a minha irmã mais velha num risinho feroz. — Vamos todos cantar em coro um espiritual.

— Tira da gaveta as camisolas que tu queres — diz a Marília. — As tuas camisolas e eu nunca nos entendemos muito bem: dá ideia que escolho invariavelmente as que te irritam.

— Faltava-lhe em absoluto o sentido da cor — acusa a prima da clínica a vestir a mãe defunta, como um grande boneco de pano, de uma saia preta e cor de alface. — Coitada, era filha de um guarda-republicano, estava-lhe o mau gosto na massa do sangue.

A primeira coisa em que reparei na casa dos teus pais (tomava-se o autocarro quase até ao fim do mundo) foi na cor das paredes e na profusão de naperons, de fadas de loiça e de Sanchos Pança de bronze, na ausência de livros, Marília, e no jardinzito mal tratado à frente, que os gatos destruíam nos seus passos leves de fazenda. Senteime envergonhadíssimo numa poltrona de costas forradas de crochet, com um cálice de vinho do Porto na mão, a conversar com o velho dela enquanto tu e a tua mãe punham a mesa do jantar, uma toalha de renda, brilhos de talheres, pratinhos de amêndoas e bombons. As mãos enormes do guarda-republicano demoravam-se, atrapalhadas também, nos botões da camisa, Não querem vir comer: sopa, carne assada, pudim instantâneo que tremia como duplo queixo a rir, o teu irmão pequeno a seguir-me de viés, desconfiado, a lanterna de ferro forjado no alpendre da saída, Boa noite muito obrigado, e outra vez o autocarro, agora vazio, a caminho do centro da cidade, e o rio lá em baixo, imóvel, povoado das pupilas dos barcos.

— Vamos chegar tardíssimo a Tomar — disse ele.

Aos domingos, portanto, ia a casa dos pais dela, gente sem cagança, sem peneiras, recebiam-me bem, estudávamos juntos nas escadas de pedra do quintaleco das traseiras, usavas um vestido de ramagens apertado nas ancas, víamos a tua mãe através do vidro fosco da porta da cozinha, a batalhar com as frigideiras sob o relógio eléctrico redondo cujos ponteiros se movimentavam sem ruído apressando o crepúsculo, o pai surgia de chinelos e casaco de pijama no caixilho da janela Não vêm para dentro sabichões, tinha sido agulheiro da Carris na juventude, o teu avô trabalhava no campo, e agora a filha, importante, a doutorar-se, a dar aulas na Faculdade aos ricos, a ajudar sem protestos nas despesas da casa, abria a carteira Tomem lá. E no entanto, pensou ele, eras bem do meio de onde vinhas, nunca topei com pés tão grandes como os teus, de unhas achatadas e largas, semeados de gretas, pés de palmípede na outra ponta do lençol ou esporeando-me as coxas se sobre ti me estendia, Vá vá vá amor vá que pele macia a tua, pila mais linda.

— Traz as tuas coisas da barba e é só fechar a mala — respondeu a Marília.

— A união entre pessoas de classes desiguais dá sempre bota — sentenciou a irmã limpando a boca do miúdo mais novo com um babete com o rato Mickey estampado.

Pois mas há cinco anos eu era idealista, entusiasta, um pouco pacóvio, saíra meio amachucado do casamento com a Tucha e acreditava na Revolução, pensou ele na casa de banho introduzindo num saco de plástico a gilete, a espuma, a escova de dentes, o pente com cárie que me acompanha desde sei lá quando, o champô que pelo menos me conferirá algum brilho à careca. O rosto dele, preocupado e sério, apareceu no espelho. A madrinha, vestida como as senhoras dos cãezinhos amestrados, sacode gravemente os brincos compridos e aponta uma moldura de veludo ao público:

— Acreditem ou não era um bebé lindo.

O marido, de augusto de soirée, surgiu por trás dela, apertou uma borracha nas calças de xadrez, e dois jorros de água surdiram em arco dos olhos:

— Quem podia prever que se ia suicidar assim?

A cara no espelho tentou um sorriso murcho como uma flor de herbário, corri os dedos desanimados pela calvície nascente. Pensa Aos trinta e três anos começar o quê? Havia um amigo que o receberia em casa, que lhe prometera uma cama na marquise (Com os putos não temos outro sítio, desculpa lá, percebes?) para as primeiras semanas, e depois? Os alunos, os quartos alugados, o cinema de tempos a tempos, o vazio.

— Há sempre uma esperança — berrou o pai de labita e chapéu de coco amolgado, retirando do nariz das crianças da primeira fila uma chuva de moedas.

— É para hoje? — perguntou a Marília do quarto.

Pensa Nem tu sonhas o que eu te preparo. Ou talvez fiques na mesma, as pessoas são tão imprevisíveis, sabe-se lá. Quando a Tucha me disse É melhor separarmo-nos estávamos a ver uma peça na televisão, de mão dada, na sala, e de repente um velho de barbas ia abrir a boca e escutei a tua voz em vez da dele, tranquila, educada, sem arestas:

— Gostava que saísses até ao fim do mês.

As feições no espelho arredondaram-se de espanto, serenaram: não sejas demasiado burguês, talvez que o divórcio te permita escrever finalmente o ensaio sobre o sidonismo que há tanto tempo projectas.

— Não sinto nada a não ser amizade — diz a Tucha — e quando não se sente nada, pffffffff.

Largou-lhe a mão, acendeu um cigarro.

Pensa E agora?

— O mal deste rapaz — informa a mãe tomando nota dos pontos a sorrir — é que nunca soube fazer com que o amassem.

Levantou-se para desligar a televisão (a imagem diminuiu, diminuiu, diminuiu, até se tornar um pontinho luminoso que se evaporou no écran) e principiou a andar para um lado e para o outro entre o sofá e a cómoda. Pensa Não sou capaz de raciocinar, não vou ser mais capaz de raciocinar sobre isto, não se ordena assim a uma pessoa, depois de tanto tempo, Vai-te embora, tratar-me como lixo, como um bocado de merda que se varre para a rua. Um ódio imenso crescia-lhe nas tripas, Se imaginas que me levas as crianças podes pôr os patins. Pensa Cabra de merda andaste de certeza a endrominar isto com as amigas um porradão de meses, conversinhas, cochichos, telefonemas a um advogado conhecido, uma conspiração sórdida de pegas, sozinha não embarcavas numa destas. Varreu com o braço tudo o que se acumulava em cima de uma cómoda Império, retratos e loiças escacaram-se com estrépito no chão:

— Que porra vem a ser esta? — gritou ele.

Fechou o saco de plástico, regressou ao quarto. A Marília fechara já a mala e observava, sentada na cama, o rosário de bolhas do tubinho de vidro do aquário, e o peixe transparente que estremecia, como uma folha, lá dentro:

— Deve ter febre — disse ela.

— Esse peixe sempre teve cara de sinusite — respondi eu a arrumar o saco de plástico na mala. — Dissolve-lhe na água uma cápsula de tetraciclina de seis em seis horas.

O elevador, de dupla porta metálica, chegou a estremecer como uma barquinha. Da fieira vertical de botões negros numa placa cromada havia um, vermelho, com a palavra Alarme gravada: sempre que ingressava naquele ludião precário assaltava-o uma vontade louca de lhe carregar com o dedo e escutar o que imaginava ser o ruído aterrador de uma sereia de quartel de bombeiros, a soterrar a casa nos escombros dos seus uivos. A porteira, despenteada e gorda, assomaria ao seu cubículo, armada da vassoura agressiva das grandes ocasiões. Arrastou a bagagem para o elevador, empurrou os fechos e tocou para o rés-do-chão, os dois apertados naquela urna idiota que descia aos solavancos a caminho da rua.

— Puseste gasolina? — perguntou ela.

— Não faças cenas ridículas — disse a Tucha a despejar o conteúdo de um cinzeiro pequeno numa beateira de prata. — E não partas a mobília toda, olha os vizinhos.

— Com um feitio como o teu o que é que querias? — interrogou a irmã mais nova, de turbante e calças enfunadas, a pisar, descalça, um tapete de cacos de garrafa. Um dos sobrinhos, de umbigo ao léu, acompanhava-a tocando tambor.

A mãe moveu os pulsos muito brancos sobre o lençol da clínica:

— Coitado — murmurou ela —, nasceu sem bússola.

— Pus gasolina — informou ele, irritado —, verifiquei os pneus, a água da bateria, o óleo do motor, alinhei a direcção, calibrei as rodas, e pedi pelo rádio aos automobilistas do país que fizessem o mesmo. Se vossa excelência me quiser dar o prazer da sua companhia temos algumas possibilidades de chegar inteiros.

Pensa Porque é que me enervo tanto, porque raio é que me enervo tanto com os outros por nada? De repente, sem aviso, sem controle, sobe uma onda de fúria dentro de mim, os testículos incham, as tripas torcem-se de gases, um formigueiro esquisito atinge-me os dedos, e principio, sem motivo, a gritar.

— Cão que ladra não morde — diz a Tucha como que deformada por um desses espelhos ondulados das feiras, num fundo de gargalhadas e de guinchos. — Se não sais tu saio eu

— acrescenta tranquilamente a enrolar um charro. As pernas bem feitas continuavam cruzadas na posição do costume, as pálpebras descidas alargavam meias-luas de sombra nas bochechas. Pensa És tão bonita. Pensa O que é que os meus pais vão comentar disto tudo?

Fechou de estalo a mala do carro (a chave entrava sempre mal, dir-se-ia que uma resistência qualquer se opunha tenazmente do interior) e as fachadas da Rua Azedo Gneco, cinzentas sob o céu cinzento, afiguraram-se-lhe desabitadas de qualquer espécie de vida, absolutamente neutras e cegas. Donas de casa de meia-idade trotavam nos passeios arrastando os seus pequenos riquexós de compras, que pulavam nas pedras desiguais. Um cigano idoso de barba por fazer, perdido de bêbado, tentava em vão trepar o banco da sua carroça decrépita. Pensa É isto a vida? A Tucha casou de novo (Um tipo de óculos, meio parvo, o que é que ela encontrou naquela besta?), ele via os filhos em fins-de-semana alternados, tocava a campainha cá de baixo, ficava à espera, a mão do isqueiro tremia e de repente os garotos abraçavam-se-lhe às pernas Olá pai, vamos ao Jardim Zoológico pai, vamos ao circo pai, e aquele olhar tristíssimo, quase líquido, das girafas. Comiam sorvetes, amendoins, compravam balões, desinteressavam-se das focas, e depois, às sete da tarde, a campainha, a porta que se abria numa espécie de eructação do mecanismo eléctrico, os miúdos desapareciam a correr, esquecidos dele, e sentia-se tão abandonado que lhe apetecia, que chatice, chorar.

— Para um dia de semana há imenso trânsito na estrada — disse a Marília à procura das pastilhas elásticas na carteira.

— O mal dele foi nunca ter acreditado verdadeiramente em nada, nunca haver sido visitado pela Santa Fé — garantiu o padrinho, paramentado de padre, a benzer-lhe o caixão. Um grupo de palhaços anões, mascarados de mulheres de luto, soluçava aos guinchos num canto, brandindo grandes lenços vermelhos. — Quem não crê em nada, caríssimos cristãos, acaba assim — concluiu de braços abertos, num estrondo de pratos da orquestra.

A Marília atirou fora o papel da pastilha elástica pelo vidro triangular do carro e principiou ruidosamente a mastigar. Saíram de Lisboa atrás de uma longa fila de camionetas militares, pejadas de soldados de rostos agudos, inquietos, de pássaros. Pensa Não me apetece puto ir ao congresso, quero bem que o século XIX se lixe. Pensa Nem tu sonhas o discurso de despedida que te vou engrolar amanhã ou depois, as frases bonitas, teatrais, os silêncios repletos de subentendidos subtis, os gestos estudados, e tu de pé, estupefacta, no quarto de hotel, entre malas, a olhar-me.

— Nem sonhes que me separo de ti — declarou ele à Tucha empurrando os fanicos para debaixo da mesa com o pé. — E quanto a estares farta de mim eu dou-te a fartura, minha cabra.

— Não vêm jantar? — perguntou a mãe da Marília introduzindo a cabeça, como um cuco de relógio, pela janela da cozinha. O sol coalhava-se em grandes películas verdes nas folhas das árvores, do cemitério próximo chegava o odor grosso, de begónias, dos mortos, o pigarro do guarda-republicano sacudia as paredes. O pai da Tucha, pelo contrário, não tossia nunca, usava colete e maçava-se dias a fio no escritório a respirar o pó dos calhamaços antigos e a beber uísque cor de mijo de uma garrafa de rótulo complicado. A mãe jogava canasta e passarinhos com a mãe dele, sofria de uma doença qualquer de coração que a obrigava constantemente a acenar que sim, e parece que fugira uns meses, em jovem, com um primo oficial da Marinha chamado Tomás. Agora era uma velha inútil, quase tocante, cheia de jóias, a deixar cair as cartas dos dedos num atabalhoamento que nenhum tenente quereria.

Pensa Estou a fumar demais, acendendo o terceiro cigarro da viagem, enquanto casas dispersas, paus de fio, um ou outro ciclista solitário escorriam pelos lados do capot como água fendida pela proa de um barco. Os campos sonâmbulos do outono desdobravam-se, sem majestade, em pobres colinas redondas como crânios calvos: a Rua Azedo Gneco afastava-se deles com os seus livros, os seus retratos, os cartazes pregados na parede, o autoclismo eternamente avariado.

— Nunca acreditou em nada, nunca acreditou verdadeiramente em nada — repetiu o padrinho, montado no burro a fingir, de lágrimas a descerem, em sulcos escuros, pela cara pintada.

O século XIX, pensou ele, quem se interessa ainda pelo século XIX? Meia dúzia de sexagenários tolos, algumas raparigas feíssimas, um ou dois estrangeiros desatentos que a Faculdade financia, senhoras bolorentas capazes de dissertarem doze serões seguidos, para turbas bêbedas de sono, sobre o desembarque do Mindelo.

— Outro cigarro? — diz a Marília, surpreendida —, repara-me só na cor dos teus dedos.

O médico indiano exibe contra a janela uma radiografia do tórax:

— Cancro do pulmão — diagnostica ele —, espinocelular aposto. Mais uns tempinhos a definhar e adeus minhas encomendas. Nessa altura o quarto da sua mãe já vai estar desinfectado e a cama vazia: pronta para si.

Ou então, Tucha, aos sábados à noite íamos passear na Marginal no Peugeot antigo que o meu pai me ofereceu, as formas escuras, geométricas, dos armazéns das docas, avolumavam-se, enormes, do lado do rio, as portas do automóvel abanavam-se e sacudiam-se como as chapas de lata dos vagões do Castelo Fantasma a circularem entre carantonhas e esqueletos, apetecia-me levar-te para o Guincho, doíam-me os tomates, parar o carro na berma, onde se ouve o mar e o vento lança contra os vidros murros furiosos de areia, abraçar-te nas trevas a cheirarem a estofo de automóvel, a borracha queimada e a beata fria, as ondas desfazem-se lá em baixo nas rochas numa zanga imensa, apetecia-me sobretudo sair de onde houvesse luz, para os parques de estacionamento desertos ou as ruelas transversais de Carcavelos povoadas de vivendas sombrias, procurar-te o peito com as mãos, a juntura das virilhas, o cuspo sem sabor da boca, e nisto a Tucha Quero ir dançar, e acabava por entrar contrariado, atrás dela, numa caverna barulhenta de focos intermitentes, cheia de pessoas difusas acocoradas em banquinhos baixos defronte de pratos de pipocas. Pensa Casei-me porque gostava de ti ou porque toda a gente se casava nessa altura, as minhas irmãs, os meus primos, os amigos, fotografias de noivas, de grupos de copo na mão, grandes mesas postas a abarrotar de comida? Pensa Casei-me por causa da vertigem do cheiro do teu corpo, do teu soslaio lento, dos braços indiferentes, parados, inertes? Pensa Casei-me porque me assaltava a ilusão de poder ser dono de qualquer coisa nem que fosse, ao menos, de mim mesmo, dono de jantar o que me apetecia, de me deitar às horas a que me apetecia, de não dever, catano, explicações a ninguém? Pensa Tinha vinte anos, queria usar aliança, escolher os meus fatos, ser crescido, ir jantar a casa dos meus pais contigo ao lado, alheada, morna, silenciosa?

— Nunca gostei muito dele — explicou a Tucha a apagar o charro no cinzeiro. — Que falta de paciência para a mania dos livros.

— Uma seca a família do tipo — disse a primeira namorada, vestida de trapezista, a pôr pó de giz nas mãos. A rede do Coliseu lançava-lhe uma sombra geométrica, oblíqua, no rosto. — Nunca tive cu para essa gente.

E no entanto, percebes, eu não tinha outra para oferecer em alternativa senão a dignidade distante do meu pai, a minha mãe a jogar as cartas na saleta inundada de fumo, os cacarejos definitivos e patéticos das minhas irmãs, o silêncio cor de mel do andar no verão, de móveis cobertos pelos sudários empoeirados dos lençóis. A casa, o jardim, a missa de Santa Isabel, a Rua de São Domingos à Lapa achatada de sol: foi aí, pensa, que compreendi que morrera, que me não era mais possível fingir que permanecia vivo. A primeira morte foi no meu jantar de anos com todos à mesa, a Tucha inclusive, disfarçados de trupe búlgara de equilibristas, rindo e gritando, acuando-me com o seu sotaque esquisito sobre um fundo desordenado de clarinetes e tambores. A Marília cessou por um instante de mastigar, desceu o vidro do carro para lançar fora a pastilha elástica num gesto rápido de mão, procurou melhor o assento com as nádegas e disse:

— Não podíamos parar e tomar um café?

Uma vendazinha à beira da estrada, um balcão corrido, algumas mesas e cadeiras, frascos de rebuçados, um homem gordo, perdido na incomensurável extensão da tarde, a afugentar as moscas com um pano imundo. Por detrás de uma cortina de pauzinhos, uma velha, inclinada para um alguidar de plástico, descascava batatas. Um cão amarelento e humilde, de olhos turvos de ramelas, hesitava à porta dobrando delicadamente uma das patas dianteiras como um mínimo ao pegar na chávena de chá. O homem gordo veio a coxear, de esguelha, até nós.

— Dois cafés — pedi eu.

Pensa A velha seria mãe dele? Irmã dele? Mulher dele? Mulher talvez: à noite empurravam-se um ao outro, a resmungar, numa cama estreita demais, desconjuntada demais, torcida e empenada de intermináveis combates, de rancorosas insónias, de abraços rápidos no colchão esbeiçado. O homem colocou dois pires, duas colheres e dois pacotes de açúcar no balcão, e puxou com força uma alavanca cromada. O cão, perseguido por uma vespa tenaz, evaporou-se na tarde, e ele pensou Quando compraste uma máquina de fazer café, Marília, e a trouxeste para minha casa, eu percebi pela segunda vez Estou frito, o que posso fazer para escapar-te? E vieram as malas, uma escova de dentes desconhecida surgiu ao lado da minha no quarto de banho, e a corda da roupa encheu-se de calças e de camisas estrangeiras.

— Para onde queres que eu vá? — perguntou à Tucha.

— A indecisão — afirmou o psicólogo vestido de domador de tigres, com uma cadeira na direita e um chicote na esquerda — eis um dos traços fundamentais do seu carácter. Se lhe perguntarem se lhe apetece viver ou morrer fica horas a fio a passear no quarto, de mãos nos bolsos, sem saber a resposta. Experimentem.

Bateu violentamente com a chibata no chão, deu dois passos para mim, encolhido e magro no topo de uma peanha colorida, questionou em gritos que ecoavam

— Queres viver? Queres morrer?

recuou de braços abertos perante a evidência do meu silêncio, e concluiu erguendo a sobrancelha para o público vencido:

— Ora aqui têm.

— Dois cafés — disse o homem gordo pousando as chávenas nos pires. Um grande silêncio morno alastrava da loja para a paisagem lá fora, embaciada pela humidade densa do outono, de que as árvores se desprendiam a custo como dedos estreitos de uma nódoa de lama. O céu, ao rés da terra, dir-se-ia construído da própria textura do vento.

— Mandámo-lo ao psicólogo para um teste de orientação profissional — esclareceu a mãe colocando os óculos, presos ao pescoço por uma corrente, para consultar o papel da marcação do jogo — e ele fez sem tirar nem pôr o retrato do meu filho. Um homem notável. Informaram-me que estudou na Suíça: os cursos cá são tão fraquinhos.

Beberam o café a olhar pela porta Santarém ao longe, a vibrar desfocada na distância, refractada por sucessivas camadas de vapor. Na vitrine dependurada da parede amontoavam-se pilhas de chocolates antigos, de invólucros manchados pelas moscas. As íris citadinas da Marília buscaram o espaço em volta à procura de ruas:

— Vamo-nos embora? Este sítio deprime-me.

Uma ou duas vezes por semana, não sabia ao certo, procurava o psiquiatra para longos conciliábulos sibilinos. Vi-o uma ocasião: um tipo insignificante, amaricado, míope, de pasta no braço e sobretudo gasto: de que lhe falaria ela? Da infância nos Olivais, dos primeiros amores na Faculdade, bruscos e canhestros, da minha pessoa? E o que poderia aquele pateta marreco entender de mim? Pensa Se calhar traz na pasta o processo dela, o meu, a desiludida história difícil e sem história da nossa relação. Pensa Processo nº 326, referente a Marília Tal e a Fulano Assim Assim, e nós dentro, despudoradamente despidos à custa de termos técnicos e de fórmulas ocas, de lugares comuns que nos não retratam. Projectou correr atrás dele, sacudi-lo dos seus segredos que deviam tilintar como um mealheiro: lá está a tarde em que te apliquei uma bofetada furibunda, lá estão os teus orgasmos etiquetados, numerados, verificados, por ordem cronológica, ou de intensidade, ou de acordo com qualquer critério aterrorizadoramente obscuro, mas antes que conseguisse mover-se o psiquiatra trepou para um eléctrico apinhado e desapareceu.

— Quanto é? — perguntou ao coxo.

Uma criança minúscula, descalça e de rabo ao léu, entrou pela loja numa marcha bamboleada de pato: o espaço entre o nariz e a boca vidrava-se de ranho. O cabelo sujo e espetado crescia em todas as direcções à maneira de um arbusto de espinhos. O tio, vestido de ilusionista, afastou o manto e apontou o garoto, com a varinha, à irrisão geral:

— E agora, damas e cavalheiros, vou transformar esta tenra criatura num professor de liceu.

— Bom dia, colega — declarou ele para o miúdo, e o coxo considerou-o com espanto.

Assegurou-se de que a Tucha o observava para atirar um pontapé suplementar a uma cadeira que tombou de lado, mortalmente ferida, com o relincho dos cavalos abatidos:

— Nem sonhes que me separas dos meus filhos.

A Marília esperava por ele sentada no interior do automóvel, a desembrulhar mais uma daquelas pastilhas elásticas sem sabor de que parecia alimentar-se. O carro, assim parado, assemelhava-se a uma espécie de sapo adormecido.

— Podes vê-los sempre que quiseres — disse a Tucha. Uma das crianças, acordada, chorava no fim do túnel de sombras do corredor.

— Comportamento típico dos temperamentos frágeis — explicou o psicólogo exibindo os hieróglifos de um teste.

— Curiosas alternâncias de súplica infantil e agressividade inconsequente: personalidade inofensiva mas aborrecida.

— Um chato — suspirou a irmã mais velha que jogava as cartas com a mãe. As sobrancelhas, pintadas para cima, pareciam ir levantar voo da planície de pó-de-arroz da testa.

— Pagaste os cafés em contas coloridas? — perguntou a Marília. — Tive a sensação que o gajo nem devia saber o que era o dinheiro.

Há um lado amargo em ti que não consigo entender, pensou ele instalado ao teu lado no carro, sob a sombra verde, transparente, mentolada, de uma árvore baixa, de copa horizontal, de que desconhecia o nome, um azedume que te torna de súbito séria, corrosiva, quase feroz, destilando veneno do teu canto como uma dessas aranhas grandes, escondidas na buganvília do jardim dos meus pais, e que eu matava à pedrada, de longe, temeroso dos seus malefícios obscuros. A criança descalça, postada agora diante do automóvel, examinava-os com as órbitas fixas e ardentes dos vitelos. Ao longe, uma máquina de consertar a estrada fumegava entre caldeiros de alcatrão, e adivinhava-se num lado qualquer uma respiração de água. O céu cinzento e liso fundia-se com a terra cinzenta à maneira de um rosto sem feições colado ao seu próprio reflexo. Talvez que a amargura te venha de nunca teres sido feliz, pensou ele, os teus pais, um casamento torto, a falta de dinheiro, o desespero de se não fazer o que se quer. Acolá, para além de uns montes, subiu um apito longo de comboio.

— E se cagássemos no congresso? — perguntou ele de repente.

Circular com um quadradinho com o nome escrito à máquina na lapela, escutar comunicações doutas, maçar-se com solenidade, aturar os discursos intermináveis do jantar de despedida, sofrer o fotógrafo a trotar à volta da mesa estampidos inesperados de magnésio. Ouviam-se distintamente as rodas das carruagens tropeçando nas calhas, e o canto em duas notas de um pássaro sozinho. O relógio do tablier marcava onze e vinte desde que se esmurrara contra uma camioneta num engano de semáforos: eram as horas imóveis de um dia muito antigo, quando me havia separado há pouco tempo, te achava apenas irritante, Marília, e dormia num quarto alugado ao pé do cemitério dos Prazeres: abria a janela, à noite, e os ciprestes avançavam, verticais e hirtos, até à minha cama, envoltos no halo de vento subterrâneo da morte.

— Podia ter vindo cá para casa — disse a irmã mais nova puxando a saia com ambas as mãos para que se lhe não vissem as coxas. — Temos um quarto livre, mudavam-se os pequenos. O Carlos até insistiu bastante ao telefone mas já se sabe como ele é: nunca ligou muito à família e desde que se meteu a comunista gosta de armar em pobrezinho. Parece que arranjou um buraco num sítio qualquer.

— O quê? — disse a Marília, espantada. — Não ir ao congresso?

— Vamos conversar calmamente — pediu ele à Tucha. — Tudo isto é uma estupidez pegada e se não conheceste nenhum homem que te interesse não vejo por que razão nos havemos de separar. Por capricho? Porque estás farta? Também eu, palavra de honra, estou farto de muita coisa, mas pensa um bocadinho nos miúdos. O Pedro é uma criança complicada, ia sofrer imenso.

O rapaz com borbulhas, de dezoito ou dezanove anos, que manejava os holofotes de várias cores, debruçou-se de uma espécie de varanda:

— Não me lembro do meu pai. Separou-se da mãe há uma porrada de tempo, ouvi falar que chegou a viver com uma colega e pouco depois morreu, fora de Lisboa, numa estalagem qualquer. Talvez que o meu irmão se recorde melhor mas só se forem conversar com ele ao Canadá: trabalha numa firma de computadores. Não sei a morada, não nos escrevemos nunca.

— Pois — disse eu muito depressa — já realizaste a chumbada? Mudamos de agulha e passamos o fim-de-semana num sítio sossegado, sem obrigações, sem gente, sem necessidade de falar. Não, a sério, quatro dias, pensa só. Há pousadas valentes por aí onde nunca metemos o pé.

A máquina de alcatrão trepidava como uma locomotiva doente, cuspindo faúlhas alaranjadas pelos intervalos das rodas. Um perfil humano, encarrapitado no topo, comandava aos soluços aquele frenesim de chamas. A velha passou por detrás da casa, despejou o conteúdo de um balde numa fossa, e voltou para dentro, curvada, no passo miúdo do reumático. O garoto de nádegas à vela continuava a examiná-los, fascinado, com as órbitas incandescentes de vitelo. O cinzento uniforme do céu desunia-se, a pouco e pouco, num emaranhado de nuvens.

— Campo de Ourique — bocejou a mãe a guardar as cartas, numa caixa de plástico, na gaveta da mesa de jogo.
— Quem é que se lembra de morar em Campo de Ourique?

O Carlos pediu ao chofer, com a mão, que esperasse um bocadinho, e guardou os óculos escuros no bolso de fora do casaco:

— Apesar das nossas ideias diametralmente opostas (a palavra diametralmente, na boca dele, parecia pulsar, sublinhada a vermelho) nunca discuti com o meu cunhado. No fundo era um pobre de Cristo, um bem intencionado de que os socialistas se aproveitaram. Cheguei a oferecer-lhe a minha casa várias vezes, recusou sempre. Declino qualquer responsabilidade no que aconteceu.

— Conversar? — riu-se a Tucha. — Tomei a minha decisão, não tenho nada que conversar contigo.

— Essa traz água no bico — disse a Marília. — Uma lua-de-mel ao fim de quatro anos, que mosca te mordeu?

Pensa Quando eu era pequeno os cantoneiros acenavam adeus da berma da estrada com os chapéus, apoiados às picaretas bíblicas, e nós aplanávamos o nariz contra a janela de trás, a vê-los desaparecer numa espiral de pó. Pensa Nessa época eu ainda não hesitava em juntar-me ao Partido, ajudava à missa, antes do liceu, na igreja deserta, e o pato Donald era o meu animal favorito. Pensa As dúvidas começaram mais tarde, a minha falta de generosidade e o meu receio de ser preso ou de sonhar começaram mais tarde. Assina aqui: e logo o medo de atraiçoar os meus pais e de romper com os estúpidos que cheiram bem me assaltava, me impedia de aderir, me obrigava a inventar explicações inúteis, consoladoras, a apaziguar-me com um estalinismo de pacotilha. Os amigos barbudos e míopes, imperiosos de dogmas, deixaram a pouco e pouco de me procurar para me encherem os cinzeiros de beatas e a alma das gloriosas conquistas da Pátria do Socialismo, e a Tucha, aliviada, passou a convidar livremente colegas estúpidas e amigos sem dúvidas, que se reuniam à volta dos uivos dos Jefferson Airplane.

— Apesar de tudo tinha algumas qualidades — disse a irmã do meio, solteira e professora de iniciação musical numa escola secundária (pratos, ferrinhos e lérias assim, alunos dedicando-se jubilosamente a um pandemónio sonoro). Gostava, por exemplo, de Chopin. Às terças-feiras almoçávamos juntos e eu trauteava-lhe uma Polonaise à sobremesa (as cabeças muito unidas, a cara feia dela, a cantar, no restaurante apinhado. Os sujeitos que esperavam lugar de pé inclinavam-se, divertidos, para ouvir: Nunca foste exigente nem pretensiosa, pensou ele: Porque não arranjaste marido?).

As nuvens adquiriam, confluindo, uma espessura de cartão: dentro em breve principiaria a chover. Olhando melhor distinguiu outra casa (meio derruída?) ao longe, uma cancela, um resto de muro.

— Estou farto do século XIX, é só — disse eu. — E depois nunca saímos, ficamos sempre enfiados em Campo de Ourique, como toupeiras, naquele buraco horrível recheado de livros, a tocar nas volutas do calorífero com os joelhos friorentos. Vamos ver o mar.

— O Pedro aguenta-se perfeitamente comigo — disse a Tucha, de costas, a limpar a agulha do gira-discos com uma escovinha especial. — O que ele não suporta são as discussões constantes que temos.

— Mas quem é que discute nesta casa? — argumentei eu. — Nunca levanto a voz. Perdi um bocado a cabeça há pedacinho, desculpa, já passou.

— Agressividade-submissão, agressividade-submissão, agressividade-submissão — articulou o psicólogo movendo o indicador como um metrónomo. As mulheres detestam os homens demasiado previsíveis, adoram um coeficiente de surpresa e que surpresas um temperamento destes nos reserva? Nenhumas.

— Todos comigo — berrou o pai fazendo enormes gestos de maestro para o público da família. As abas da casaca, soltas, flutuavam. — Todos comigo quando eu disser três. A frase é: Já qualquer um lhe adivinhava as asneiras.

— Não é uma questão de o Pedro se aguentar — afirmei eu — está claro que se aguenta: é a importância de ter o pai e a mãe juntos, na idade dele.

— Se não estava mais em casa, coitado, era porque não podia — explicou a mãe com um sorriso triste, sentada no seu canto de sofá, ao pé da lareira. — Os negócios, sabe-se como é. Mas preocupava-se imenso com a educação dos pequenos: dia sim dia não telefonava.

— Morreu em Aveiro, não sei acrescentar muito mais — vociferou o rapaz dos holofotes, com as mãos em concha dos lados da boca. — A minha mãe tornou a casar com um amigo comum, foram viver para a Suíça, os meus avós do lado dela tomaram conta de nós. Parece que mora em Lausanne, sozinha, com um cão. De tempos a tempos manda-me uma caixa de chocolates com recheio, e eu ofereço-os ao porteiro diabético que se péla por doces.

— Ver o mar? — disse a Marília. — Eu vejo a Rua Azedo Gneco todas as manhãs, o cheiro de cadáveres dos caixotes do lixo escondidos atrás dos carros, de que as camionetas se esqueceram.

— Está? — perguntou a vozinha microscopicamente autoritária do pai. — Que nota teve ele em matemática?

— Não adianta — avisou a Tucha —, os teus argumentos não me interessam.

— Se vier uma negativa em geografia — ordenou a vozinha — proibição de cinema três domingos seguidos.

Pensa De onde é que nos telefonavas, pai? Hamburgo, Paris, Londres, grandes cidades desconhecidas sob a chuva? De um quarto de hotel, copo de uísque na mão, uma rapariga de casaco de peles, parecida com as actrizes de cinema das pastilhas, sentada numa cadeira, à espera? Pensa Foste feliz, és feliz, o que pedes às coisas? Um dia, em miúdo, ao fim da tarde, achávamo-nos na quinta e um bando de pássaros levantou voo do castanheiro do poço na direcção da mancha da mata, azulada pelo início da noite. As asas batiam num ruído de folhas agitadas pelo vento, folhas miúdas, fininhas, múltiplas, de dicionário, eu estava de mão dada contigo e pedi-te de repente Explica-me os pássaros. Assim, sem mais nada, Explica-me os pássaros, um pedido embaraçoso para um homem de negócios. Mas tu sorriste e disseste-me que os ossos deles eram feitos de espuma da praia, que se alimentavam das migalhas do vento e que quando morriam flutuavam de barriga no ar, de olhos fechados como as velhas na comunhão. Imaginar que cinco ou seis anos depois o que te interessava eram as notas de geografia e matemática provocava-me uma espécie esquisita de vertigem, de impressão de absurdo, de impossibilidade quase cómica, como se o médico indiano se voltasse de súbito para mim e me declarasse de chofre Tem um cancro.

— Falaram-me em tempos de uma pousada na ria de Aveiro — disse eu. — Podíamos tentar, o que é que achas?

Céu cinzento, terra cinzenta, a chuva que não vinha, que não viria decerto nos próximos dias a calcular pela respiração ansiosa, quase asmática, da terra. O vale de Santarém assemelhava-se a cortinas sobrepostas de algodão que ondulavam levemente no frio do meio-dia. O garoto de rabo ao léu principiou a trotar, de boca aberta, na direcção da venda. Lá dentro o homem coxo devia lavar as chávenas deles no mármore da pia, na luz de aguada árida e desconfortável do postigo.

— Em Lausanne, sozinha, com um cão — repetiu o rapaz dos holofotes. A cara dele, indistinta, parecia sorrir à ideia de uma mulher envelhecida, de cabelos grisalhos, de pilha de jornais no braço e um cachorro esbranquiçado pela trela.

— Nunca apostei naquele casamento — disse o pai da Tucha a contar os bilhetes por vender no interior de uma espécie de guarita, encostada às rulotes e à lona do circo. — Eram ambos pessoas instáveis, frágeis, especiais. Mais tarde ou mais cedo a notícia da separação rebentaria.

— Gostava de Chopin — disse a irmã da música —, ia a São Roque ouvir o coro da Gulbenkian, ficava sentado cá atrás, a olhar as paredes da igreja, das quais o canto parecia surgir, surpreendido. No fundo somos um bocado as ovelhas ranhosas da família.

— Aveiro — disse a Marília —, porque não Aveiro? Deves estar a preparar alguma e já agora sempre quero ver como é que acaba: mesmo que o filme não preste, aguento no lugar até ao fim.

Pensa Deixei o telefone do hotel de Tomar na clínica, se houver sarilho não me topam, encontram uma desorganização de nomes, uma atrapalhação de gritos. Pensa A mãe não me faria uma partida destas no fim-de-semana, desatou a preocupar-se tanto com a elegância dos sentimentos a partir do momento em que as outras belezas lhe faltaram. Pensa Nunca dei nada para o peditório do cancro, evitava as meninas bem vestidas que me assaltavam nas esquinas, me estendiam as ranhuras das suas caixas de metal, solícitas, generosas, saudáveis, evitava-as porque na minha opinião é o Estado que, o que é uma boa desculpa para: entregar nas mãos de uma entidade indefinida o concreto que me apavora.

— Em três dias acontece muita coisa — disse eu sem convicção à Marília como se mentisse a uma criança. — E depois precisamos de descansar, de conversar.

O obstetra casado com a outra minha irmã acendeu o cachimbo: os dedos gelatinosos possuíam a espessura e a densidade dos polvos:

— Talvez que a doença da mãe tivesse alguma influência nisto tudo. Pessoalmente não acredito: achava-o estranho há vários meses.

— Nunca deixei de te amar — berrou ele à Tucha atirando um murro inútil a uma arca de pregos. (Comprámo-la em Sintra.) — E para tua informação não vou desistir disto sem mais nem menos. Pôs o carro em marcha e retomou a estrada com um pequeno salto. A lojeca solitária ficou a apequenar-se para trás deles, definitivamente perdida, junto à sombra de aquário inútil da sua árvore. O melhor é meter a Coimbra, pensou ele, e se tivermos fome comer qualquer coisa no caminho, num desses restaurantes atascados de aldeia, com toalhas de papel em mesas de metal pintado, e o século XIX que vá para o caralho com os seus fidalgos de bigode e as suas sangrentas revoluções de pacotilha. Ultrapassaram a máquina de alcatrão que trepidava como uma panela, e os tipos remendando o piso com uma espécie de grão negro a borbulhar sob os pneus. Pedrinhas escuras pulavam como granizo contra os guarda-lamas. Os arbustos espessavam ao acaso gestos aflitos de náufrago, a cidade ficou para a direita, fechada sobre si própria como um mistério.

— Arranjem-lhe um explicador de física se for preciso — comandou a vozinha. — Não quero que o meu filho roce as costas por aí como um inútil.

— Nunca compreendeu o Segundo Princípio da Termodinâmica — revelou um senhor idoso com o caderno dos problemas do sexto ano aberto à sua frente, e um barco numa garrafa na prateleira dos livros. — Pode ser que tivesse mais jeito para as Letras, não discuto, mas nas ciências exactas, sempre foi um desastre.

De qualquer maneira tenho de dizer-te que me vou embora, pensou ele, e é-me mais fácil longe da Rua Azedo Gneco, da casa que arranjámos juntos, dos telefonemas constantes dos teus camaradas de Partido, da atmosfera entorpecente, cáustica, castrante, dos objectos familiares. Tenho sexta, sábado e domingo para ganhar coragem num quarto desconhecido de pousada, a olhar as águas da ria que deslizam, lentamente, para o mar. O meu cunhado executivo tirou um filme lá: gaivotas e barcos na manhã azul: o projector trabalhava aos tiquetaques no escuro, e nós direitos e calados nas cadeiras na solenidade de quem assiste, de frisa, ao Juízo Final. A minha irmã, numa varanda, envergonhadíssima e desfocada, esboçava adeuses tímidos com a mão.

— Se julgas que não há nada a fazer, pronto, vou-me embora — disse ele à Tucha. — Ajuda-me ao menos a arrumar a mala.

— Uma criatura excêntrica — urrou o rapaz dos holofotes. — Chegou a viver uns meses com um antiquário russo e doze dálmatas.

O médico indiano retirou cuidadosamente as grossas luvas de borracha da autópsia:

— À parte as pedras da vesícula não se lhe encontra nada. Sem o suicídio durava mais trinta ou quarenta anos livre de problemas orgânicos.

— Aveiro — disse a Marília a remexer a carteira à procura de pastilhas. (O perfil dela doía-lhe como um remorso.) — Pelo menos vou saber o que andas há que tempos a tramar.

Pensa Percebem-se assim tanto a minha inquietação, as minhas hesitações, as minhas dúvidas, o fluxo de amargura que às vezes, depois do jantar, me corrói por dentro como um ácido, me impede de escrever a tese sobre o Sidónio Pais, me empurra para a janela a observar a noite opaca, doméstica, familiar do bairro, os cães que farejam nos caixotes, as camionetas enormes da limpeza, de lâmpadas a circular no tejadilho? Pensa Devia votar à direita, usar gravata, trabalhar com o meu pai, passear nos bares do Estoril os accionistas estrangeiros, já completamente grossos, a vomitarem os restos do jantar na farda submissa do chofer, com algumas raparigas amigas, de boca excessivamente pintada, bêbedas também, tropeçando nos saltos demasiado altos. Pensa Devia ser economista, ter casado rico, gerir um banco, telefonar de longe a exigir boas notas em matemática dos filhos, ameaçá-los de domingos sem cinema, de trágicas proibições de ir a festas, de sair com colegas, de dançar.

O cunhado obstetra sorriu: trazia consigo um enorme fórceps de papelão e agitava-o ameaçadoramente diante do cadáver:

— Ora vamos lá a extrair essa tristeza.

— Azedo, respondia mal, deixava o almoço em meio — disse a mãe a envernizar de castanho a unha do mínimo.

— Completamente diferente das irmãs.

— Comunista — segredou baixinho o prior com receio que o ouvissem. — De uma família tão séria, tão católica, nascer uma desgraça assim. Nos tempos de estudante andava às escondidas pela Faculdade a distribuir panfletos, escrevia propaganda nas paredes, esteve a pontos de ser preso.

— Se o papá dele não fosse influente — disse um sujeito de gabardine tentando ocultar a cara com o braço — malhava com os ossinhos na choça.

A Tucha fez descer com o indicador a cabeça do gira-discos e tornou a sentar-se: uma voz aos gritos inundou estrepitosamente a sala:

— Não te ajudo em mala nenhuma — assegurou ela —, sabes onde está a tua roupa, as tuas gavetas, os teus livros. Governa-te.

— Aveiro que tem? — perguntou à Marília. — Vêem-se dezenas e dezenas de gaivotas na pousada, nos juncos, no lodo da margem, na água da ria, nas chatas ancoradas. Quando eu era pequeno o meu pai explicava-me os pássaros, os ninhos, os costumes deles, o modo de voar. Não faças caretas, éramos ambos diferentes nessa época. Se o conhecesses então compreendias.

Levara-a a casa dos pais a jantar e sentira o tempo inteiro, nos martinis prévios, à mesa, na sala, nas despedidas do vestíbulo, de um lado a boa educação hostil deles, pasmados com aquela mulher de poncho e socas, fardada de extrema-esquerda veemente, do outro a fúria proletária da filha do guarda-republicano, a exagerar, obstinada, nos modos e nos palitos. Pensa Porquê tanta necessidade de escandalizar os velhos, de os ferir, de me magoar, ao cabo, através deles? De facto sou burguês (Não sei muito bem o que é ser burguês), fui casado com uma burguesa, existem coisas, percebes, de que não consigo demitir-me: uma certa maneira de olhar as coisas, um certo pudor dos sentimentos, maneiras com os talheres, hábitos de vestir, o vocabulário inconscientemente policiado.

— Não era mau tipo e como cobertura dava-nos jeito — disse um matulão de barba e camisa de algodão, rodeado de cartazes energicamente vermelhos com homens de punho erguido diante de perfis fumarentos de fábricas. — A polícia nem sonhava que constituíamos uma célula com um pomadinhas daqueles no meio de nós. O pior aconteceu depois, quando se tomou a sério, se quis mascarar de marxista, e passou a andar com folhetos proibidos debaixo do braço, tão artolas que fomos obrigados a afastá-lo um bocado.

— Sempre quero saber — disse a voz do pai ao telefone — se a culpa é do explicador ou se é tua. Outra negativa e tiro-te do liceu em dois tempos.

Pensa Ho Chi Min, Mao, Che Guevara, Lénine, o traidor do Trotsky com o seu canto de sereia de aliado das classes dominantes, em lugar de geografia, de matemática, de francês. Reuniões ardentes, enevoadas de cigarros, a certeza da redenção próxima, definitiva. Pensa Eram todos mais velhos do que eu, a minha família servia o capital, nunca me pediam a opinião, tomar-me-iam a sério? Pensa Não possuía ninguém com quem conversar, a Tucha abria a boca de sono se eu lhe falava das conquistas do proletariado, as minhas irmãs afundavam-se com os noivos, de dedos entrelaçados, nos sofás, mostravam as pernas, liquefeitas de paixão, uma amiga da minha mãe deixou a certa altura de vir jogar as cartas, uma viúva ruiva com filhos da minha idade, alta, magra, tilintante de pulseiras, cochichava-se que ela e o meu pai se encontravam, que a levava nas viagens, que a apresentava no estrangeiro como mulher dele.

— A única coisa que há para discutir — disse a Tucha — é a mesada das crianças, mais nada. Tenho ali uma proposta do meu advogado, vou-ta mostrar.

— Os pássaros — disse a Marília —, que sabiam vocês dos pássaros?

Seguiam pela estrada, repleta de trânsito, a caminho de Coimbra, de grandes camionetas trepando a pulso as subidas ladeadas de árvores feias, emagrecidas pela seca, sob o céu pálido da manhã: não ia chover, não tornaria mais a chover nesta terra, o mar daria lugar às porosas e profundas crateras poeirentas com que imaginava a Lua, e sobre as quais paira, imóvel, o silêncio de pedra de uma noite perpétua. Coimbra afigurou-se-lhe uma cidadezinha insignificante e prolixa, com um único sinaleiro a esbracejar, frenético, numa espécie de trono, e postes de muitas setas a indicarem Lisboa, Leiria, Aveiro, Porto, Figueira da Foz, outras localidades ainda de que esqueceu o nome. Pararam para comer num café em que senhores grisalhos, unidos aos pares como as borboletas dos bichos da seda nas caixas de cartão, jogavam as damas defronte das chávenas vazias. Pelo vidro da montra via o homem da bomba de gasolina vizinha esfregar as mãos num desperdício imundo, ou procurar trocos na bolsa de cabedal dependurada a tiracolo do ombro. Os edifícios misturavam-se colina acima, cegos, à laia de pedras de dominó que a mão do acaso baralhou. O estômago doía-me de leve como uma espécie, fininha, de saudade: A fome, pensou ele, deve ser da fome. Ou então envelheço. Ou então estou doente como os cavalos de carroça sem préstimo. Os pássaros, explicava o pai encostado ao muro do poço da quinta, morrem muito devagar, sem motivo, sem se dar por isso, e um belo dia acordam de barriga para cima, de boca aberta, flutuando no vento.

— Em pequeno era uma criança fácil — disse a mãe a examinar cuidadosamente o verniz dos dedos. — Respeitador, alegre, não chorava. Foi depois de crescer que se tornou esquisito. Principalmente a seguir a meter-se na política.

— Nunca pertenceu ao Partido: ausência de espírito militante — declarou o calmeirão de barba e camisa de algodão. — Demasiado egoísta, demasiado burguês, demasiado medroso. Faltava-lhe coragem, nervo, fibra, convicção, capacidade de luta. Distribuía uns panfletos, colava uns cartazes, apaziguava a má consciência, pouco mais. Um verdadeiro comunista, camarada, não se suicida.

O Mondego era um canal na areia, fio tímido abrindo um caminho custoso pelas ervas da lama: muralhas enegrecidas emparedavam inutilmente aquela inexistência de água. O homem da bomba, de cócoras, verificava os pneus de uma motorizada. Um dos sujeitos grisalhos das damas arroxeou de súbito as bochechas pendentes e desatou a tossir.

— O cadáver reconhecia-se perfeitamente — anunciou o obstetra apontando o gigantesco caixão de cartolina com quatro tochas a fingir aos cantos. — Aquelas farripas cor de caca, aquela camisola azul e roxa, aqueles enoooooormes sapatos amachucados, era ele. Nem foi preciso examinar as luvas e os suspensórios encarnados. Morto, de barriga para cima e boca aberta, como um pássaro no meio dos pássaros, incapaz de voar.

O pai pegou-lhe de novo às cavalitas (a minha cara quase tocava os castanheiros) e dirigiu-se para casa. A mãe esperava por eles a sorrir, sentada na sala, com um romance qualquer nos joelhos: Os meus homens, dizia ela, e não havia nenhuma ruga, nenhuma sombra, nenhuma oculta tristeza no seu olhar claro. Os pardais escondiam-se já na mata, as irmãs, de nádegas então rijas, discutiam namorados no quarto.

— Baralhava-se com os polinómios — desculpou-se o professor de matemática — e quando um aluno se baralha com os polinómios o que se lhe há-de fazer?

— Mau grado isso insistimos algum tempo — justificou-se o da camisa de algodão para o público em silêncio —, bastantes revolucionários autênticos vieram da classe dele. Atribuímos-lhe trabalhos menores, concedemos que assistisse a reuniões, para o fim do curso elegemo-lo vogal da secção de folhas, mas em vez de se preocupar prioritariamente com a classe operária e as sebentas, escrevia versos, hesitava, preguiçava. Se o Fidel fosse da sua raça ainda hoje tínhamos o Batista no poder. E pior do que isso, camaradas, apaixonou-se por uma aristocratazinha fútil.

— A minha proposta é de dez contos por mês — disse a Tucha. (O disco de Eric Burdon chegava ao fim.) — Os teus pais podem ajudar-te.

— Ninguém me tira dos cornos que andas a preparar alguma — afirmou a Marília por cima da tosta. — Sempre que trazes macaquinhos na ideia ficas com esse sorriso de parvo que me deixa possessa.

Pediu a conta, sem responder, a um empregado altíssimo e amaneirado que se curvava para as mesas numa graciosidade de caniço, procurando-nos os olhos com órbitas doces de cadela. Pensa Chegámos alguma vez a namorar, a apaixonarnos? Vê-lhe o perfil duro, inquisidor, as mãos de palma larga e dedos curtos e grossos, o peito inesperadamente grande, e pensa Por que motivo estamos há quatro anos juntos? Começou na ressaca da Tucha, eu sentia-me sozinho, abandonado, sem préstimo, as paredes do quarto alugado apertavam-me a cabeça, ensinavas Semiótica na Faculdade, fomos umas vezes juntos ao cinema, agradou-me o teu modo desapaixonado e seco de encarar a vida, o teu pragmatismo inabalável, o cheiro do teu corpo na penumbra, conversámos disto e daquilo, guardavas os cigarros numa coisinha de verga, no domingo seguinte visitei-te em casa, conheci os teus pais, Um colega apresentaste-me tu, um dia, quase sem eu querer, beijámo-nos no carro a seguir a um colóquio, nunca me hei-de esquecer dos teus olhos abertos junto aos meus, não acreditavas em mim, achavas-me ligado à Tucha, apaixonado, sem rumo, e em certo sentido, catano, tinhas razão. Pensa Ou seria por pertenceres ao Partido, teres estado presa, representares, em determinado sentido, a minha redenção, a vingança sobre o medo que me impedia de agir, a união com a filha de explorados que a minha má consciência me exigia? A seguir apareceu o andar em Campo de Ourique, dois contos e quinhentos não é caro, dividíamos a renda ao meio, vinhas para lá comigo, ia buscar os miúdos ao domingo e o cheiro do teu corpo a perseguir-me, não me deixavas tocar-te no peito, Quieto quieto quieto quieto, e por fim, ao termo de uma longa luta, puxei-te as meias para baixo, desembaracei-me da saia, rasguei (rasguei?) as cuecas no divã estreito demais, bati com o cotovelo no chão, uma espécie de corrente eléctrica trepou-me, instantânea, até ao ombro, larguei-te e agarrei-me a ele a ganir, e tu O que foi o que aconteceu partiste algum osso, Devo ter quebrado o braço, Marília, ajuda-me, os teus pais tinham saído, não havia ninguém em casa, o sol do poente rastejava pelas tábuas do quarto, filtrado pela cortina de pintinhas, trouxeste algodão, álcool, uma ruga preocupada na testa, Deixa ver dobra e estica que maricas não é nada, semivestida, seminua, os dedos dos pés espalhados no sobrado, a camisa aberta mostrava o soutien cor-de-rosa, estendi-me de costas no colchão, de pálpebras fechadas, e de repente um peso à minha direita, a tua boca contra a minha orelha Mete. Abri-te a porta, pus o motor do carro a funcionar. Talvez que o Mondego encha no inverno, talvez que as pedras escuras se cubram de uma corrente lamacenta, derivando, oblíqua, no sentido da foz. Os edifícios cor de acónito miravam-no desapiedadamente, o céu castanho alargava-se, sem limites, como as abas de uma touca de freira.

— O advogado diz que dez contos é pouquíssimo — argumentou a Tucha a esfregar com a manga da camisola uma nódoa das calças. — Com o dinheiro que o teu pai tem eu podia exigir muito mais.

— Pássaros — disse a Marília —, pássaros e ideias malucas. Já agora quero ver o que isto dá.

De novo a estrada sem beleza do Porto com o seu tráfego ininterrupto de camionetas, de automóveis, de tractores, de motoretas obstinadas e vagarosas, a tremerem. Qualquer coisa lá atrás, uma peça solta, o triângulo, a caixa das ferramentas no porta-bagagens, pulava num ruído desagradável e teimoso, enervante.

— Nunca lhe aprovámos o segundo casamento — disse a irmã mais velha a bater claras em castelo na cozinha — mas ele era maior e vacinado e o que é que se podia fazer para impedir? O Carlos, coitado, ainda falou com ele, veio de lá preocupadíssimo. Lembro-me perfeitamente de me ter dito Ou me engano muito ou me cheira que este tipo acaba mal. E em casa dos meus pais foi um vexame horroroso, com a criatura, malcriadíssima, a insultar toda a gente.

— Gostava de Chopin — adiantou a professora de música, num sussurro, abrindo o piano. — Vou tocar-lhes o seu nocturno favorito.

— Quero lá saber que cases ou não cases — disse o pai, de pé, no meio do escritório, alheio ao telefone que chamava. — Tu, para mim, morreste a partir da altura em que te enfiaste nas políticas.

Pensa Tinhas tantos cabelos brancos nessa altura, pai, as costas curvadas, o fato a dançar um pouco no peito, já não serias capaz de me pegar às cavalitas. Pensa Aposto que te esqueceste dos pássaros, que nunca mais te preocupaste com os pássaros.

— De uma coisa podes ter a certeza meu menino — acrescentou o pai fitando-o com um olhar de ódio derrotado, um olhar amarelo, cambaleante, desconhecido: — não contes com um tostão furado.

Óleos modernos nas paredes, uma estante de códigos, o sofá onde a amiga da mãe, de meias pretas e casaco de peles, se devia deitar, esperneando. Pensa Ainda terias forças, ainda conseguirias?

— Vais ver que vais gostar da ria — disse eu. — Uns dias de sossego, longe de tudo, dão para passar a vida a limpo.

A política, pensa Foste-me buscar uma ocasião à esquadra por rascunhar parvoíces nas paredes, a partir daí nunca mais te dei chatices. Afastaram-me da célula, explicaram-me que me mantinham de reserva, quando a verdade é que não queriam nada com um filho de rico. Tu, muito sério, a parlamentar com um sujeito minúsculo e pomposo, de gravata gasta, e eu a assistir, ensonado, sob uma lâmpada sem quebra-luz, numa salinha com uma secretária e uma cadeira, pesada desse silêncio gorduroso e espesso feito da ausência de gritos.

— O senhor engenheiro queira desculpar — perorava o sujeitinho minúsculo — mas nós não somos os responsáveis desta maçada. O rapazola circulava por aí, influenciado por outros, a pintar frases ofensivas contra o governo.

O pai respondeu em voz baixa algo que ele não logrou ouvir, e o micróbio abriu imediatamente os braços, compreensivo e consternado:

— A juventude, senhor engenheiro, o sanguezinho na guelra, mas devemos cortar o mal pela raiz antes que cresça, percebe? E depois os restantes, o peixe graúdo, já o trazemos debaixo de olho há séculos. Agora o que não podia era deixar de o prevenir, a si, um pilar do regime, um industrial de peso. O director-geral sabe perfeitamente o que o país lhe deve, mas por favor vá avisando o seu rebento dos perigos que corre — (O anão tornara-se sério, comicamente sério e agressivo.) — A indulgência tem os seus limites, não podemos fechar os olhos indefinidamente.

Pensa Devia ser aquela a sala dos interrogatórios, dias atrás de dias a malhar nas pessoas, que terão extorquido em troca do meu pai? Amizades, influências, contactos, negócios, um cheque discreto na Suíça? O pai escutava, pálido de humilhação, o discurso idiota da paramécia, procurava inquieto o cinzeiro que não havia, mantinha o cigarro direito tentanto aguentar dessa forma quilómetros precários de cinza: e aposto que o outro se apercebia disso e da sua ansiedade, e retirava uma espécie de alegria sádica do embaraço do velho.

— Não arranja um cinzeiro? — perguntou o pai por fim, designando a beata com o queixo, num tom humilde, submisso, resignado.

O micróbio sorriu-lhe vitoriosamente de baixo para cima (Cabrão, pensou ele) exibindo os dentes podres:

— Desculpe, senhor engenheiro, não tinha reparado, aqui na polícia é proibido fumar.

O pai, de palma em concha debaixo da beata, esperou que um segundo indivíduo, corcunda e minucioso, batesse à porta, pedisse licença, pousasse um pires amolgado de folha sobre a mesa. Nunca julguei que um vexame o abatesse tanto: as bochechas povoavam-se de rugas pardas, reparei que o nó da gravata, torcido, se deslaçava. O inspector, exultante, pregava-lhe palmadinhas amigáveis nas costas, repentinamente protector e íntimo:

— Tudo isto é uma grande estopada, senhor engenheiro, nem calcula os aborrecimentos que nós temos. Enfim, o jovem parece arrependido, é o principal. Mas por prudência fica cá a fichazinha, a ver.

O pai a procurar pelos bolsos um novo cigarro, a agradecer numa inesperada subserviência de subalterno (Isto não se torna a repetir, senhor comissário, sou eu que lho garanto), a empurrá-lo na direcção da saída através de secretárias vulgares onde homens vulgares batiam desanimadamente documentos à máquina, de corredores estreitos e sombrios, de gabinetes fechados, com lâmpadas vermelhas e verdes por cima da porta, covis de polícias-chefes tramando em segredo a chacina dos comunistas. O sujeito minúsculo trotava atrás deles, acabou por sumir-se (Até à vista senhor engenheiro, juizinho miúdo) num cubículo qualquer. As unhas envernizadas dele cintilavam na penumbra e depois foi a cidade de repente, o chofer encostado ao capot a guardar à pressa a Bola e a desbarretar-se, o sol de novembro nas casas, nos telhados, nas árvores, nos rostos neutros das pessoas. Pensa Foi aí que morri, pai, que me consideraste morto pela chatice que te dei, rebaixares-te perante um bardamerdas qualquer, um infeliz com o segundo ano do liceu e roupa comprada num pronto-a-vestir de bairro de manequins de pasta na montra, um igual aos teus escriturários para os quais nem sequer olhavas. O chofer fechou-te respeitosamente a porta, instalou-se ao volante, Para onde seguimos senhor engenheiro, Deixas-me no aeroporto depressa e depois levas o meu filho a casa. Tomei banho, sentei-me para almoçar, ninguém me perguntou nada, a mãe tomava pastilhas para a dor de cabeça, a irmã da música, de óculos na pauta, desentendia-se com o Debussy na sala. Nunca me deixaste sequer revoltar-me, ir até ao fim das minhas zangas: a tua sombra enorme, tutelar e autoritária, castrantemente protegia-me, e foi a partir daí que decidi ir para Letras, ser professor, recusar a empresa, deixar de usar gravata, ensinar estruturalismo, teoria da literatura, poesia francesa ou outras inutilidades equivalentes e aberrantes. Gostava talvez de trabalhar no sindicato mas a Esquerda desconfiava dele, a Direita odiava-o como a uma espécie de traidor, e ambas tinham razão nas suas reservas, nos seus receios, nas suas críticas. Pensa O que sou afinal, o que quero eu afinal, uma mulher burguesa, uma mulher comunista, uma estranha combinação de conservador e de aventureiro frustrado, patético, sem forças.

— Bom, desço até oito contos e um domingo de quinze em quinze dias — disse a Tucha a procurar, de cócoras, outro disco numa pilha enorme — mas não esperes mais nenhuma concessão da minha parte. Depositas o dinheiro no banco e tocas três vezes a campainha da rua para os teus filhos descerem: o Pedro entende-se perfeitamente com os botões do elevador, herdou a tua habilidade das coisas mecânicas.

Como era bonito o teu corpo assim de rabo rente ao chão, como as tuas nádegas me excitavam: abraçar-te por detrás, fazer-te sentir o pénis contra as costas, aspirar o perfume confuso, variável, do cabelo. Essa prega das tuas coxas, a forma da boca, a tonalidade densa, cor de uva, dos olhos. E depois gosto tanto que adormeças pintada, vou sentir a falta do rímel no lençol, a saudade de pastar a pele clara, firme, do teu ventre, os leves riscos esbranquiçados dos partos na curva dos rins.

— Aqui tem o rapazola, senhor engenheiro, ele que tome cuidado com os colegas.

Conspirações de pacotilha na sala de alunos, conversas em voz baixa dos amigos que cessavam se eu me aproximava. Nunca lhe consentiram que assistisse a mais do que isso, inocentes tropelias sem consequências de estudantes: talvez um dia, sócio, é necessário contornar várias provas, temos de tomar precauções, topas, de jogar pianinho, de assegurar algumas cautelas fundamentais, compreendes, os panascas da polícia sempre em cima de nós obrigam-nos a isso, meia dúzia de caretas, feições fechadas, palmadinhas nas costas, o sol descia na mata lá no fundo, as aves desprenderam-se todas, ao fim da tarde, ao mesmo tempo, como frutos estranhos do castanheiro do poço, flutuaram, como perdidas, um instante no vento, desataram a fugir na direcção da noite, os colegas de gabardine desabotoada trotavam a caminho das aulas, procuravam lugar nos bancos dos anfiteatros como os pintarroxos nos ramos das figueiras, o seu filho que me ande direitinho senhor engenheiro, que não me arranje mais sarilhos, os meus dois homens disse a mãe a sorrir, eu era tão pequeno que não alcançava o chão com os pés quando me sentava nos sofás, não via o que estava por cima das mesas, das prateleiras, do topo das cómodas, bibelots, quadros, caixas de casquinha, terrinas, pratos verticais nos seus tripés de madeira, encontrou um assento cá atrás, o professor já tinha começado a aula, D. João VI, puxou a esferográfica do bolso para tomar notas, talvez que um dia possas entrar para o Partido, lutar a sério pela classe operária, redimir-te da tua origem burguesa, os braços jovens do meu pai pegaram-me ao colo, a água de colónia dele entrou-me agradavelmente nas narinas, apontou a mata azul com o dedo, a sua cabeça aproximou-se da minha, mostra o que podes fazer por nós, distribui estes panfletos na Faculdade, e disse vou-te explicar os pássaros.

— Aveiro, que raça de ideia, Aveiro — protestou a Marília a olhar os pinheiros, os eucaliptos, as aldeias anónimas, o céu denso e convexo da chuva que tardava a cair, que provavelmente, anunciavam os jornais, não cairia nunca. Pensa Os comentários que terão feito os teus camaradas de Partido ao anunciar-lhes que ias viver comigo: recriminações, advertências, troça, vai-nos trocar por um privilegiado, imagina, um aristocratazeco de merda, um explorador não assumido. E no entanto eu não tinha dinheiro, cortara praticamente com a família, a nossa fortuna era o aquário do quarto e o peixe transparente a flutuar sobre os calhauzinhos do fundo, queria apagar de mim a minha história triste com a Tucha, começar do princípio, ser, presuma-se, feliz.

— Os polinómios o que se sabe, as raízes quadradas um desastre — declarou o professor de matemática, de bigodes postiços retorcidos, erguendo um halter de papelão que anunciava a giz Vinte Toneladas. — Com um pai administrador de empresas nunca vi uma negação tão completa para os números.

O mestre de ginástica, vestido de branco, surgiu de trás do plinto, em flexões enérgicas de atleta. Um nariz redondo, vermelho, preso com elástico às orelhas, conferia-lhe um aspecto clownesco:

— Péssimo no espaldar, péssimo na corda, medíocre no andebol — proferiu ele num tom monocórdico e agudo. — Ficava sentado, quieto, magrinho, quase raquítico, a observar os outros.

Dois sujeitos de capacete conversavam junto a uma motorizada à entrada de Estarreja. Parou ao pé deles, baixou o vidro do carro, deitou a cabeça de fora e perguntou:

— Para a ria, se faz favor?

A humidade embrulhava-se nas palavras deles, um vapor demorado, envolvente, pegajoso: fevereiro, pensou, quem me manda a mim decidir da minha vida em fevereiro, querer tornar para os quartos alugados no inverno, a vinte escudos suplementares por banho, sem direito a visitas, sem direito a televisão, a ter de poupar no aquecimento, na água, no próprio ar que se respira. Quem me manda a mim mudar de vida aos trinta e três anos, que estúpido.

A Tucha endireitou um quadro na parede e recuou dois passos para verificar o efeito:

— Apesar destas guerras gostava de ficar tua amiga. Se quiseres, claro, não te obrigo. Temos dois filhos em comum, não é?

— As crianças, coitadinhas — disse a mãe a servir o chá às visitas imóveis como estátuas de cera, muito direitas nos canapés da sala. — Que culpa tiveram elas de vir a este mundo? Eu nunca me separei do meu marido apesar das razões de sobra que ele me deu.

— Mal se lhe percebia o corpo — esclareceu o Carlos —, comido pelos pássaros, pelo lodo da ria, pelo tempo que demoraram a encontrá-lo. O inspector da Judiciária contou-me que não é fácil topar um morto no meio dos juncos, e depois as gaivotas disfarçam, fingem que não conhecem, que não entendem, que não cheiram. As gaivotas, os albatrozes, os patos, aquela fauna insólita do mar.

Um dos sujeitos abandonou a motorizada, aproximou-se do automóvel. Visto assim de perto afigurou-se-lhe mais velho, mais gasto do que de início supusera, com vincos escuros nas bochechas e as mãos inchadas e vermelhas de frieiras e de calos:

— Daqui direito à Murtosa e a seguir está sempre assinalado Estalagem como se fosse uma cidade. De Aveiro para o outro lado só de barco.

— De repente eis-te nas tintas para a tua carreira, o congresso, a tese sobre o sidonismo, o doutoramento, que bicho te mordeu? — disse a Marília. — Quase que dá ideia que a vida cessou de ter razão para ti.

— Amigos uma porra — respondeu ele —, por mim podes enfiar a amizade pela peida acima.

E aos gritos, roxo de raiva:

— Com quem te preparas para te enrolar, minha cadela?

— Não contes comigo para isto — avisou o pai exibindo a pontinha do mínimo. — Só me faltava um filho armado em parvo a conspirar contra o governo. A política é um assunto sério demais para miúdos.

— Bom, vou dar-lhe um lugar de assistente — disse o velhote de bigode, instalado por baixo de uma gravura

confusa de batalha, em que tipos de espada em riste (Castelhanos?) se massacravam jovialmente, numa alegria furiosa.
— Não há quem se interesse a sério pela Primeira República e você pode dar-nos um contributo interessante. Agradou-me a faceta psicossocial do seu estudo sobre as origens remotas do 5 de Outubro, embora algumas das suas teorias se me afigurem discutíveis ou fantasiosas. (Os pássaros quando morrem — explicou o pai — flutuam de barriga para o ar no vento.) Um pouco menos de Freud e mais objectividade não lhe fazia mal. Mas enfim, acerca deste último aspecto o Oliveira Martins não era muito diferente de si.

Nessa época eu usava lentes à Gramsci, era gordo, borbulhento, e o cabelo não me começara ainda a cair: uma auréola de caracóis oleosos cercava-me as bochechas mas o meu pai era rico, Tucha, e eu um marido de certo modo complacente: saías tantas vezes sozinha logo desde os primeiros meses de casada, passavas tantas horas fora de casa, tinhas tantas reuniões do emprego à noite, secretariavas um vago amigo do teu pai numa empresa qualquer de contentores, angariavas seguros para ganhar dinheiro: vestidos, sapatos, ski na Serra Nevada no Carnaval, fins-de-semana em grupo (em grupo?) no Algarve. Havia um homem casado, bastante mais idoso do que tu, de que nunca conheci o nome, em qualquer ponto da tua história: haveria, ao longo da nossa relação, outros homens mais idosos, outros mistérios? A manhã de azeite impregnava os gestos da Marília do seu peso triste:

— Assim de supetão para a ria de Aveiro, chiça. Há alturas em que pergunto a mim própria porque é que te aturo.

Caprichos negros, raivosas melancolias, ânsias da cor das nuvens que se avolumavam no mar, almofadas e almofadas sobrepostas, repletas de duplos queixos, de tafetá. A voz irritante do sujeito minúsculo a dar-lhe palmadinhas benévolas nas nádegas, diante dos tipos à paisana que guardavam a porta. Da melancolia dos pinheiros pendiam longas e pesadas lágrimas transparentes, o que raio de caraças me levou a ligar-me a um burguês, a mulher de cabelos grisalhos que passeava o cão num parque estrangeiro tirou os óculos escuros e sorriu: os olhos desapareceram num amontoado de rugas:

— Não me recordo bem do meu primeiro marido — hesitou ela —, passaram-se vinte anos e a pouco e pouco vamo-nos esquecendo das pessoas. Lembro-me que se não queria separar, fez um escarcéu dos diabos, partiu loiças em casa, acordou os vizinhos. As fúrias dos fracos, percebe, as zangas patéticas dos inseguros. Viveu depois um período com uma comunistazeca qualquer, uma colega, uma daquelas de poncho vermelho e socas veementes, e a seguir suicidou-se, apareceu podre nos caniços de Aveiro, na lama, rodeado de pássaros. Devia ir a um congresso qualquer e não pôs lá os pés, andava de resto a faltar sempre aos compromissos que tinha. E depois, sexualmente, nunca vi um aselha tão grande, não conseguia a erecção, enervava-se, desatava a pedir desculpa, a chorar. Não entendo o seu interesse, não há de certeza muita gente que se preocupe com ele.

— Três quilos e duzentas ao nascer e algumas dificuldades em pegar no peito — leu o pediatra trôpego consultando a ficha. (Ninguém aguardava na sala de espera.) — As doenças habituais da infância, vacinas em ordem, operado de fimose aos oito anos.

Levantou devagar os olhos do papel:

— Sabe seguramente o que é, esse problema do pénis em que a pele não desce.

Vamos chegar a Aveiro, Marília, os letreiros da pousada multiplicam-se, Pousada, Pousada, Pousada, Pousada, setas a apontarem a névoa da manhã, um odor de água podre, uma suspeita de areal, e não pensei em nada para te dizer, não encontro palavras na cabeça que te expliquem o que sinto e o que não sinto, a minha gana de fugir de novo, de me virar do avesso, de partir, ficando, neste país de merda, à roda destes cinemas, destes bares, destes amigos barbudos prolixamente artistas, a resmungar o que não realizavam nunca diante de uma cerveja solitária. Já não gosto de ti (alguma vez gostei?), prefiro viver sozinho por uns tempos (cheguei a querer outra coisa, caralho?), preciso do quotidiano sem amarras, topas, sem cordas a prenderem-me os braços e as pernas (apressar-me-ei a arranjar outras, descansa), tenho os filhos a crescer e necessito de tempo para eles (há quantos fins-de-semana os não procuro?), vamos chegar a Aveiro e esqueci o odor dos teus cabelos, a forma do teu peito, o lento modo de seiva como as tuas coxas se humedecem. Quando havia parentes o meu pai desdobrava o écran de tripé ao fundo da sala, montava o projector, apagava as luzes, um rectângulo branco surgia a tremer na tela, traços e cruzes vermelhas vibravam e dissolviam-se, um cone de luz onde o fumo dos cigarros se enrolava em volutas lentas sobre as nossas cabeças, e nisto o mar repleto de albatrozes, a linha romba da espuma, a extensão horizontal, cor de serradura, da praia, e de novo os albatrozes evoluindo na esquadria de azul denso do filme, a forma afuselada dos corpos, os bicos pálidos abertos, os espanadores achatados das asas, dezenas, centenas, milhares de pássaros de que se imaginavam os crocitos, os gritos, os leves gemidos de criança, pássaros pousados nas rochas desafiando-se ou combatendo-se, enfunando o peito, furibundos, apaixonados, alegres, chamando-se, provocando-se, afastando-se, o meu pai só filmava pássaros e os convidados bolsavam comentários doutos e patetas, acendiam charutos, deitavam cubos de gelo nos copos de uísque, a voz minúscula ao telefone endureceu de súbito, autoritária e surpreendida:

— Letras? Porquê Letras se só dá para professor de liceu a tuta-e-meia por mês? Tem juizinho, menino, Económicas ou Direito, agora Letras que estupidez pegada. Conheces alguém formado em Letras a dirigir uma empresa?

— Recusa-se a trabalhar para nós — informou o amigo do pai, de óculos bifocais, que dirigia o escritório de Londres, sublinhando a lápis escarlate passagens dactilografadas de um dossier enorme. — Desinteressa-se completamente do que é dele, do que virá a ser dele um dia, os cunhados comem-lhe as papas na cabeça em menos de um fósforo e o tipo às voltas, feito cretino, com o D. Afonso Henriques e o D. Pedro IV, velharias tontas por quem ninguém se interessa, leva os dias nas bibliotecas a consultar manuscritos. Francamente não sei onde é que foi buscar essas manias.

— Letras — perguntou a mãe de testa franzida —, o que é isso?

Baralhava as cartas numa destreza de prestidigitador, distribuía-as rapidamente, ao longo do pano verde, pelos parceiros de jogo, e agora tens um cancro, estás pálida, magríssima, vais morrer, a prima desocupada assiste a tricotar à tua agonia solitária, o telefone tocará se calhar no fim-de-semana no quarto de hotel onde não estou, a minha irmã mais nova aos soluços O padre saiu agora mesmo daqui não era má ideia que viesses, mas segui para Aveiro, mana, a explicar, que egoísmo, os pássaros a mim mesmo, as gaivotas que se percebem agora, ao longe, para lá dos pinheiros, em voos circulares ou longas elipses ascendentes, segui para Aveiro e quero que vocês se lixem todos mais as vossas desgraças de família, as vossas mortezinhas tão longe de mim como a casa da quinta, em pequeno, se o meu pai me pegava ao colo para me falar das aves sob o castanheiro enorme, quero que tudo se lixe menos este aroma de água podre aonde chego, estes salgueiros, estas ervas, estas árvores sem nome, Ao menos que a cama não seja muito mole, diz a Marília, não consigo dormir em camas moles porque até os sonhos se me afundam, já resignada, já humilde, já pronta à segurança de umas tréguas duradoiras, Esta mulher gosta de mim, pensou ele surpreendido a ultrapassar um tractor, esta mulher, que esquisito, gosta sinceramente de mim, mais névoa, mais pinheiros, nenhuma casa agora, só a terra e a água, ambas horizontais e cinzentas, aproximando-se e confundindo-se, reflectindo-se uma à outra como espelhos paralelos que se observam, Qual delas é a real, rapaz, distingue a autêntica da falsa sem lhe tocares, ordenava a professora de geografia, homens escuros pedalando ao longo das bermas, pela estrada, a caminho de quê?, a curvarem sobre o volante as costas largas e inchadas, Letras, repetia a mãe de testa franzida, o que é isso de Letras, Como é que dormem os pássaros, perguntou-se ele à procura de cigarros pelos bolsos, meu Deus a espantosa quantidade de coisas que ficaram por elucidar na minha infância, o escuro, o sol, a chuva, o riso das pessoas, e nesse instante uma casa isolada à borda de água junto a pequenos botes podres ancorados presos ao lodo por âncoras e cordas, dois ou três automóveis de matrícula estrangeira (franceses? ingleses? alemães?) estacionados à porta, tirámos os sacos do carro, como de costume a mala recusava-se a abrir, recusava-se a fechar, teve de apoiar as mãos com toda a força na chapa até ouvir um estalo tranquilizador, já está, a Marília, muito direita, isolada, de pé, cerca da areia, contemplava o rio que deslizava sem uma prega na direcção de mares improváveis, uma vez que só a névoa e os troncos e o silêncio os rodeavam, na manhã subitamente imensa sem postigos de azul, pegou na mala, num volume, noutro volume mais pequeno, tu agarraste naquela coisa preta e envernizada, parecida com a dos médicos de lacinho dos filmes de caubóis (Onde está o ferido xerife?), de transportar os objectos miúdos de toilete, Aquele homem ali, Doutor McGraw, estendido nos estilhaços do espelho do saloon, e seguiram um atrás do outro, sem falar, a caminho da estalagem, a entrada envidraçada, English spoken, emblemas de papel de associações de turistas colados junto ao trinco, centenas de gaivotas vogavam em silêncio na baía sem limites, como que poisadas ao de leve numa película metálica, sem reflexos, havia uma senhora de óculos no balcão à direita, anotando um livro qualquer de contabilidade, com as chaves dependuradas num armarinho atrás das costas, e uma espécie de cascata profusamente enfeitada de flores mais para além, um subalterno alto e magro, de colete e sapatos de polimento, subia escadas ao fundo, Queríamos um quarto até domingo disse eu, a senhora de óculos prosseguiu as suas somas, imperturbável, as gaivotas lá fora bailavam agora docemente numa oscilação imperceptível, um meneio, Um quarto até domingo repetiu ele com força deixando cair a mala e o saco maior, plof, plof, num ruído de corpos mortos, nos azulejos do vestíbulo, cartazes de propaganda de Espinho e Armação de Pêra, o galo de Barcelos do costume numa prateleira, um cinzeiro de barro com uma beata mal apagada a arder ainda, a senhora míope, sempre de queixo baixo, estendeu-nos sem nos ver uma ficha de cartão, Uma esferográfica, pedi eu à Marília que cirandava de cartaz em cartaz numa curiosidade irónica, Que país de merda o nosso denunciavam as caretas dela defronte das paisagens de papel, que país verdadeiramente de merda o nosso, Como sempre que estás zangada ou perplexa comigo as tuas raivas tornam-se cósmicas, pensou ele, abarcam em círculos concêntricos o universo inteiro numa só onda de azedume, gosto de Espinho, gosto de Armação de Pêra, gosto de Barcelos, gosto de Campo de Ourique aos domingos quando não estou constipado, o Benfica ganhou, é verão e não me dói a coluna, gosto de ser daqui e estar contigo às vezes, um ramo qualquer roçava as madeixas secas de melena de velho contra os caixilhos e o som raspava-me as orelhas como o giz do professor na escola, empurrei a ficha, a senhora dos óculos estendeu o braço às cegas, sem me olhar, colheu uma chave com a delicada destreza surpreendente das pinças cirúrgicas, entregou-ma, levantei a cabeça e defrontei-me com os olhos enormes que as dioptrias desmedidamente aumentavam, um par de insectos repelentes cercados das infinitas patas das pestanas, as gaivotas levantaram todas voo ao mesmo tempo, descreveram um semicírculo ascendente no nevoeiro, sentaram-se na baía mais próximo da foz, quis começar a individualizá-las, a contá-las, uma duas três quatro cinco seis sete e oito, ia chegar a dezanove quando tu me chamaste, Rui, faltavam-me tantas gaivotas ainda na cabeça, tantas gaivotas na manhã lúgubre saturada de frio e de humidade, um tipo também de colete e sapatos de polimento mas mais idoso agora, de feições gretadas, com aquele aspecto de animal humilhado dos camponeses e largo tronco ossudo de mula (Devem-lhe pagar menos que aos restantes) transportava a nossa bagagem pelo corredor fora, quartos com números de metal, uma passadeira exausta, aguarelas pífias nas paredes, uma empregada de bata castanha cruzou-se com eles a arrastar um aspirador cuja tromba mole pendia como a de um elefante morto, É aqui disse o camponês a lutar com uma fechadura tão renitente como a da mala do carro, uma entrada muito estreita com a tabuleta dos preços num caixilho, um compartimento às escuras onde se distinguiam brilhos de toalheiro (Os sabonetes pequeninos, pensou, odeio os sabonetes pequeninos que colocam inevitavelmente nos lavatórios dos hotéis, muito bem embrulhados em papel de prata com florinhas), duas camas de colcha de ramagens, a carrapeta da campainha numa das cabeceiras, uma cómoda de espelho e nós os três do outro lado, idênticos mas canhotos, fitando-nos mutuamente com ar sério, Nunca me habituei a ser crescido, pensou, que estupidez tudo isto, até sei lá quando o meu pai resolvia estes assuntos por mim, escolhia o sítio das férias, pagava as gorjetas, mandava consertar o automóvel, os pequenos dramas da vida aplanavam-se um após outro com uma facilidade de milagre, O professor de matemática dá-te a nota e não te metas em mais sarilhos para o ano, Tens a hora do dentista marcada esta semana, Depois de amanhã apresentas-te no Estado-maior ao coronel Barroso e ele resolve-te a situação num ai, o pai, os amigos do pai, os estratagemas do pai, o poder do pai, o dinheiro do pai, e agora reduzido a fazer contas de cabeça a fim de saber se o cheque com que ia pagar a estalagem no domingo teria cobertura, o camponês correu uma cortina para o Vouga e ele reencontrou a tranquila lâmina da água, o que se assemelhava a uma espécie de vento ao rés das ervas, a mãe conversava de criadas com as amigas, Explica-me as aves pai, meteu vinte escudos muito dobrados na mão do homem, a porta fechou-se, ficaram sozinhos, e sucedeu nele o mesmo pânico da tarde em que teve relações pela primeira vez, perguntou tudo ao cunhado mais velho, como é que se põem as pernas, como é que se põem os braços, o que é que eu faço, a rapariga sorria da cama, lençol puxado até ao pescoço, Chega aqui garoto que dá sorte um puto e ando em maré de porras, pertencia ao género patético, rico em desgraças complicadas e inimagináveis, o suicídio do marido, a morte do filho, alguns meses trágicos de sanatório, Vês esta cicatriz de pneumotórax nas costelas?, acabou sentado no colchão, a correr-lhe os dedos nos cabelos e a sentir-se adulto e responsável, Hás-de casar de novo e hás-de ser feliz percebes, os sovacos dela possuíam um cheiro penetrante e desagradável (Alho?), a boca correu-lhe pelo peito abaixo, demorou-se a lamber-lhe o umbigo, as virilhas, os testículos, estendido nos lençóis, de olhos fechados, torcia-se de um prazer desconhecido, sucessivas ondas que inchavam pele acima, pensa Vou tomar conta de ti, regenerar-te, em acabando o sétimo ano arranjo um emprego e uma casa em qualquer sítio, o que não falta são casas, prefiro a Estrela ou um bairro em que se veja o rio, metes o casaco de leopardo sintético e vamos ao cinema aos sábados, dramas de amor no Odeón, O Casal Modelo Constituído pelo Rebento do Engenheiro e a Antiga Prostituta Recebidos pelo Papa, a língua demora-se ao comprido do pénis até os beiços engolirem o meu cilindro que goteja, vermelho de tesão, Repara como incho, vou-me vir, o que farás (cuspir? engolir? cuspir? engolir? cuspir? engolir?) ao que vou deitar de mim, e logo a seguir Ora passa para cá duzentos não custou nada pois não?, nem sequer tirou o soutien preto com uma rosa de renda ao meio, se calhar até o filho foi mentira, desceu as escadas com o desgosto do mundo com que imaginava os tipos que se lançam dos viadutos a debruçarem-se da muralha, seguiu a pé, até São Pedro de Alcântara, a dar chutos nos papéis que encontrava e a congeminar uma forma eficaz de se vingar do universo inteiro, apertou as mãos no parapeito gelado de ferro, cidade de trampa, pensou ele, cidade podre de trampa, tantas casas e tantas ruas cheias de sacanas e merdosos dentro, tinha encostado a testa aos caixilhos da janela para observar o rio e o movimento dos pássaros, e o espelho do quarto da estalagem devolvia decerto, por trás dele, as costas sem energia nem músculos dos seus trinta anos, guardaram a roupa nas gavetas sem falar, lavou os dentes para extrair da língua o gosto amargo do tabaco, cá estou eu de novo com a espuma a escorrer-me pelo queixo, e estes vincos, e estas olheiras, e estas entradas de septuagenário, puxaste as calças, Marília, as cuecas, sentaste-te na retrete para urinar numa escala de harpa com os cotovelos nos joelhos e as palmas no queixo e a tua ausência de pudor enojou-me, podias esperar que eu saísse para fazeres isso, limpares-te, como de costume, com papel higiénico a mais, uma fita enorme, interminável, rasgada com raiva do suporte, filha de proletários e comunistas mas gastadora como o raio, a quantidade de pasta, por exemplo, que estendias na escova, os banhos de imersão até à borda, o piloto do esquentador eternamente aceso como um pavio votivo, e as cuecas para cima, os collants, as calças (é preciso abanar as ancas, como um peru, para caberes nelas), o cabelo curto penteado ao acaso com as mãos, a pintura nenhuma, a camisola largueirona de homem a cair por ti como a carne pelos ossos das pessoas que emagrecem, a Tucha demorava horas a arranjar-se, pintava os olhos com um lápis preciso, espalhava sombra nas pálpebras com uma escovinha, mas observando de agora, à distância, o meu tédio é igual, o meu desejo de solidão idêntico, a minha ânsia de silêncio a mesma, quero simultaneamente que me deixem em paz e não me deixem em paz, que me amem e não me amem, que me chamem e me esqueçam, a Tucha ajeitou melhor o retrato de nós os quatro na cómoda e perguntou num tom amigável de conversa:

— Uma vez que está tudo definido em que dia sais então?

Dois casais idosos de estrangeiros almoçavam, cada qual na sua mesa, na baía envidraçada da sala de jantar vazia, onde o empregado magro empurrava um tabuleiro de dois andares de queijos e tortas, e quando se sentaram um diante do outro, como para uma partida de xadrez, um dos velhotes sorriu-lhes. A água afigurava-se-lhe deslizar ao contrário, lentamente, cor de chumbo fundido, arrastando as suas aves inumeráveis. Um barco enorme, de vela amarelada, passou junto à varanda, tripulado por três homens confusos. Um cão inlocalizável ladrava. Um sujeito de casaco encarnado recolheu, aborrecido, os menus (com um cordel ao meio para quê?).

— Aveiro — disse a Marília como se anunciasse uma última paragem. — Aguarda-se a grande cena.

— Para mim tratava-se de hóspedes absolutamente iguais aos outros — afirmou a senhora de óculos da recepção, piscando os olhos gigantescos. — Não faço distinções entre clientes.

O consomé era de pacote vulgar (Condenado toda a vida, da infância à morte, a comer sopa de pacote, verificou ele com resignação), os ovos pior cozinhados que os da criada antiga dos pais, que se matrimoniou à beira dos cinquenta anos (Casou cá de casa, orgulhava-se a mãe) com um guarda-fiscal estrábico e eu fui padrinho do filho, um pateta que lhe aparecia no Natal, vestido de pied de poule, na mira sôfrega de uma nota, Boas-festas padrinho, e ele em silêncio Vai para o caralho mongolóide, o afilhado fitava-o sem despegar como as cadelinhas com fome, a entortar com os pés tímidos a franja do tapete, a carne sem sabor aparentava-se a um aglomerado de gordura com batatas e plantas murchas em volta, os ingleses (havia jornais ingleses em cima das toalhas deles) conversavam de mesa para mesa os seus borborigmos educados, pela porta aberta da cozinha avistava-se uma vassoura diligente a varrer os azulejos do chão, recostei-me para trás na cadeira, pedi dois cafés, A maior parte dos pássaros, explicou o pai, tirando os periquitos, os papagaios e assim, vivem muito pouco tempo se não morrem à nascença, há os que emigram no inverno para países mais quentes, os que não conseguem executar a viagem e se ficam no caminho, os que os mochos e as corujas devoram se os pilham atrasados ao entardecer, retardatários, a tentar escapar à noite a caminho da mata, Deu-me a música toda não há dúvida, pensou ele no jardim de São Pedro de Alcântara, a espiar os telhados, o labirinto das ruas e o azul pálido do céu numa melancolia sem nome, a música toda e eu tão cretino que acreditei, uma cabra peluda que nem a roupa de baixo se dignou tirar, Vem-te meu lindo na minha boquinha, que salgada a água da tua piloca, Obrigado disse ele numa súbita brusquidão, não quero bolo nenhum, não quero fruta, deu um piparote no saquinho de açúcar, rasgou-lhe um dos ângulos, verteu o conteúdo no líquido castanho, Para Letras só seguem meninas e maricas observou o Carlos, a mãe disse que se quisesses te pagava um curso de jornalismo em Bruxelas, as belgas são boas como o milho, divertias-te à bessa, Até ao fim do mês no máximo concedeu a Tucha, não faz sentido nenhum continuarmos desta forma, levantou-se, andou para trás e para a frente na sala, imobilizou-se diante da estante dos livros, com fotografias de bebés e de adultos risonhos encostados às lombadas:

— Por causa das crianças — argumentou ele —, o único ponto que me interessa é as crianças.

— Os meus netos são pequenos profundamente traumatizados — disse a mãe, de cabeça sob o secador, enquanto a pedicura, de joelhos, lhe ajardinava os pés, lhe limava os joanetes, lhe pintava as unhas. — Urinam na cama até aos treze anos e qual é a criada que atura isso hoje em dia?

— Um bebé absolutamente vulgar — concluiu o pediatra entregando a ficha à enfermeira — até que a certa altura o perdi de vista e nunca mais o examinei. Deve ter trinta e três, trinta e quatro anos agora, não?

— Consultei um psicólogo — disse a Tucha — e ele garantiu-me que a solução ideal para os miúdos é a de viverem sozinhos comigo, sem discussões, sem atritos, sem as birras constantes de nós dois.

Os biberões, as fraldas, as gravidezes principalmente, a tua enorme barriga a dançar sobre as pernas inchadas, idêntica a um ganso de plástico com corda, os exercícios ridículos do parto sem dor, vinte mulheres deitadas e pançudas a respirarem a compasso com os maridos a segurarem-lhes na mão (Parece que transportamos bichos estranhos e repelentes pelas trelas dos braços), acordar a meio da noite e sentir que a tua cara se prolonga numa espécie de torso de baleia ancorada, arfando docemente contra as rugas de espuma das fronhas, o cheiro desconhecido da tua pele, o peixe esquisito que te habita, enrolado, os intestinos, o teu sorriso pálido na clínica estás contente amor, as mãos brancas, a barriga achatada. Pensa Como é possível ter mudado tanta coisa, como se compreende esta frieza, esta distância, este repentino intervalo entre nós dois? Talvez que fôssemos demasiado jovens, demasiado ingénuos, talvez que o tempo e as mentiras e os erros se não compadeçam da gente, nos não perdoem a mínima falha, o mínimo desvio de cálculo, a mínima desatenção: em que ponto da nossa vida em comum me distraí?

— Podemos sempre tentar — insistiu ele —, nada é irreparável.

Acabaram de beber o café, voltaram para o quarto. Os barcos ancorados desbotavam-se como os cabelos antigos, os pássaros flutuavam de leve na lagoa, na margem oposta algumas chaminés extraíam-se verticalmente, desenhadas a carvão, do cinzento esfumado da bruma, que formava como que uma espiral sobre o edifício solitário da estalagem. Sentou-se na cama para tirar os sapatos (havia o desenho de um navio verde à cabeceira numa moldura de ráfia), e estendeu-se na colcha, de barriga para o ar, enquanto a Marília lavava os dentes no compartimento ao lado (lavava continuamente os dentes, que exagero, com aquele ruído desagradável da escova contra o esmalte, ao acordar, a seguir às refeições, ao deitar): tinha sido diferente com ela, uma coisa lenta, pausada, sem entusiasmos excessivos, mas em contrapartida podia falar do que lhe interessava, do que o entusiasmava, do Partido, com a sensação de que o compreendiam, o aceitavam, dialogar, escutar em troca as opiniões do outro, filmes, livros, a Faculdade, as suas aspirações grandiosas e confusas, os seus sonhos veementes de reformular o ensino da História, uma noite ficaram a conversar até mais tarde, doíam-lhe os olhos dos cigarros que fumara, uma espécie de claridade azul alastrava no céu, Porque é que amanhã não trazes a tua roupa para cá, sugeriu ele a meio de uma discussão qualquer acerca de Michelet ou de Toynbee, Aquelas são as catatuas, disse o pai, aqueles os milhanos, aquelas as águias, aqueles de bico comprido os íbis, iam os dois ao Jardim Zoológico para observar os pássaros de perto, as retinas ferozes de cristal, as garrazinhas das patas, o modo como as penas se organizavam nas asas, as maiores, as mais pequenas, os pelinhos claros do peito, os corvos andavam como nós no chão de cimento repleto de dejectos e de cascas, as cegonhas pareciam-se com um amigo do pai que levantava imenso os joelhos ao andar, os pés das avestruzes, torcidos por sapatos apertados, comoviam-no, o pai disse Cada som deles significa uma frase diferente, nós é que ainda não crescemos o suficiente para compreender certas linguagens, certos acenos de cabeça, o desenho, por exemplo, dos voos, a Marília extraiu um livro de capa berrante do saco e sentou-se a ler no colchão dela no ar resignado com que as esposas fazem crochet nos automóveis estacionados à volta dos estádios da bola, as molas protestavam aos guinchos quando um deles se ajeitava melhor nas almofadas, a irmã mais nova, de pálpebras inchadas, vestida de preto, abriu a porta do carro e disse:

— Recuso-me a fazer declarações à imprensa, vocês dos jornais deturpam tudo.

— Não quero não quero não quero — disse a Tucha com raiva — e acho que devias aprender a aceitar as coisas como são. As relações morrem.

Pensa Isto não é uma frase tua, andaste a aprendê-la em qualquer sítio, no psicólogo, com uma amiga, um amante, no decurso de um desses telefonemas intermináveis em que te fechas no quarto para arrulhar parvoíces no bocal. Pensa Odeio-te, hei-de pôr os nossos filhos contra ti, envená-los subtilmente, gota a gota, domingo após domingo, A vossa mãe não quer viver comigo, A vossa mãe não quer que vocês tenham um pai, A vossa mãe quer-me substituir por outro, virei para a sombra da tua casa, à noite, com uma tranca, e parto os cornos a quem lá entrar, às onze um cabrão arruma o carro, aproxima-se, toca a campainha, e eu a bater de manso com o pau na minha própria coxa Se é para falar com a mulher fale antes ao marido seu artolas, o tipo recua, aflito, hesitante, Enganei-me na porta ora deixe cá ver, num pobre sorriso de derrota disfarçada, Pois claro eu ia para o cinquenta e seis este é o cinquenta e quatro desculpe, avanço dois passos, divertido por dentro, carrancudo por fora, É possível mas em todo o caso a sua cara não me é estranha, chegue-se aqui à luzinha do candeeiro para eu o observar melhor, Enganei-me no número é tudo, tenho de me ir embora que ando cheio de pressa, geme o gajo, Cagado de merda, penso eu, que te fodo os tomates com o chuço, os tomatinhos do tamanho de ervilhas cozidas, a testa dele é um aglomerado de rugas de pânico, trota de viés, disfarçadamente, no sentido do automóvel estacionado, procura meter-lhe a chave sem que eu visse, pirar-se, desaparecer, fugir, agarro-o pela gravata e a expressão estrangulada vem atrás, O que é que você quer o que é que você quer o que é que você quer, gane ele a medo, O que é que o senhor pretende corrijo eu a aplainá-lo no capot, a empurrar-lhe as costelas com o joelho, a Marília pousa o livro na mesa de cabeceira, deita-se de lado na cama separada da dele por um tapete horrível, fecha os olhos mas sei que esperas que eu fale, que imaginas que engendro alguma coisa, que sob as pálpebras descidas os teus olhos me espiam inquietos, que me achas esquisito, agitado, infeliz, levanto o telefone, peço o número da clínica, que raio agonizar nas Amoreiras, Santo Deus, O quarto dezassete por favor, Um momento responde a voz da coruja apaixonada, alguns ruídos, guinchos, estalos, Sim, diz a prima, Sou eu, diz ele, como vai a mãe, Razoavelmente, responde a prima depois de uma hesitação, queres falar com ela? Não, responde ele, era só para saber como andam as coisas, Não te apoquentes, diz a prima numa jovialidade forçada, ocupa-te lá do D. Dinis que a gente governa-se por aqui, O pai apareceu, pergunta ele, novo silêncio desta feita mais breve, Telefonou do aeroporto, diz a prima, está de partida para a Escócia mas vieram as tuas irmãs e se quiseres algum recado, desligo de súbito, fico a olhar o estuque do tecto, o candeeiro de palhinha, a ria que escurece lentamente, o que é que as gaivotas vão fazer agora, pega-me ao colo e explica-me como é que as aves adormecem, a noite vai engolir os barcos e os pássaros, as chaminés de Aveiro, as luzes que estremecem, indecisas, muito ao longe, Então, diz a Marília, buscando às apalpadelas os cigarros na mesinha, acende um pelo filtro, lança-o fora, recomeça, Que te importa a ti a minha mãe, no fundo que me importa a mim a minha mãe, desenha uma argola de fumo com os beiços, Então o quê, diz ele.

— Desapareceu no domingo e a mulher pagou, levou o carro do casal e abandonou a estalagem no dia seguinte — esclareceu um homem magro, em camisa, instalado num gabinete repleto de ficheiros metálicos. — Houve provavelmente uma zanga entre ambos, os casais são imprevisíveis, nunca sabemos o que vai sair dali. Eu fui ao registo uma vez e jurei para nunca mais.

A Tucha ajudou-o a carregar as malas até ao elevador e deu-lhe um beijo na bochecha:

— Adeus — disse ela sem emoção nenhuma. E no entanto a tua boca, o teu cheiro, a excessiva proximidade do teu corpo, picaram-me as pálpebras de um ácido esquisito. Lágrimas?, pensa ele, indignado, vou desatar a chorar no capacho como um vitelo? Empurrou a porta do elevador, carregou no botão, algo de indefinido mudou na minha vida. Quedou-se a mirar o prédio e a seguir afastou-se em passadas pequeninas, embaraçado com o peso da bagagem.

— Não me queres contar o que se passa? — disse a Marília.

— Um, dois, três explicadores, os que forem precisos mas esse madraço que me não chumbe o ano — berrou o pai na sala, de pé, para a mãe que o escutava sentada, de olhos baixos, a agitar a compasso as agulhas de tricot. (Não me podia ver porque eu estava na moldura da porta e ele de costas para mim, junto dos sofás por estofar.) — Só um idiota daqueles é que não aprende a matemática, o que lhe ensinam no liceu qualquer atrasado mental decora.

— Prefere Letras — revelou a mãe —, confessou-me a semana passada que queria estudar História. Fiquei banzada.

O pai deu um murro no bar Arte Nova, as garrafas e os copos saltaram:

— Letras? História? — (Falava devagarinho numa surpresa imensa.) — Tens mesmo a certeza que esse parvo é meu filho?

À esquina da rua, com uma mala de cada lado, não arranjava táxi. As lágrimas corriam-lhe sem esforço ao longo do nariz, reuniam-se na cova do queixo num pequenino lago, uma ou outra, transviada, molhava-lhe a camisa. E no entanto, pensava ele agora, não gostava dela, era impossível que gostasse verdadeiramente dela, não possuíam nada em comum que os ligasse, salvo a mesma origem decadente e a mesma incurável adolescência à deriva: dois putos num quarto de brinquedos, sem saber o que fazer deles próprios e dos seus projectos sem sentido. Ter-se-ia tornado adulto desde então? Adulto por dentro, responsável, capaz, com força para o absurdo cretino do dia-a-dia?

— As pessoas que por mais que procurem não encontram um sentido para a vida — perorou o psicólogo desenhando cuidadosos círculos a lápis numa folha de papel — constituem sempre suicidas em potência. Mais tarde ou mais cedo o vazio dos seus quotidianos acaba por os lançar numa angústia de ratos de laboratório claustrofóbicos, e então temos os comprimidos, o gás, a forca, a bala, o ácido sulfúrico, os oitavos andares, a faca, a electricidade, o viaduto, o pesticida das vinhas, o petróleo, o mar: a imaginação deles, senhoras e senhores, não possui, literalmente, limites.

— História uma grandessíssima gaita — urrava o pai a erguer o copo de uísque à altura das pupilas para se servir de uma garrafa facetada de cristal, pousada com uma dezena de outras numa mesa antiga de gamão —, eu dou-lhe a História, minha linda. Um inútil que não percebe nada de nada, um calão, um ralaço, uma criança, esse fulano não tem querer. Económicas, Engenharia ou Direito e é um pau. História, calcule-se, História, um infeliz sem a noção dos logaritmos.

A luz entrava pelas varandas da sala, atravessando, prateada e irreal, as buganvílias e as roseiras bravas do jardim, e os corpos deles, os móveis, os quadros nas paredes, os objectos miúdos que invadiam a casa, pareciam imponderáveis e suspensos na claridade cintilante, como se um vapor de hélio lhes inchasse nas veias. Os cabelos da mãe detinham a misteriosa textura angélica das fadas, o vestido ondulava devagar, insuflado por uma brisa inexplicável. Comecei a subir as escadas para o meu quarto sem tocar na passadeira, e qualquer coisa de elástico e esponjoso me fazia, por assim dizer, voar.

— A partir do dia em que nos separámos — declarou a mulher dos óculos escuros que passeava o cão no jardim de uma cidade estrangeira —, praticamente nunca mais o vi. Divorciou-se por procuração, estava em Estrasburgo com uma bolsa de estudo.

A ria desaparecera por completo, transformada num fundo lago sem margens, ponteado de raras luzes assimétricas, desprovidas de brilho. Não se topava nenhuma ave, nenhum barco, e os próprios gestos deles eram invisíveis na sombra.

— Já não nos servem de certeza jantar a esta hora — ciciou a voz sem carne da Marília, reduzida aos arabescos cor de laranja da brasa do cigarro e à mancha sem arestas do seu vulto. — Fecharam a sala de jantar e foram-se todos embora assistir ao programa de televisão para aquela saleta pavorosa estilo lar de idosos e convalescentes, com poltronas de inválido diante do écran. Encontramos lá a equipa completa, vais ver: a indiferente da recepção, os dois infelizes de colete, a criada dos quartos que amanhã nos vai fazer a cama, sem nenhuma mancha no lençol para contar aos outros.

Falava devagar, sem indignação nem zanga, mas eu cessara por completo de a escutar: achava-me ao colo do pai, sob o castanheiro do poço, numa tarde antiga que se não sumira nunca dentro dele (a mãe aguardava-os em casa, com um livro nos joelhos, sorrindo), a ouvir a explicação dos pássaros. Tão absorto que mesmo o rumor da água defronte da estalagem, debaixo da janela, o som dos anúncios da televisão e a tosse dos ingleses no corredor haviam deixado de existir, para darem lugar a um enorme, ilimitado espaço claro unicamente habitado pelos gritos roucos das gaivotas.

Sexta-Feira

Testemunha Alice F., governanta na estalagem de Aveiro e residente na mesma, em Aveiro. Prestou juramento e aos costumes disse nada. Inquirida disse: Que na terça-feira dez de fevereiro, entre as dezasseis e as dezassete horas, se encontrava no seu posto de trabalho a explicar a nota de conta a um casal de ingleses idosos e a vigiar o transporte da bagagem para o automóvel alugado em que estes tinham vindo, quando entrou repentinamente no vestíbulo uma criança do sexo masculino, de cerca de doze anos de idade, filho da cozinheira da pousada, a qual, num estado de extrema agitação, empurrou a inglesa com o cotovelo sujo e gritou à depoente «Dona Alice venha ver o que ali está». Como a depoente a admoestasse com severidade da sua ausência de educação e do seu total e completo desrespeito pela indústria turística, consubstanciada, no caso vertente, na pessoa da britânica macróbia, cuja conduta se pautava aliás sempre, como é hábito nessas ilhas, dentro dos parâmetros da mais perfeita educação, a criança lançou violentamente ao solo uma armação de arame pintado de branco, repleta de lindos postais ilustrados de curiosos rincões da nossa formosa terra tais como Monsaraz e outros, e berrou, numa exaltação incontrolável, «Deixe-se de sermões sua cabra que está um homem morto acolá no meio da areia». Apesar de incrédula, por bem conhecer a estranha fertilidade das imaginações infantis, que os modernos meios de comunicação morbidamente exploram, a depoente apressou a partida do casal estrangeiro indo despedir-se deles, risonha, ao pátio da estalagem, e logo que o veículo desapareceu aos solavancos na estrada, cercada de pinheiros e arbustos que a seca definhava, dirigiu-se à criança e em tom de reprimenda, depois de comentar «É isto que te ensinam na escola meu cretino», perguntou-lhe «Que pouca vergonha vem a ser esta num estabelecimento privado?», ao que lhe foi respondido, de mistura com palavrões que se não atreve a reproduzir aqui e que atribui à progressiva dissolução dos costumes posta em marcha pelo lamentável período revolucionário que em má hora atravessámos, haver o cadáver de um homem a cerca de duzentos metros a oeste do edifício da estalagem, semidevorado pela incontrolável gula das gaivotas, e que parecia corresponder, pela sua roupa, óculos e dimensões, ao de um hóspede entrado na quinta-feira anterior, juntamente com a esposa, o qual costumava passear-se com a mesma, ao comprido da margem da ria, em longas conversas de que a depoente ignora o conteúdo e os temas. Mau grado as suas legítimas hesitações e dúvidas acerca da veracidade da informação recebida, a depoente dirigiu-se, por descargo de consciência, ao local indicado, que os pássaros do Vouga sobrevoavam em enxame de um modo que a intrigou, por não ser habitual tanta ave e tanto crocito na areia numa manhã sem chuva nem ameaça dela, antes cinzenta, pegajosa e húmida de névoa, afogando a cidade no seu brim de lágrimas paradas, e topou entre os caniços, de barriga para cima, braços abertos e rosto irreconhecível, manifestamente erodido pelas bicadas dos pássaros, o hóspede Rui S., identificado a páginas dois do presente auto. A depoente possuiu logo a certeza de se encontrar perante o mencionado Rui S., não só pelos factos já indicados no presente testemunho como também por um dos olhos do cadáver, intacto, redondo, gigantesco, a fitar com a expressão de aflita inquietude ou de resignação submissa com que mesmo para lhe pedir a chave do quarto ordinariamente a mirava. As gaivotas é que não pareceram muito satisfeitas com a intrusão, desatando a chiar de fúria em torno da depoente, num redemoinho de asas que de tal forma a assustou que se apressou a regressar à pousada para telefonar à polícia a fim de participar a ocorrência, depois de oferecer à criança um pacote de bombons de anis e dois postais ilustrados de Viana do Castelo, partial view. Inquirida acerca do que conhece do falecido, disse tê-lo visto pela primeira vez na mencionada quinta-feira, perto das catorze horas, quando, juntamente com a sua presumível esposa, entrou na estalagem solicitando um quarto para o fim-de-semana, o que fez aliás com escusada rudeza, conduta que levou a depoente a entregar-lhe a ficha e a chave em silêncio, privando-os do usual discurso de boas-vindas que dedica aos seus clientes sem distinção de nacionalidade, cor da pele ou categoria social. Acrescentou que o encontrava habitualmente, três ou quatro vezes por dia, no balcão da recepção, e que lhe parecia preocupado e nervoso. De uma ocasião pediu-lhe mesmo uma chamada para uma clínica da capital, mas não conversou mais do que sete ou oito impulsos. Inquirida quanto à mulher que o acompanhava, a depoente respondeu ser mais ou menos da idade do defunto, de aspecto simultaneamente descuidado e hostil, e ter partido sozinha, na véspera da descoberta do cadáver, após pagar a conta com um cheque cuja cobertura não foi ainda verificada. Vestia por norma uma espécie de poncho de cor predominante vermelha, calças de ganga e socas pretas, e caracterizava-se, em sua opinião, pelos soslaios irónicos que dedicava aos quadros e litografias, de belos motivos regionais, dependurados nas paredes e escolhidos pela depoente no duplo intuito de embelezar o ambiente e alegrar os lazeres da clientela. No que concerne aos motivos do suicídio, se tal hipótese se comprovar conforme os elementos até agora compilados e o relatório do médico legista assim o deixam perceber, a depoente disse desconhecê-los por completo, mesmo levando em conta a óbvia ansiedade do arguido e a estranha conduta das pessoas na época que vai correndo. Desejou outrossim sublinhar a agitação desesperada das gaivotas e restantes pássaros da ria, tais como patos bravos e aves menores ou cujo nome, científico ou comum, a depoente não sabe, os quais manifestavam um comportamento em absoluto insólito para quem de há longa data os conhece, cujo se traduzia no facto de darem a impressão, ao mesmo tempo, de protegerem o cadáver por um lado e despedaçá-lo por outro, reduzindo-o a fiapos confusos de sangue e de roupa, o que viria a dificultar em extremo os trabalhos de remoção do corpo, em consequência da encarniçada fúria das aves contra quem quer que se aproximasse do morto, e obrigando à utilização de armas de fogo e da mangueira dos bombeiros para as dispersar. A depoente ficou de tal jeito impressionada com o sucedido que sofreu um acesso de febre nessa noite, e sonhos prolixos em que homens-pássaros, de cara de gente e garras negras que sangravam, voltejavam em seu redor chamando por ela com apelos mais tristes do que os cantos da igreja, tentando tocar-lhe com o bico nas coxas e no peito. Mesmo depois do transporte de ambulância do finado para o Porto (Como esquecer a maca tapada com um cobertor, o aparato dos fotógrafos dos jornais, a multidão dos curiosos, os polícias de fita métrica em punho, o sujeito gordo e manso que parecia comandar tudo aquilo, de mãos nos bolsos e fósforo na boca como os encarregados das obras) as aves permaneceram vários dias sem abandonar o local onde jazera o defunto, traçando esquisitas elipses inquietas ao rés da erva, até que a pouco e pouco, com a chegada das primeiras chuvas, tudo regressou à normalidade do costume, as gaivotas tornaram à água, os patos emigraram para sul, a serenidade do inverno tranquilizou os eucaliptos e os pinheiros, os barcos retomaram o curso habitual, os sonhos insólitos desapareceram, a depoente desmarcou a consulta para o psiquiatra de Aveiro que esperava a aliviasse das suas noites febris, repletas de medo, de suor e de pesadelos de homens voadores, as grandes e escuras nuvens de março misturavam-se e afastavam-se, e a mágoa de uma paz de pântano, feita da lisa e sem atritos sucessão dos meses, ganhou fundas raízes no seu sangue, insinuou dentro dela, como uma espécie de morte, a certeza da velhice atrás de um balcão de pousada, entregando chaves e recebendo chaves, compreende o senhor, até ao dia em que, quer dizer, entregar chaves e receber chaves, entregar chaves e receber chaves, entregar chaves e receber chaves, entregar chaves e receber chaves, fazer contas, fazer contas, fazer contas, conferir facturas, pagar ao pessoal, aos fornecedores, ao senhorio, trazer o retrato do marido, em esmalte, ao peito, ver televisão, de pé, atrás dos clientes, deitar-se só, tomar banho só, comer só, percebe o senhor, até ao dia, que alívio, em que. E mais não disse. Lido, ratifica e assina.

*

Acordou muito cedo porque dormiu na cama do lado da janela, de que se esquecera de baixar o estore e correr as cortinas, com a sensação de os lençóis navegarem na bruma da ria, de nuvens baixas e grossas nascidas da espessura turva da água. Levantou-se, foi urinar, sem acender a luz, à casa de banho, voltou a tapar-se com o cobertor: Dói-me a cabeça, doem-me os rins, doem-me as pernas, o aquecimento deve ter ficado ligado a noite inteira. Uma claridade suja modelava a pouco e pouco os contornos dos objectos como um oleiro paciente, e principiei a distinguir o teu rosto esborrachado contra a almofada, um olho, a boca aberta, os vincos que formavam rugas de parêntesis nas bochechas, a forma, ainda pouco distinta, do corpo. A roupa pendurada das cadeiras parecia oscilar ao ritmo de uma respiração misteriosa, as paredes dilatavam-se e encolhiam-se devagar: O latir das minhas têmporas no travesseiro faz palpitar o mundo. Pensou fumar um cigarro, ler um livro, mas preferiu sentar-se no colchão para ver a manhã, avançar palmo a palmo no sobrado, revelar os defeitos da madeira, as franjas do tapete, as pernas em arco, lascadas, dos móveis: O dia começa sempre por este desconforto físico, este estranho nascimento das coisas conhecidas, a tua cara deformada que dorme. Na Rua Azedo Cneco vultos indistintos remexiam nos caixotes do lixo, uma camioneta da Câmara passava lentamente esguichando repuxos de água por cima das rodas, e adivinhava-se o Tejo a arfar, ao longe, para lá dos prédios.

— É aqui que tu moras? — perguntou a irmã mais nova do capacho da entrada, a esticar o queixo curioso na direcção do vestíbulo: o bengaleiro que era um manequim antigo, uma roda de carroça encostada à parede, a gravura pseudo-oriental com um pássaro de cauda comprida a flutuar num galho, afiguraram-se-me de súbito vulgares e feios, estúpidos. — Não me convidas a entrar?

A mulher voltou a cabeça para o outro lado, as feições torcidas desapareceram, e surgiu no seu lugar um novelo de cabelos escuros que o sono emaranhara, idêntico a uma bola de lã com muitas pontas soltas. Pensa Há quantas semanas não tenho vontade de fazer amor contigo? Pensa É tudo tão previsto já entre nós, os gestos, o sabor da saliva, a forma insatisfeita de acabar, os corpos que se separam, lentos, sem afecto, do mesmo modo que as células se dividem. O dela ganhava agora consistência sob o lençol, o espelho da cómoda surgiu da sombra e reflectiu um ângulo de armário, quadros, uma faixa do tecto.

— Tantos livros — disse a irmã olhando em torno a sala exígua, os retratos colados em pedaços de cartão e encostados às lombadas, o banco de jardim público a morder a esteira com as patas de ferro, cartazes do Partido, postais antigos, brinquedos de lata numa mesa. Se a Tucha visse isto morria de certeza: proíbam-na de encher a casa de porcelanas e começa-lhe a faltar o ar.

Pensa Estás a medir o mau gosto disto tudo, a guardar isto tudo na cabeça para contares, entre risos de troça, às amigas: Só queria que vocês vissem como o meu irmão vive, se os comunistas ganharem as eleições obrigam-nos a todos a pôr uma roda de carroça na entrada e a encher a casa do pivete insuportável dos livros. E o Carlos, da poltrona, solene, sério, entrincheirado atrás da seda natural da gravata: Tenho lá um na fábrica que é um funcionário óptimo. Pensa Exactamente como a minha mãe fala dos cãezinhos educados que não fazem chichi na alcatifa.

— Social-democracia, socialismo, comunismo — disse o pai numa comiseração irritada — não vês que é sempre a mesma armadilha para nos destruir a nós? Eu nem quero pensar que tu conspires contra o governo, era a mesma coisa do que quereres matar-me a mim. E quanto àquele policiazito impertinente falo com o director-geral e faço-lhe a cama num rufo.

Sentado, com as mãos debaixo da roupa e os olhos piscos, via a manhã inchar sobre a ria como um enorme pão esbranquiçado que leveda, com as primeiras gaivotas poisadas na superfície lisa, cor das pálpebras por dentro, da água: dormirão assim, a flutuar, ao sabor das correntes, ou esconder-se-ão na areia, nos caniços da margem que a pouco e pouco surgem do nevoeiro, ralos e direitos como mechas de cabelo? Pensou em baixar o estore a fim de expulsar a claridade, regressar ao sossego de ovo da noite, transformar o quarto numa ilha cúmplice de trevas, adormecer: o corpo que flutua, os olhos mortos à deriva, o coração finalmente em sossego, idêntico a um barco ancorado. Passos rápidos aproximaram-se no corredor, rebentaram-lhe nos ouvidos, afastaram-se a caminho de nada: a mulher das pupilas enormes da recepção? O empregado magrinho? O camponês? A irmã esquadrinhava o apartamento de Campo de Ourique, curvada para a frente como os visitantes dos museus, de lábios apertados numa reprovação educada: Uma espelunca indescritível, roupa espalhada, coisas pelo chão, papéis em desordem, eu era lá capaz. Ao acompanhá-la apercebia-se dolorosamente do desalinho da casa, dos cabelos no ralo da banheira, das nódoas do sofá, da pele de seda do pó, da persiana quebrada, oblíqua, contra o vidro.

— Como é que descobriste onde eu morava? — perguntou ele. — O telefone nem sequer está no meu nome, não dei o endereço a ninguém na Faculdade.

De manhã a voz feminina do serviço de despertar confundia-se com os ruídos mates do bairro três andares abaixo, puxando-o para fora do aquário limoso, sem peixes, dos seus sonhos: uma mulher neutra, imaterial, precisa, anunciava as horas sem emoção nenhuma, e empurrava-o aos tropeções para o quarto de banho, onde a lâmina da gilete luzia, rente às bochechas, como a lua no mar. O canalizador, que viera na véspera consertar o lavatório, abandonara caliça, pegadas de lama e pedaços de tijolo nos azulejos, e ele foi à cozinha, cheia de loiça por lavar, em busca de uma pá e uma vassoura para verter o lixo no caixote de plástico cor de laranja, de tampa preta, que nunca te lembravas, apesar dos meus protestos, de deixar no patamar. Jamais compreendi o teu desleixo, o teu desinteresse pela casa, a tua indiferença perante os cinzeiros a transbordarem de beatas, a cinza nas tuas toalhas, as pilhas de jornais que se amontoavam sob a cama. Às sextas-feiras uma mulher-a-dias da tua raça corria um pano distraído e inócuo pela porcaria amontoada, roubava no açúcar, partia copos, ia-se embora depois de almoçar despudoradamente o meu atum. Do outro lado da parede escutavam-se ruídos de talheres, vozes, a música amortecida de um aparelho de rádio, enquanto a manhã sem esperança de Lisboa se encostava, desanimada, aos caixilhos.

— Esqueces-te que isto aqui é uma aldeia — respondeu a irmã a examinar, de testa franzida, um cartaz com a cara achinesada e peremptória de Lénine. O nariz torceu-se-lhe numa careta de sarcasmo: — Alguém da família da tua mulher?

O número de gaivotas aumentava, um bando de patos, em triângulo, chegou do lado da cidade descrevendo um vasto semicírculo na névoa, o vento da aurora remexia as folhas. Uma camioneta passou ruidosamente na estrada num som exausto de molas: Se eu fosse pequeno, pensou ele, embaciava os vidros com o hálito e escrevia o meu nome de indicador esticado, ou imaginava um navio de piratas a subir a ria, com a bandeira preta no mastro mais alto e homens feíssimos a espreitarem da amurada. Se eu fosse pequeno pedia para pôr, depois do banho, a brilhantina do meu pai, jantava de pijama e ia de castigo comer para a cozinha se segurasse mal nos talheres, colocasse os cotovelos sobre a mesa, ou entornasse a sopa. Se eu fosse pequeno era o filho do senhor engenheiro e o professor perguntava-me os rios de Moçambique mais aflito da minha ignorância do que eu. Pensa As notas que me davam eram para ele, não eram para mim, a escola não podia desprestigiar o regime taxando abusivamente o filho do subsecretário de Estado de mandrião ou de pateta, o próprio director me cumprimentava com uma cerimónia esquisita, os contínuos impediam os outros rapazes de me baterem, se me desse para berrar bardamerda no recreio os prefeitos aplaudiriam de entusiasmo, a mulher do chefe da secretaria, que ensinava desenho, derretia-se de respeitoso júbilo: Tão pequenino e tão precoce já.

— Lisboa é uma aldeia — afirmou a irmã — e tu moras numa autêntica pocilga. — Os olhos dela apequenavam-se de desprezo, deslizou o dedo numa prateleira, limpou-o no casaco: — Oxalá não tenhas o mau gosto de convidar os pais a vir aqui.

Talvez que eu nunca me devesse ter convidado a mim próprio a ir lá, pensa ele enquanto o novelo de lã escura rebola, a resmungar palavras indistintas, na almofada, um braço surge dos lençóis, oscila ao longo do rebordo do colchão, tomba, mole, até os dedos, de unhas muito curtas, tocarem, suavemente dobrados, no tapete. Haveria, pergunta-se ele, unhas compridas e vermelhas no congresso de Tomar, mulheres cuidadosamente perfumadas, cuidadosamente bem vestidas, de soslaios sábios, a exibirem o latifúndio das coxas entre o joelho e a saia? Talvez que devesse ter voltado para casa quando me separei, namorar a filha de uma amiga qualquer da minha mãe, propor-lhe casamento, recomeçar, em lugar de escolher a herdeira do guarda-republicano só porque lera mais sobre o Godard do que eu. Muito se está a Tucha a rir com o namorado a esta hora, pensou, num desses bares onde as pessoas se assemelham a bonecos mecânicos movidos pelo motor da própria indecisão, antes de se unirem, ao fim da noite, em coitos distraídos e sombrios: Se visses o que ele arranjou para me substituir, se visses com quem ele anda agora. Talvez, não é, que estivesse a trabalhar na empresa, ignorasse o Godard, fosse feliz, me contentasse com o bridge, os bons fatos, as nádegas da secretária, as terrinas da Companhia das Índias, a conta bancária no estrangeiro. Havia agora mais gaivotas na ria e também outra espécie de pássaros, igualmente brancos, de que ignorava o nome. Uma mancha cor de tangerina, semelhante a uma nódoa de sangue, alastrava na manhã, as nuvens deslizavam sem ruído para sul. Olhou sem ternura o corpo adormecido e pensou Tinhas lido mais livros do que eu, foi isso o que me conquistou, falavas-me de escritores, de realizadores, de pintores que eu nem imaginava que existissem, discorrias sobre eles e as tuas mãos, de dedos quadrados, abriam-se e fechavam-se como as plantas do mar. Pensa Como as tuas preocupações eram diferentes das da Tucha, das dos meus pais, das dos meus amigos, Maio de 68, o Vietname, o Poder Negro, Marshall McLuham, assuntos distantes e veementes.

— Não conhecia sequer os filmes de Dreyer — disse uma mulher descuidada e remexida, de quarenta e tal anos, a coçar a cabeça com um lápis vermelho. Os sapatos dela, sem graxa, friccionavam-se um no outro como que atraídos por um íman inquieto. — Aturei quatro anos um tipo que adormecia nos ciclos da Gulbenkian.

— Uma pocilga — insistiu a irmã —, uma autêntica pocilga cheia de posters contra a religião e a família. — Acendeu o cigarro com o isqueiro embutido numa caixa de porcelana e sorriu: — Faziam colecção de parvoíces de lata, bonecos, carroças, charruas, inutilidades assim.

O pai apareceu por trás dela, enorme, de braços erguidos, mascarado de gorila de assustar as pessoas do Castelo Fantasma da Feira Popular: a sua voz, ao mesmo tempo reboante e abafada, parecia surgir de um balde repleto de desperdícios de algodão:

— Que estupidez sem nome um casamento daqueles.

— O Rui trabalhar connosco — disse o Carlos — era uma das utopias do meu sogro: não tinha o mínimo jeito para os negócios. Pensando bem, de resto, não tinha o mínimo jeito para nada.

— Quem fala em Dreyer — continuou a mulher descuidada e remexida, a apagar com o dedo molhado em cuspo um traço de lama na meia — fala em Marguerite Duras, em Andy Warhol, no cinema experimental, nos clássicos dos anos vinte, na arte de vanguarda. O expressionismo abstracto, por exemplo, constituía para ele uma noção confusa. Acho que o que me atraiu naquele homem foi um equívoco da minha parte, a ilusão de uma certa inocência, de uma certa ingenuidade que ele não possuía de facto: o míldio da burguesia corrompera-lhe a cabeça, não passava de um decadente sem força. Se você ler o rascunho da tese sobre o sidonismo (exibiu um maço de folhas dactilografadas, já velhas, repletas de emendas) compreende com certeza o que eu pretendo exprimir.

A mancha cor de tangerina ocupou por inteiro a janela, e a paisagem lá fora tornou-se distinta e clara, quase sem sombras (sombras de árvores, sombras de nuvens, a sombra móvel, cor de clara de ovo cru, da água), os objectos do quarto adquiriram a profundidade sem mistério do dia, quietos no lugar da véspera, e o teu corpo iniciou, despoletado por um aparelho interior, o penoso, longo trabalho de acordar: gemidos, roncos, suspiros, as pernas a encolherem e a esticarem, o desassossego da cabeça, a maré alta dos lençóis. Do outro lado da porta os ingleses idosos rodaram a chave da fechadura deles, lancinantemente, dentro da minha cabeça, como se me escarafunchassem os nervos com uma faca, a velha borbulhou uma frase na sua língua sem arestas de peixe, o marido tossiu. A sexta-feira instala-se, pensou ele a abrir o duche na casa de banho minúscula, e a observar o jorro que descia do tecto à laia de um cacho de filamentos de vidro que se abriam, se esmagavam no esmalte da banheira, se dirigiam para o ralo numa lentidão preguiçosa, e embaciavam a pouco e pouco o espelho, a lâmpada acesa, a loiça do bidé em que se sentara, de pés descalços no tapete de borracha, pensando Aposto que estendes agora a mão, às cegas, para a mesinha de cabeceira, à procura das pastilhas elásticas de morango, que fitas o quarto em torno com as órbitas inchadas, estupefactas, do despertar, que vens à tona, a custo, dos teus sonhos prolixos de lutas de classes, de que me chegam por vezes palavras soltas, incompreensíveis, filtradas pela placa dos dentes. Nos primeiros tempos, pensou, trazias-me o pequeno-almoço à cama, Queres café com leite ou chá?, de roupão, penteada, risonha, beijavas-me o pescoço, comias-me as migalhas das torradas no peito, descias-me a palma, sobre os cobertores, até às ancas, avaliavas-me o pénis numa careta divertida, esquecida de Marx, de Visconti, da poesia concreta, do terrível e histórico combate para a libertação da mulher: Há quantos meses a ventosa morna e mole da tua língua me não passeia nas costelas, há quantos meses a tua cabeça se me não confunde com o púbis, há quantos meses não entro em ti, de um só golpe, num impulso raivoso, apaixonado, das virilhas? Experimentou o chuveiro com as costas da mão, hesitou, entrou na água com um arrepio, e principiou a ensaboar a cara, as orelhas, os sovacos, o umbigo. Na Rua Azedo Gneco o chuveiro, avariado, esguichava por um buraco do braço, molhava as toalhas, inundava o chão: havia sempre coisas que não funcionavam, maçanetas que não abriam, torneiras estragadas, canos rotos, o calorífero em curto-circuito, apagado, a um canto, idêntico a uma viola sem cordas, havia sempre uma inquietação de provisório no ar, uma atmosfera de caminho-de-ferro, de sala de passageiros de aeroporto pobre, a que só faltavam os escarradores de esmalte pelos cantos, substituídos por livros, por rolos de cartazes, por uma telefonia heróica que não trabalhou nunca.

— Parece que estou mesmo a ver a possidoneira onde ele mora — disse a Tucha aos amigos, a chupar a caipirinha, de bochechas côncavas, por uma palha. — Cruzei-me outro dia com a namorada dele, um monstro escuro, pequenino, raquítico, a imitar um homem. — Riu-se. — Se calhar até é.

— Nada disto tem pés e cabeça — disse a irmã carregando no botão do elevador. — Pede aos pais um quarto em casa deles, toma juízo. Mais tarde ou mais cedo hás-de cair em ti e reparar no absurdo em que te meteste. — O queixo dela desapareceu, a acenar silenciosamente que não, à medida que descia os patamares atrás da dupla porta ferrugenta, em harmónio.

A água do duche esfriou de súbito e eu saí da banheira e embrulhei-me a bater o queixo numa toalha. Uma barata correu entre os azulejos da parede e os do chão, a tactear a medo o espaço à sua frente com a delicadeza das antenas. Os meus contornos fosforescentes e vagos de aparição cintilavam nas gotículas de vapor do espelho: uma Nossa Senhora de pernas peludas, pensou, uma Nossa Senhora em travesti cercada pelas gargalhadas das coristas. E no entanto, mana, podes não acreditar mas passei bons momentos na Azedo Gneco, domingos de inverno, com a chuva lá fora, a ler Le Monde, a sentir-me porreiro com a Marília, a beber ginja, a beber chá, bons momentos quase sem manchas, juro, só a leve sombra de uma melancolia difusa, inexplicável, a úlcera sem cura da tristeza de sempre ao fundo. Depois a angústia foi aumentando e com ela o desconforto, o medo, o corpo às voltas nos lençóis da vida, sem lugar. Qual a razão?, perguntou-se a enxugar as orelhas, o pescoço, a nuca, por que motivo arrasto atrás de mim esta espécie penosa de cauda? Limpou um pedaço de espelho com o cotovelo, penteou-se rapidamente (Agora, mais magro, pareço-me com o Schubert), regressou ao quarto, vestiu a roupa da véspera sob o teu olhar baço, ensonado: Em que país viajas ainda, de que estranhas fronteiras regressas ao meu encontro?

— Vou sair — disse ele —, dar uma volta por aí, trotar um bocado, chego às nove com o pequeno-almoço, a empurrar as cafeteiras e as chávenas.

O relógio de pulso japonês pousado na mesinha de cabeceira, junto ao livro, marcava sete e meia, e o seu mecanismo aflito e brando afigurou-se-lhe o de um coração em pânico (o meu?) a galopar, incansável, na direcção da morte.

— Um bom rapaz e um assistente razoável — classificou o professor de cabelos brancos debaixo da gravura de batalha, a brincar com uma faca de papel com as palavras Made in Hong Kong inscritas ao longo da lâmina. — Preparava aliás uma tese curiosa, um pouco lunática e discutível, mas nunca consegui deixar de achar piada à sua originalidade adolescente.

— Não posso adiantar muita coisa, não me recordo, eu era demasiado pequeno para entender certos assuntos — informou a voz longínqua de homem ao telefone. — E depois já estou aqui no Canadá há oito anos, nunca mais pus os pés em Portugal, e assim longe, percebe, as recordações esfumaram-se. Lembro-me do olhar, do sorriso, de ir com ele ao Jardim Zoológico, ao circo, pouco mais. É isso: lembro-me do sorriso e da nossa excitação quando, aos domingos, ele tocava a campainha da rua: podíamos descer sozinhos no elevador.

A senhora do cão voltou a pôr os óculos escuros:

— Coitado — disse ela —, um fim daqueles faz sempre pena, não é?

Desceu as escadas (lá estava a cascata hedionda, hirsuta de flores, o balcão das chaves, os postais ilustrados na peanha de arame), empurrou a porta de vidro da estalagem, e saiu para o cascalho do pátio com as solas dos sapatos a protestarem e a gemerem nas pedrinhas minúsculas. O frio da manhã doía-lhe na cara, e sentiu o nariz e a boca endurecerem, a língua a dobrar-se, sem cuspo, nas gengivas. Pensa Água plana, céu plano, centenas de pássaros, os pinheiros a tiritarem na neblina, embainhados no açúcar das nuvens. Não se via ninguém, os ingleses idosos tinham desaparecido, o edifício da estalagem afigurou-se-lhe achatado, insignificante, sem beleza. Começou a andar ao acaso na direcção da cidade: os pés imprimiam sulcos arrastados na areia, um cão ladrou ao longe e os latidos rasgavam sem piedade o frágil papel de seda do silêncio. Pensa Apesar de tudo passei instantes razoáveis na Azedo Gneco, mana, até me sentir, como sempre, sem lugar em parte alguma, escorraçado dentro e fora de mim mesmo, desprovido de pátria e de amarras, desesperadamente livre. Pensa Tenho de voltar para um quarto alugado (os móveis estereotipados, o armário com cortininha de correr, a mala sob a cama, a senhoria antipática, intransigente, minuciosa) e recomeçar até me ser claro onde é que qualquer coisa se partiu, porque qualquer coisa, tenho a certeza, percebes, se partiu. Um bando de pardais pulava nos caniços da margem, o odor grosso da ria aparentava-se, bafiento, ao de um sovaco por lavar: qualquer coisa se partiu em qualquer ponto, a vida rodou noventa graus sem aviso, e eis-me mais sem bússola do que nunca. Pensa Ainda bem que não tenho filhos da Marília, ainda bem que não fica nada para trás. As chaminés de Aveiro fumegavam muito lentamente, dissolvendo as espiras negras e baças na zibelina das nuvens, e distinguiam-se a custo os contornos derramados das casas. A irmã, desfocada e envergonhadíssima, dizia adeus no filme diante desta mesma água azul, cor de tijolo agora, vestida de verão, de braços nus, o tronco rechonchudo apoiado na varanda. A Tucha insistiu com ele anos a fio para que comprasse uma máquina fotográfica (Por causa dos miúdos, ao menos), mas a ideia dos rostos imóveis num tempo congelado, progressivamente mais antigo, arrepiava-o desde a infância, espreitar por uma lentezinha e ver a pessoa a sorrir do outro lado, e desistiu: Gosto da família no presente, Tucha, a encher-se de rugas, a curvar-se, a envelhecer, a caminhar para a morte. Mas tinhas na realidade medo que os netos te notassem as entradas, a barriga, te achassem ridículo ou te ignorassem, sepultado no caixão da moldura, numa arca de verga, num fundo de gaveta, no esconso às escuras do sótão, até todo esse lixo inútil ser lançado, em caixotes de cartão, para o bojo de detritos da camioneta da Câmara. Pensa A minha mãe deve estar a acordar a esta hora, a menos que. Pensa Foda-se. Pensa Vou à estalagem, telefonar para Lisboa, saber, mas não sentia nenhuma emoção ao recordar-se dela, nem a sombra de uma saudade, sequer, no interior da cabeça, se imaginasse, por exemplo, a família reunida na clínica, as chamadas desesperadas para o pai (Luanda, Toronto, Nova Iorque), os parentes que chegavam, em pequenos grupos, cerimoniosos e solenes.

— Quero ser enterrada no piano de cauda — berrou de súbito a avó, com um trapo amarrado na cabeça, estendida na sua cama de inválida, num chorrilho de palavrões veementes. Eu era criança e fitava-a da porta do quarto, apavorado: é assim acabar? Os balões de soro, as visitas circunspectas do médico, a avó calada, quieta, a dormir, e de repente, inesperada, sem aviso, a boca desdentada abria-se numa caverna enorme, três ou quatro dentes esponjosos surgiam nas gengivas escuras, e lá vinha, inevitável, alarmante, tremenda, a gritaria do costume:

— Quero ir no piano de cauda, suas putas.

— Uma pocilga — assegurou a irmã a chupar uma pastilha para a garganta que lhe animava as frases de um sopro vegetal —, uma pocilga incrível.

— Não terá sido um grande enterro mas foi um enterro decente — vincou o pai com a barba postiça do último número, a conferir o dinheiro da receita, na bilheteira, de dedo rápido molhado em cuspo. (As ondas avançavam e recuavam na praia inlocalizável nas trevas, num rumor vagaroso, pesado, persistente. Fileiras de lâmpadas baloiçavam.) — Quanto ao piano de cauda é óbvio que não existia nenhum em casa dela, ofereceu o vertical aos pobres quando desatou a vender tudo.

E ele recordou-se de um móvel preto, de patas de vidro, encostado à parede, com um par de castiçais vazios sobre as teclas e um xaile de franjas no tampo, numa sala sombria repleta de contadores, de relógios e de retratos de sujeitos barbudos, e da tarde em que a avó, autoritária, decidida, seca, a arrastar-se nos tapetes com a bengala enorme, principiou, sem consultar ninguém, a negociar armários e loiças com os sujeitos, estupefactos, dos leilões, recordou-se dos homens de ganga a empurrarem as cómodas pela escada abaixo, e do piano a descer, patamar a patamar, a caminho da rua, tilintando sis bemóis desencontrados como gemidos de gota, vigiado pela velha que assistia impassível do capacho à partida daquele estranho armazém de notas, finalmente içado para uma camioneta antiquíssima, que partiu a baloiçar para uma cave qualquer. As filhas vieram no dia seguinte, protestar, zangar-se com ela, formular exigências, chamar psiquiatras (O senhor doutor compreende, a minha mãe não está bem), telefonar aos advogados (Anda a vender o recheio todo, o que é que se pode fazer?). Descompunham-na na sala, roxas ou pálidas, cheias de tiques, vibrantes de indignação, multiplicando recriminações e ralhos, furiosas, escutadas pela avó, de queixo na bengala, o sorriso irónico a atravessar-lhe obliquamente as rugas incontáveis, vitoriosa na sua casa deserta onde o pulsar dos relógios se tornara opressivo e reboante, até ao jantar em que tombou para a frente, a meio da sopa, e a deitámos na cama com folhas de espinafre ainda coladas ao nariz e ao queixo, o pescoço reluzente de gordura, uma ferida na sobrancelha esquerda na qual o sangue principiava, lentamente, a coalhar. De modo que berrava, nos intervalos do coma, deformada pelo delírio e pela zanga:

— Quero ir no piano de cauda, suas putas
à procura das filhas, com o braço, pelo quarto vazio.

Está um piano na areia, pensou ele observando uma moita negra e quase geométrica por detrás de um feixe de caniços, um piano na areia cercado de gaivotas e de pássaros do mar, e a avó, de cabelos de estopa soltos, embrulhada no vestido de noiva que mantinha guardado numa arca, percutia de dedos deformados pelo reumático a cárie das teclas, tropeçando numa berceuse infantil. A brisa ao rés das ervas ondulava o tule traçado do véu. Havia o cadáver de um gato morto na areia, quase coberto pelo restolho baixo da margem. Uma nuvem de moscas enormes, de asas azuis e corpo avermelhado, zunia em torno. Os barcos ancorados remexiam com moleza as ancas. Ficou um momento, de olhos vazios, a mirar a forma podre do bicho, e a seguir deu meia volta e regressou à estalagem.

*

Testemunha Vítor P., solteiro, vinte e nove anos de idade, empregado na estalagem de Aveiro e residente na mesma, em Aveiro. Prestou juramento e aos costumes disse nada. Inquirido disse: Que na terça-feira dez de fevereiro, pouco depois das dezoito horas, tanto quanto pode precisar, soube pela governanta Alice F., identificada a páginas trinta destes autos, ter sido encontrado, nas cercanias do estabelecimento, o corpo do ex-hóspede do quarto número dois, Rui S., em grande parte devorado, carne e roupa, pelas aves das cercanias, o que, como é natural, lhe provocou grande repulsa e choque, tratando-se para mais o referido Rui S. de pessoa particularmente educada e afável, que nunca se impacientava com as demoras ou deficiências do serviço. O depoente apreciava a sua inalterável amabilidade, em contraste com a clara antipatia e má vontade da senhora que o acompanhava, e que presume sua esposa, a qual, na sua opinião, unia uma notória ausência de gosto no vestir a um falar desabrido para com os trabalhadores da pousada, empenhados em atenderem o melhor possível a clientela em país tão preocupado com as regras da hospitalidade e da educação cívica como o nosso. Assim que obteve informação do achamento do cadáver, deslocou-se à camarata do pessoal para ingerir um calmante (lorenin, um miligrama) em virtude de sentir as pulsações do coração desabaladas e sem ritmo, lavou a cara com água fria para recobrar ânimo e forças, e dirigiu-se para o local que lhe havia sido indicado pela citada Alice F., e onde já se encontravam, para além desta, o casal de ingleses do número seis, o cozinheiro, o seu colega de trabalho, a empregada dos quartos, e dois populares provenientes de uma camioneta carregada de lenha estacionada na berma, aguardando-se a todo o momento a chegada das autoridades, representadas na circunstância por um par de guardas-republicanos da localidade vizinha, que se deslocavam de bicicleta e pedalavam nas subidas com manifesta falta de fôlego, embaraçados pelas coronhas das espingardas pré-históricas e restantes adereços inúteis da farda. O depoente notou que as pessoas se mantinham a respeitosa distância do cadáver, agrupadas num montículo de caras diversas, de braços, de pernas, de mãos, de corpos singularmente imóveis, idênticos aos de um mural mexicano ou de uma dessas pinturas de parede com muita gente para as eleições presidenciais, não se atrevendo a aproximar-se devido à nuvem de gaivotas que pairava, piando horrivelmente, acima do defunto, de órbitas transformadas em lascas circulares de vidro, arredondadas por uma estranha mistura de ternura e de ódio. Naturalmente amedrontado com a atitude das até então tímidas e simpáticas aves, tão pacíficas na ria, tão apagadas e modestas entre a cidade e a pousada, regressou à estalagem (continuava sem chover e as plantas dos canteiros definhavam lentamente como a pele quebradiça dos velhos), instalou-se ao PBX deserto, sito num cubículo minúsculo por detrás do balcão, com um calendário com uma rapariga em fato de banho pendurado de um prego, o boné e o casaco agaloados do porteiro que não havia, e várias listas telefónicas antigas empilhadas no chão, procurou o endereço constante da ficha do defunto, introduziu a cavilha verde no buraquinho das interurbanas, marcou o número e esperou. Uma voz feminina, azeda, desagradável, óssea, atendeu-o, e o depoente reconheceu de imediato a presumível esposa do cadáver, pensou em desligar à pressa, sem palavras, acabou por dizer «Está?» num soprozinho miúdo, hesitante, arrependido já da sua lembrança idiota, Que raio de coisa me passou pela ideia. A voz do outro lado perguntou duas ou três vezes «Quem fala?» perante o seu silêncio obstinado, e ele respondeu, num tom reticente que se afirmava sílaba a sílaba, «É da estalagem de Aveiro para a prevenir que o seu marido morreu». Seguiu-se uma pausa de vários segundos que o depoente não consegue nesta altura precisar, após o que a sua interlocutora exclamou «Ah sim?» em timbre distraído e neutro que o surpreendeu, por lhe fornecer a sensação, compreende o senhor, de que meditava noutra coisa. «Morreu, deram com ele estendido lá fora no meio dos caniços e das gaivotas», elucidou o depoente, e de novo um intervalo, e de novo a voz a responder «Ah sim?», na mesma indiferença de há pouco, oca e distante, chegada, frigidíssima, dos antípodas do desinteresse. Apeteceu-lhe desligar (Onde é que já se viu, por falecimento do marido, uma dureza de alma deste calibre?), chegou a tocar na alavanca com o dedo, mas acabou por se escutar a si próprio, automático, a dizer «Não quer ao menos saber como foi?», a que se seguiu um jorro de silvos, de tosses e de borborigmos da linha: Algum pardal que cagou no fio, pensou ele, algum melro sacana a gozar comigo, ao mesmo tempo que a mulher azeda e óssea lhe respondia qualquer coisa que não entendeu, mas que lhe deu coragem para insistir: «Não quer mesmo saber como foi?», e então ouviu-a distintamente «A polícia há-de cá vir a casa, vou ter tempo de sobra para conhecer os pormenores todos», e por aí entendi logo, topa, que ela não gostava dele, se calhar tinham-se ferido demais, um ao outro, anos seguidos, para se suportarem, odiavam-se no fogo lento e amargo dos casais, no ressentimento das esperanças desfeitas, na desilusão do que podia ter sido e que não foi, «A polícia há-de vir cá a casa, vou ter um relato completo da história mas de qualquer maneira não me admira nada porque já há muito tempo que nada me admira nele», e eu revi o tipo gordo, de óculos, um pouco ridículo na salopete azul, à mesa da sala de jantar da estalagem, tão educado a pedir a ementa, a escolher os vinhos, o peixe, a carne, a sobremesa, sorrindo um riso triste de retrato, a fazer bolinhas de pão com as mãos sapudas e curtas, ou a folhear revistas no átrio, de perna cruzada, conversando num inglês difícil com os hóspedes estrangeiros. «Têm filhos?», perguntei eu, e a voz desprendeu-se numa gargalhada feia, ácida, sem graça, como se uma dentadura postiça desatasse às cambalhotas na escala de um xilofone, entende o senhor, «Não, esteja descansado», garantiu ela, «não há pobres órfãos para os repórteres, crianças de olhos aflitos abraçadas à mãe, e o título nos jornais Professor Universitário Suicida-se Esquecendo Três Menores, nada de especial, uma tragédia vulgar, sem escândalo, não se preocupe». E lá estava a gargalhada curta e irónica, espinhosa, sem afecto, e eu «Não vem até aqui, não vem acompanhar o seu marido?», e ela logo «Decidimos separar-nos no domingo e de resto nunca estivemos casados a sério», Quem havia de dizer, pensei eu, um doutor e para mais tão sério, escreveu na ficha casado com, que falta de pudor, que descaramento, que lata, «Não sei porque estou para aqui a contar-lhe isto tudo, no fundo devo ter ficado um bocado chocada com a notícia», disse ela, Ficaste uma ova, minha cabra, as mulheres nunca se chocam com nada, «A senhora não calcula», disse eu, «o que aí vai de gaivotas de roda dele, comeram-no quase até aos ossos, mesmo os cabelos, vêem-se coisas brancas e duras nos joelhos» e de novo um intervalo agora absolutamente mudo, um fundo espaço sem palavras onde cabíamos os dois, um abismo como aquele que os cavalos saltam nos filmes, a voz dela chegou quase agradável de uma espécie de túnel às escuras, «Os pássaros», perguntou-me, «os pássaros de quando era pequeno?», Devia estar a delirar ou assim, pensei eu, afinal a morte do marido sempre lhe envenenara os miolos, tenta-se não mostrar mas de repente percebe-se, um gesto, o tom, uma careta, cheguei a garganta ao funil de baquelite «O que é isso dos pássaros minha senhora?» mas não ouvia nada a não ser a respiração dela no telefone, um vento esquisito que se afastava e aproximava, e nisto entraram de roldão, atarefadíssimos, a governanta e um guarda fardado, «Largue o telefone imediatamente que precisamos de falar para os bombeiros», ordenou o guarda, «Oxalá o infausto acontecimento não traga má reputação à estalagem», suspirou a governanta, «Descanse a madame que daqui a uma semana já ninguém se lembra», respondeu-lhe o guarda, «Pois mas vossemecê já atentou no comportamento das gaivotas?» disse a governanta, «Os pássaros o quê?» perguntei eu aos gritos no bocal, «Até essas se acalmam» explicou tranquilamente o guarda, era gordo, baixinho, arruçado, e afigurou-se-me vestido de polícia para um baile de máscaras, a respiração na minha orelha tornou-se mais fraca, mais distante, «Desliga lá essa merda», cresceu o gordo, «que eu não estou a reinar aos caubóis», o boneco do calendário aumentou de tamanho até ocupar o cubículo inteiro com a sua presença cor-de-rosa, um seio enorme e como que insuflado de ar comprimia-me o peito, centenas de asas rápidas roçavam na vidraça, a estalagem submergia-se de pombos, «Até esses se acalmam», garantia o guarda, «da memória dos bicharocos percebo eu que andei vinte anos a trabalhar com codornizes», pela janela avistava-se a ria, o cretone das nuvens, a ameaça da chuva que não vinha, «Meta-se depressa no carro», pedi eu, «que daqui a um nico aparecem os bombeiros», «Com quem estás de paleio?» berrou logo a governanta, desconfiada, «debito-te os períodos no ordenado», e antes que ela puxasse a cavilha pelo fio ouvi «As aves da quinta, os melros, os pintarroxos, os pardais», e a seguir mais nada a não ser o silvo do telefonema interrompido, a mulher do calendário a abraçar-me, o guarda inclinado para a frente a discar Aveiro, e os pinheiros engolidos pelo papel translúcido da bruma, e que escorregavam, a pouco e pouco, para muito longe de mim. E mais não disse. Lido, ratifica e assina.

*

  Entrou no quarto com a bandeja do pequeno-almoço (pão num cesto de verga, pacotinhos de manteiga, chávenas, bules cromados, coisas que se entrechocavam e tilintavam), e sentiu no nariz o odor morno, pastoso, desagradável do sono, os lençóis molhados de transpiração, a desordem da roupa, o embaciado das vidraças. Um rectângulo de cartolina, pendurado do lado de dentro da porta, com um buraco para enfiar na maçaneta, ameaçava Do Not Disturb em grandes letras imperiosas.

— Bom dia — disse ele de tabuleiro nas mãos a olhar em volta as paredes e os objectos iluminados pela impiedade do sol, os móveis feios, os sobrescritos timbrados numa espécie de secretária, cinzeiros de plástico, um cesto de papéis num canto, a ria da varanda com os patos pousados à flor da água a balouçarem de leve, e, de pupilas cegas, à procura dos óculos, o nariz e os lábios inchados, tu. A alça da camisa de dormir assemelhava-se a uma grinalda de malmequeres de renda: lá estava o peito chato, os ombros largos, o queixo a resmungar a última e confusa mensagem da noite, embrulhada numa sombra incompreensível de sílabas. Procurou onde pousar a bandeja, não encontrou espaço, arrastou uma cadeira, com o anzol do pé, para a borda da cama: o verde do assento doeu-lhe como um insulto injusto, e reparou então que deixara acesa, ao sair, a luz da casa de banho, a rastejar vencida pela energia baça da manhã. Um barco navegava numa moldura de pano, entre as duas cabeceiras de madeira creme. A tua mão tropeçou finalmente nos óculos, colocaste-os como quem se veste, as pestanas diminuíram de tamanho, e a cara adquiriu, ao observar as horas no relógio de pulso, uma expressão viva e atenta: Deves estar a magicar no que fazemos aqui, pensou ele.

— Aveiro, que sítio esquisito — franziu-se a prima, espantada, enquanto as agulhas tricotavam com ferocidade a camisola interminável. — Passei lá há séculos a caminho do Porto, queriam à força que eu visitasse o Vouga: uma cidadezeca vulgar, horrorosa, a cheirar a peixe e a podre. Tirem-me a Lapa e tiram-me tudo.

— O Montijo do norte — disse o Carlos com desprezo. — Lodo, lixo e humidade. Gostar dos limos do Montijo, como ele, é de doente.

— Atravessava o Tejo, à tarde, quando não tinha aulas — informou a irmã da música rodando o tamborete do piano — e sentava-se no pontão, sozinho, a ver a água. Era capaz de ficar assim horas seguidas, sem falar, a fazer festas aos cães vadios que passavam. Fui com ele uma vez mas vomitei no barco o tempo inteiro.

Apagou a luz pálida da casa de banho, que agonizava na alcatifa, e encontrou-a a açucarar o chá nos gestos ainda sem ossos, moles de quem acorda: Tantos pêlos nos braços, Marília, como é que eu conseguia fazer amor contigo?

— Pão de leite ou carcaça? — perguntou ela com a sua vozinha prática e despachada, desagradável, de professora: a decadência do Godard, a renovação do cinema americano, a esplanada do Campo Grande, com os cisnes e a relva, por trás do teu cabelo: Conseguirei explicar que me quero ir embora, pão de leite, que já não gosto de ti, que quero recomeçar noutro sítio, só manteiga, a vida interrompida, com menos livros, menos exposições, menos ciclos do filme alemão, menos amigos opiniosos de barba, menos cultura? Olhou para ela e pensou Como estamos já velhos de manhã, amarrotados, amarelentos, gastos, como nos nascem rugas imprevistas pela cara. Pensou Como raio era há quatro anos?, e o sabor do pão afigurou-se-lhe diferente do pão de Lisboa, o sabor da manteiga, o leite que escorria do bule de metal. O aroma do teu corpo aparentava-se ao dos lençóis da estalagem, de uma frescura postiça e sem viço, movendo-se, como uma lagarta, sob os cobertores. A mulher tocou-lhe na cara com dois dedos indiferentes: Até os teus dedos envelheceram, Marília.

— Estás gelado — disse ela.

A tua ternura não me comove, as tuas carícias não me excitam: sentia-se tão longe de ti, tão longe de tudo, pairando, solitário, numa espécie de deserto interior, como se não houvesse ninguém em torno dele, como se estivesse verdadeiramente, para sempre, só.

— É fevereiro — respondeu —, apanhei frio lá fora.

Os pinheiros, as restantes árvores, a areia, o rio, o vento de navalhinhas do inverno a barbear a bruma, e tudo azul, se calhar, em junho, no mês dos meus anos, calor, a pousada cheia, famílias belgas, a desocupação das férias.

— Apanhei frio lá fora — repetiu ele a pensar, irritado, Quando é que estas festas acabam? — Pelo aspecto das nuvens não vai chover nunca mais: o mar tornar-se-á num deserto de areia, Marília, como a lua, como a cabeça de dama de copas da minha mãe. (Tenho de telefonar para a clínica a procurar por ela.)

— Como a da tua ex-mulher, se me dás licença — completou a Marília com um sorrisinho sarcástico. — Achavas a Tucha um génio e a sujeita não distinguia a Gioconda de uma pintura de carrossel.

Mas eu sentia-me bem com ela, com os filhos, com a casa da Rua da Palmeira, não queria a nenhum preço sair, até os azulejos da cozinha me faziam falta. Foi aí que me lixei, ao consentir em pirar-me de lá, pensa, porque de certo modo era feliz: ouvíamos discos à noite, conversávamos de banalidades, tu na cadeira de baloiço, eu sentado no chão com um livro esquecido ao lado, se nos calávamos sentíamos a respiração dos miúdos a dormir, mas sempre, mesmo nessa altura, a má consciência, a ferida do Partido, aberta, a latejar, o remorso da minha cobardia, o preço que pagava por viver contigo. A mulher de cabelo grisalho que coçava a cabeça com o lápis afirmou, separando as sílabas, debaixo de um cartaz representando um tipo de punho erguido junto de um perfil de fábrica repleto de chaminés que fumegavam:

— Irremediavelmente burguês.

Abriu um pacotinho circular de compota idêntico aos que servem durante as viagens de avião, provou, pô-lo de lado: Demasiado doce, dá-me espasmos na glote: a garganta aperta-se de repente, não se consegue engolir o ar, os móveis giram e ondulam numa dança turva, o chão desaparece adiante de nós como a água por um ralo. A Marília mastigava num remanso de vaca de Walt Disney, e ele pensou Se continuo nisto muito tempo principio com certeza a odiar-te. Levantou o auscultador para pedir a clínica da mãe, desistiu. O quarto prolongava-se numa espécie de varanda pequena, com duas cadeiras, uma mesa de pau pintada de branco e uma balaustrada de cimento e de ferro, onde talvez na primavera, ao fim da tarde, uma pessoa se pudesse instalar de copo na mão, observando as grandes sombras móveis do crepúsculo, a laranja do sol a sumir-se na foz. As irmãs jogavam as cartas na sala, alheadas dos poentes, o pai, numa poltrona à parte, decifrava interminavelmente os significados ocultos do jornal, extraindo e enfiando no bolso óculos sucessivos. A Tucha, de joelhos no tapete, mudava as fraldas do filho mais novo, estendido, a espernear, no sofá. Pensa, surpreendido, Os bebés têm dez dedos como nós e unhas e cabelo. Pensa Se a Marília engravidasse de novo o que aconteceria? Os biberões, as fraldas, a exaltação febril dos primeiros tempos, e depois o cansaço das noites mal dormidas, a boca minúscula infinitamente ávida. Os homens transportavam o piano da avó, com o auxílio de cordas, pela escada abaixo, a velha, impaciente, batia com a bengala no corrimão do patamar, e a seguir foi a vez dela, o caixão aos solavancos nos degraus, os sujeitos de preto, a casa subitamente em silêncio, desabitada dos seus berros. Dias após partiram os derradeiros móveis, a derradeira loiça, os derradeiros quadros, as derradeiras e bafientas malas de roupa, e os compartimentos, maiores, tornaram-se reboantes do eco dos meus passos, da minha tosse, da asma, percebes, que silvava nas paredes. Levaram as cortinas também e os prédios fronteiros aproximaram-se de mim, curiosos, à espreita: Nunca julguei que te deixasses vencer, avó, que fossem mais fortes do que tu apesar do teu tamanho minúsculo, dos ossos frágeis, quebradiços, de esquilo, da cama a que te amarraram na esperança de prender o vento. Se a Marília engravidasse teria coragem de deixá-la?

— Depressa depressa — gritou a voz do pai a bater as palmas do lado de fora das rulotes. — Falta meia hora para o espectáculo começar.

A mulher levantou-se, despiu a camisa de dormir de renda (os pêlos do púbis, pensou ele, enterrar a mão, o nariz, o pénis a relinchar, nesse fundo triângulo encaracolado, preto, sem fim) e caminhou, nua, para o quarto de banho, nos pés enormes de camponesa, de dedos muito afastados, quase róseos, como os das crianças. Sacudiu as crinas e os músculos dos flancos (o suor do lombo luzia) e dirigi-me, a trote, na direcção da janela: os testículos encrespavam-se, duros, contra os tendões do ventre, a pila desembainhava-se a pouco e pouco, idêntica a uma tromba rígida, nojenta. Uma espécie de baba luzia-lhe nos beiços e no nariz, os cascos tremiam no tapete: Não posso fazer amor contigo porque me vou separar de ti, sairemos de Aveiro como dois estranhos. Um novo bando de patos desceu na ria numa elipse prudente, o reflexo dos botes ancorados, desbotado, vibrava. Um cilindro fumegante soltou-se-lhe do ânus, tombou com moleza no chão. Deu meia volta no soalho embatendo ao acaso nos móveis (uma garrafa de água pulou de susto no pires) do quarto exíguo demais para o seu longo tronco castanho, uma das ferraduras desfez o calorífero metálico engastado na parede, quebrando-lhe duas ou três ripas paralelas, o tabuleiro escorregou com estrépito da cadeira. Gosto das tuas nádegas caídas, gosto das tuas coxas, gosto dos ombros pendentes, das clavículas em assento circunflexo, o vapor de água saía da casa de banho em rolos esbranquiçados e ténues que o espelho do armário em frente devolvia, tinhas corrido a cortina de plástico e posto uma touca transparente na cabeça, distinguia-te o vulto, curvado, a ensaboar as pernas, vou penetrar-te por detrás, rasgar-te a vulva, dobrar-te os rins (atónitos) no esmalte da banheira, ergueu-se nos membros traseiros num sopro furioso:

— O que é isto — disse a mulher de esponja na mão —, deu-te alguma coisa, estás maluco?

Havia tanta humidade que te distinguia mal o tronco, os olhos redondos de espanto sob a touca, as mamas pouco firmes de mamilos escuros. A cauda raspava na porta, as narinas aspiravam acidamente o ar, o pescoço agitava-se, frenético, para um e outro lado:

— Chega-te para lá — pediu a mulher —, deu-te de repente a chonezisse hoje?

E pousava o sabonete, e tentava proteger-se com o escudo irrisório da esponja (De que é que são feitas as esponjas, perguntou um sussurrozinho intrigado dentro dele, bichos do mar, produtos sintéticos made in Sacavém?), rompeu a cortina com o focinho e com os dentes enormes enquanto ela se refugiava, surpreendida, aflita, quase agradada, no canto das torneiras, os pêlos do púbis, molhados, escorriam, apoiei os cascos nos azulejos da parede, raspando o barro vidrado com o ferro, meias-luas de lama, meias-luas de merda, Pisei de certeza os meus próprios cagalhões de há bocadinho, um outro cilindro, agora menor, desprendeu-se-lhe do ânus produzindo um ruído mate no tapete de borracha amarela com furinhos, e no instante de a empalar, de um só golpe, de baixo para cima, com toda a raivosa força concentrada do seu corpo, viu no espelho uma imagem difusa de cavalo, com um penacho no topo da cabeça como os animais do circo.

— Hop — gritava o pai fazendo estalar o chicote —, hop, hop. — E ele pulava obstáculos numa obediência aplicada, girava sobre si próprio, empinava-se, regressava.

Abotoou a breguilha, envergonhado, e tornou ao quarto para mudar a camisa encharcada. Os sapatos de ténis produziam um ruído esquisito, de língua, no chão. A Marília, embrulhada na toalha, com a touca na nuca e uma mecha oblíqua na testa, veio atrás dele, entontecida, a pingar:

— Que é que tu tomaste — disse ela —, o que te sucedeu hoje?

E havia uma gratidão repugnante, uma esperança insensata na sua voz: Que estupidez ter copulado contigo, pensa, precisávamos de estar a conversar a esta hora, dividir civilizadamente os Barthes e os quadros, a preparar uma despedida educada, a ficarmos amigos: como se faz? Vestiu uma blusa de pintas e instalou-se na cadeira verde perto da janela, sem a olhar mas sentindo na nuca os seus mínimos gestos, o fecho do soutien que se prende atrás das costas, de braços ao avesso como os das contorcionistas, o cabelo penteado à pressa com a escova de arame, uma linha inesperada de rímel nas pestanas. Lá fora o dia ampliava-se como um ventre prenhe, e as suas veias desdobravam-se no céu opaco, por trás das nuvens, em arbustos suspensos de chuva. A bruma transformava Aveiro numa espécie de nódoa confusa de que distinguia a custo as pinceladas verticais das chaminés: podíamos almoçar lá, falar. Talvez que ela própria chegasse sozinha, sem ajudas, à conclusão de que era melhor para ambos afastarem-se. Talvez que partisse dela a ideia, e me coubesse apenas confirmar, sem comprometedores entusiasmos excessivos, dizer que sim, é claro, uma experiência de alguns meses, contactavam de quando em quando, discutiam o assunto, depois se veria. A Marília tirou um frasquinho da carteira, e perfumou o pescoço e as orelhas em ademanes subitamente femininos que me espantaram: pensa Ei-la contente, andava de jejum há muitos meses, a fantasiar coisas, a magicar, e agora zás, dissiparam-se-lhe as dúvidas. Pendurou a roupa na madeira da cama para que secasse, olhou os pinheiros magros que bordavam a estrada: É preciso que venças o medo, cobarde, que te expliques.

— Queres vir almoçar a Aveiro? — perguntou ele.

A prima, sentada diante da televisão, desfez uma carreira de malhas, recomeçou:

— A mãe morreu dois dias depois dele, nunca chegou a saber de nada, felizmente. Ainda lhe deram uma injecção no peito, ainda a ligaram a um aparelho qualquer, complicadíssimo. Coitada, pesava para aí vinte quilos, um feixe de ossos destrambelhados, sem alma.

— O cancro da primeira mulher e o suicídio do filho perturbaram imenso o meu marido — disse a senhora alta e ruiva, elegante, a agitar uma multidão de pulseiras que se entrechocavam num tinirzinho agudo de metal. (As sucessivas operações plásticas haviam-lhe transformado a cara numa máscara rígida e lisa, sem expressão, numa juventude de gesso.) Talvez seja o motivo por que ele não consegue ter relações comigo: toma a pastilha para dormir, dá-me um beijo, vira-se de costas, ressona. Eu farta de o aconselhar a ir ao médico e ele responde que não é nada, chatices na empresa, dores de cabeça, as desculpas do costume. No fundo sente que está velho, que não é capaz, leva a noite a cabecear junto do videotape com o jornal aberto no colo, acaba o filme e lá continua ele, imóvel, defronte dos risquinhos do écran, com o queixo no peito e a pelada da careca no alto da cabeça.

— Deve ser giro, Aveiro — aceitou ela num risinho cúmplice, e por um instante o triângulo negro do púbis, as mamas pendentes, o corpo nu encharcado de água e escorregadio de sabão, reapareceram, nítidos, na minha ideia. — Bem vistas as coisas passeamos tão pouco.

Esqueceste-te por completo do congresso e achava-se agradecida, surpresa, quase alegre por ele ter transposto, vestido, o rebordo da banheira, avançando as mãos cegas apesar do duche, apesar do esmalte escorregadio, apesar da água, alegre pela minha boca no seu peito, pela minha língua no teu pescoço, pelo dedo que ia e vinha, lento, a afagar-te o clitóris. Realmente és completamente doido, e a voz, que insólito, tornara-se terna e consentia, afastou mais as coxas para ajudar as fricções repetidas, para a esquerda e para a direita, do indicador, o vapor de água embaciou-me os óculos e deixaste de existir embora me desapertasses a camisa e o cinto e me empurrasses com força as calças e as cuecas para baixo, o banho escorria pelos joelhos e pelos tornozelos e ensopava-me as meias, apoiei as palmas na parede e encostei-me a ti à medida que me acariciavas o buraco do rabo, os testículos, as virilhas, o pénis, e metias o meu desejo, espera aí, devagarinho, no interior do teu corpo, a touca de plástico roçava-me na cara, produzias com a garganta um gemido rítmico enquanto eu avançava e recuava as nádegas de encontro a ti, as tuas unhas nas minhas costas, os teus dentes no meu braço, a água continuava a cair do tecto, fumegante, sobre a nossa raiva de cadeiras de baloiço enganchadas, descemos a pouco e pouco ao longo da parede até nos acocorarmos junto ao ralo, tiraste-me de dentro da vagina, enrolaste-te num movimento oleoso junto ao meu umbigo, Deixa-me beber-te, deixa-me sentir o teu leite na língua, e de repente o sangue concentrou-se todo na pila numa espécie de vertigem, cresceu, dilatou-se, cintilou, uma explosão, duas, três, um êmbolo qualquer expulsava-me de mim mesmo numa energia furiosa, e a seguir comecei devagar a esvaziar-me, a amolecer, a perder a textura metálica e elástica dos músculos, largaste-me os joelhos, estendeste-te ao comprido, a arfar, de bruços na tina, esquecida de mim, alheada, torcida como um vestido que se despe, ao mesmo tempo que eu tropeçava para o quarto num andar bamboleado e tonto de pinguim, limpava as lentes dos óculos na colcha, o universo, esfumado, precisou-se, e em vez da amiga alta e ruiva da minha mãe a cruzar as pernas delicadas na poltrona (o cheiro do perfume, o cheiro das meias, o cheiro da roupa) apareceu a avó, de bengala em riste, a berrar.

— Quero ir no piano de cauda, suas putas
sentada na cama, despenteada, agressiva, com o balão de soro a escorrer, gota a gota, para o braço.

Desceram as escadas do átrio, onde as plantas monstruosas cresciam, cor-de-rosa e verdes, no seu tanque limoso (Quantos hóspedes teriam devorado, pensou ele, metodicamente mastigados pelas mandíbulas enormes?) e pousou a chave no balcão atrás do qual a criatura das pestanas gigantescas procedia às suas somas sem fim num vagar de tarântula, verificando cada parcela com o vértice pensativo do lápis. Num dos extremos da recepção, ao lado de um cartaz de Albufeira, Sunset In August, uma porta entreaberta deixava perceber um aparelho de PBX pré-histórico, uma secretária bichosa, um maço de papéis espetados num prego, a oscilar ao som de uma campainha agonizante. De um camião estacionado à porta, opaco no nevoeiro, desembarcavam grades de refrigerante, os pinheiros e a água ciciavam na bruma: nada aqui reflecte nada, pensou ele, salvo este céu doloroso e estranho, repleto de escadas de nuvens, da agitação do vento, das asas invisíveis (castanhas?) dos pássaros. O carro recusava-se a pegar, a bateria, enregelada, raspava o fundo do motor como um pedaço de arame numa lata, o automóvel cheirava a tabaco frio e a cabedal requeimado.

— Tenho a impressão de que o tempo nunca mais vai mudar — disse ele a rodar de novo a chave, a carregar no acelerador, a regular o ar —, que viveremos para sempre debaixo desta campânula suspensa, à espera, percebes, de sei lá o quê. A humidade faz-me doer a nuca, sinto as ideias e as mãos trocadas, não sei onde é que começo, onde é que acabo.

Camionetas moribundas circulavam na estrada, perseguidas por irados cães de boca aberta, uma ave preta e violenta rebolou pesadamente entre os pinheiros, o carro principiou a deslizar devagarinho, aos soluços, no cascalho: é óbvio que este tempo não irá mudar nunca, nuvens e nuvens, e nuvens sobre as nuvens, alcançaram o alcatrão, ganharam velocidade na direcção de Aveiro. Informo-te durante o almoço que me quero separar de ti por uns meses, que necessito de pensar, permaneceremos amigos, visitamo-nos, aconselho-te, árvores que deslizavam, verticais, para trás, pequenas aldeias miseráveis e esporádicas. A irmã da música ergueu os dedos do piano e avisou a turma.

— Os dos ferrinhos primeiro. As pandeiretas só começam quando eu fizer sinal com a mão.

O meu professor de canto coral do liceu, pensou ele, gaguejava, tinha óculos, tiques que lhe arrepanhavam a cara e inexplicáveis zangas: esbofeteava-nos de cigarro na boca, sem que a cinza caísse, e na récita anual, com o ginásio cheio de enternecidos pais de alunos e da vigilância feroz do reitor na primeira fila, dissolvida, juntamente com os espaldares, num novelo de penumbra, postava-se diante de nós, de batuta em punho, numa expressão suplicante, de testa a luzir de nervosismo e de suor: o meu pai andava sempre pelo estrangeiro na altura da berrata, nunca me viu entoar, incluído no favo de cabeças do orfeão, fortemente aclaradas por um projector ferrugento, rapsódias de canções populares a quatro vozes, em arcanjos saltitantes e patetas. O mestre agitava as mangas, roído de aflição, com um apitozinho na boca para dar o tom, o motor do carro trabalhava agora numa doçura obediente, à direita encontrou, escrito numa placa, Aveiro, o número de casas aumentou, e depois prédios, lojas, transversais, uma praça, o odor do rio que se pressentia a cada esquina, taciturno e obstinado sob os desníveis do céu. Parámos num largo pequeno junto a uma bomba de gasolina e a um marreco de fato-macaco imundo, com nariz de ratazana de esgoto, quase de cócoras num banquinho de lona à espera de clientes, e o nevoeiro meteu-me a mão desconfortável pelos intervalos dos botões. Dois padres indianos, de batina, cruzaram-se com eles sem os olharem, o professor de canto coral limpou a testa com o braço, rodou nos sapatos de verniz, e inclinou-se, comovido, para o holofote, a agradecer os aplausos. Pensa A minha mãe detestava o liceu, para ela enxameado de comunistas e prostitutas nuas, a ensinarem francês e quiçá por isso se não tenha admirado tanto com a minha vida dissipada. Mas devia benzer-se, Marília, só de se lembrar de ti, o professor de canto coral designou-nos com um gesto ao mesmo tempo indefinido e amplo, a intensidade das palmas aumentou, evitavas falar de mim às amigas, fingias desconhecer se te perguntavam, envergonhava-se de o sogro do filho ser cabo da guarda, Ok a gente separa-se, disse ela, compreendo perfeitamente, não vale a pena armar um drama por isso, caminhávamos por ruas estreitas e tortas, desertas, Agora durante o almoço vou falar contigo, a senhora alta e ruiva, de brincos compridos, acenava-lhe de quando em quando, a chamá-lo, de uma varanda de primeiro andar, Se calhar o pai já não podia, já não era capaz, e ela ria-se, nua na cama, cingida à farda azul, de botões prateados, do motorista, Interrogo-me a mim próprio se a mãe suspeitaria, o braço da Marília enfiou-se no meu a pretexto de um desnível de degraus, Como um casal, pensa, um casal ancorado, porque é que não tens coragem de esclarecer as coisas, de explicar, assusta-te que ela goste de ti, sentes o receio, no fundo, de ficar sozinho, um véu muito ténue de gotículas minúsculas ia e vinha no vento, roçava-lhe a cara, afastava-se, aproximava-se de novo, escolheram um restaurante pequeno ao pé da ria e da água lodosa, imóvel junto da baía envidraçada, onde um único comensal espetava o dente do garfo num olho cozido, branco, saliente, redondo, cego, de peixe, e o mastigava com a boca elástica de sapo, o empregado estendeu-lhes o cartão da lista, Aposto que vais escolher chocos com tinta, e de repente, pelo soslaio e pelos gestos dela, percebeu Continua a gostar de mim e afastou esta manhã o fantasma do divórcio para longe, ei-la serena, tranquila, segura, apaixonada, que grandíssima gaita, pediu chocos com tinta, febras na brasa, vinho branco, o empregado estendeu uma toalha de papel entre nós e pus-me a observar a água turva, parada (não havia tantas gaivotas deste lado) em que flutuavam palhinhas, pedaços de madeira, um cesto, detritos vários, objectos indistintos, botes com os remos dentro, o betume difuso da bruma, o mar, talvez, lá muito longe, a cara embalsamada do empregado precisou-se (as órbitas miúdas, as sobrancelhas) e a boca dele avançou para mim cercada de círculos concêntricos de rugas:

— Acabaram-se as febras. Está marcado com uma cruz na ementa, o senhor não notou?

Nunca escreveria (sabia-o) a tese sobre o sidonismo, as ideias, emperradas, não vinham: rascunhos, esboços, papéis rasgados, parágrafos desarticulados e mortos: ou nunca tive talento ou perdi-o na infância com os dentes de leite, talvez apenas uma certa destreza, uma certa agilidade formal, os acontecimentos apanhados pela superfície, sem profundeza, como esta água opaca do Vouga que uma indecisão inexplicável paralisa. Pensa Não gosto de chocos, fazem-me impressão as pernas, as ventosas, o molho escuro, a carne pálida e fibrosa.

— Chocos que possidoneira — classificou desdenhosamente o fantasma da mãe. — Pede ao menos um bife.

— Um bife bem passado — berrou o empregado para a cozinha inlocalizável, onde uma mulher gorda se batia decerto numa suja desordem de tachos, auxiliada por uma subalterna sem peito, de órbitas pedintes.

— Comia chocos nos restaurantes — disse a irmã mais velha com uma careta. — Estão a ver o género?

— Aposto que o molho lhe escorregava pelo queixo e que palitava os dentes — acrescentou o Carlos. — Para além de cuspir os caroços das azeitonas na lâmina da faca.

— Não seria estúpida de todo — disse o obstetra —, mas há coisas que vêm com os cromossomas, que demoram gerações e gerações a aperfeiçoar, a polir. O bom gosto, por exemplo. A educação. Os modos. Não há nada de nada a fazer.

O saleiro, o pimenteiro, os talheres de má qualidade, os pratos lascados: Nunca irei escrever nada, nunca farei nada de jeito. Uma silhueta quase de cócoras pescava num pontão de madeira: O tio Francisco, pensou ele, mas os gestos eram diferentes, a postura do corpo desconhecida. A mulher do tio Francisco, resignada e sem idade, levava os fins-de-semana na cama, de saco de gelo na cabeça (Nem sonhas o que dói uma enxaqueca, filho), à espera que o marido regressasse, a cheirar a salpicos e a caldeirada, com uma alcofa de nauseabundos peixes minúsculos na extremidade do braço. Acendeu um cigarro e o empregado, pressuroso, colocou à sua frente um cinzeiro rachado, de plástico preto. Pensa Vou começar a falar. De forma que avançou os cotovelos na toalha de papel, empurrou delicadamente o garfo com o indicador até o tornar completamente paralelo à faca, tossiu com discrição como antes dos discursos decisivos, e nisto um par de gaivotas aterrou no pontão, junto do sujeito da cana de pesca, e, sem motivo, principiou a grasnar.

*

Testemunha Hilário A., divorciado, de quarenta e seis anos de idade, empregado na estalagem de Aveiro e residente na mesma, em Aveiro. Prestou juramento e aos costumes disse nada. Inquirido disse: Que juntamente com o citado Vítor P., identificado a páginas setenta e dois deste processo, partilha o serviço de restaurante e pequenos-almoços da pousada, dormindo ambos num quarto de sótão ao lado dos aposentos da governanta, com direito a banho semanal quente no chuveiro da mesma, a qual vigiava em pessoa o tempo que a flor azul do gás permanecia acesa na janelinha de esmalte do esquentador, porque três minutos chegam perfeitamente para um homem se ensaboar, situando-se o dito quarto exactamente por cima do ocupado pela vítima Rui S. e sua presumível esposa. Acrescentou que devido a deficiências de construção se lograva escutar perfeitamente qualquer barulho, por mais ínfimo que fosse, produzido no andar subjacente, incluindo gemer de molas de colchão, arrotos, borborigmos, chapinhar de bidé e manifestações de ternura. Segundo o depoente, a vítima Rui S. e a sua presumível esposa caracterizavam-se por um intrigante silêncio, que atribui ao facto de a mulher ser pouco bonita e apetecível, o meu colega até me disse que para macho nem lhe faltava a barba, já reparaste nos pêlos que lhe crescem no queixo, aposto que os rapa todas as manhãs e que tem mais cabelos no peito do que eu, e eu respondi-lhe isso não é difícil porque tu tiras os teus com essa mania de ir para Lisboa dançar numa boîte de travestis, e ele dizia já trabalhei em duas e são as pessoas mais felizes deste mundo, sempre de pestanas postiças, cabeleira loira muito bem colada e viciosos ricos com carros grandes à espera deles à saída, a beijarem-nos na boca, a treparem-lhes as mãos pelos músculos das pernas, a escorregarem-lhes notas de mil para as carteiras de verniz. Eu se tivesse dinheiro ia àquelas clínicas de Marrocos transformar-me em mulher, metem mamas de plástico e tudo de tal maneira que nem me conhecias na volta, olhavas para mim e vinha-te uma tesão de antena de automóvel de antes partir que amolecer, davas três meses de ordenado por vinte minutos de reinação, se quiseres fazes de conta que já sou menina e começamos agora, acabava por se arranjar às vezes com certos hóspedes solitários de gestos retraídos e ademanes de enguia, desses que apanham as migalhas da toalha, limpíssimos, com a ponta húmida do indicador como se tocassem harpa, cavalheiros de meia-idade demasiado simpáticos, demasiado cuidados, demasiado alegres, ia procurá-los a meio da noite de risinho feliz e sapatos na mão, regressava ao amanhecer amarelo de insónia, estendia-se na cama a olhar para o tecto e a pensar, se ficava no sete eu ouvia-lhes as conversas, os tremeliques, as cócegas, e também declarações, promessas, juras, patetices arrulhadas, mas, segundo o depoente, a vítima Rui S. e sua presumível esposa definiam-se por uma absoluta e intrigante mudez própria de casais desavindos ou sem surpresas já, cada um folheando a sua revista no colchão respectivo num tranquilo ódio, num sereno mal-estar, numa zanga paciente. Durante as refeições pouco falavam: escolhiam os pratos, os vinhos, e voltavam a cabeça para a ria onde a água parecia girar a contra-corrente por não haverem principiado ainda as chuvas, o meu pai escreveu-me da terra Filho no ano que vem não temos nada para dar às vacas, o brilho dos óculos de ambos disfarçava-lhes o vazio das caras, respondi Meta os cornos das vacas pelo cu do ministro acima por não ter construído a barragem que antes das eleições nos prometeram, e depois uma tarde o meu colega chegou à copa excitadíssimo anda cá ver riqueza que está a polícia e um cadáver aqui perto, espreitámos ambos pelo postigo e vi um grupo de pessoas de gabardine, o céu cinzento, as árvores, e as nuvens de fevereiro a crescerem da foz, esculpidas numa espécie de pedra, cavadas no basalto, reboladas do vento, com as impressões digitais das casas e dos pinheiros impressas na sua densa pele sem cor, à maneira das marcas dos pés na praia de manhã, um fotógrafo tirava retratos, sujeitos de caçadeira de chumbo espantavam a curiosidade dos pássaros, a governanta fornecia explicações a um homem que tomava notas num bloco, vim cá fora de avental e mangas arregaçadas, com o frango que estava a depenar para um balde de zinco pendurado da mão, as patas tensas do frango baloiçavam, o corpo redondo batia-me contra a coxa, à medida que corria, à laia de um testículo herniado, não é todos os dias que se vê um morto mas já o tinham coberto com um rectângulo de lona e só se distinguia uma vaga saliência na areia que tanto podia ser um defunto como outra coisa qualquer desde que fosse oblonga e grande, o odor do lodo afogava os cheiros e as vozes, acerquei-me mais com o meu frango e o homem que tomava notas no bloco desinteressou-se da governanta que o fitou com amuo e perguntou-me tu aí do avental também trabalhas na estalagem?, e depois como eram os hóspedes do sete, os hábitos deles, as conversas, o que comiam e não comiam, se saíam muito ou pouco, Filho, disse o meu pai, não temos nada para dar às vacas, se recebiam visitas, se faziam telefonemas, se eu notara alguma coisa de estranho no comportamento deles, e a seguir ocupou-se da mulher, simpática, antipática, alta, baixa, morena, loira, o aspecto, o vestuário, os modos, calculo que devia ter asma porque respirava como um peixe por cima da caneta, de boca aberta, aflito e roxo, a soletrar as palavras enquanto as escrevia, uma mancha cor de vinho cobria-lhe parte da bochecha esquerda e do pescoço conferindo-lhe um aspecto híbrido de alentejano lunar, as gaivotas piavam por trás dele em círculos agitados e febris, a padiola dos bombeiros levou o cadáver na ambulância com uma luz encarnada à roda no topo e uma espécie de uivo imperioso que subia e descia e se afastava pela estrada, ficou uma mancha na areia que uns tipos cobriram com pás a insultarem os pássaros de filhos da puta para baixo, o fotógrafo guardou a máquina num estojo a tiracolo e vieram todos, incluindo os das espingardas, beber um bagacinho ao bar da estalagem por conta da gerência, não convém que isto transpire muito nos jornais, afasta os hóspedes, amedronta os turistas, as agências de viagens, não é, cancelam os contratos, esperamos americanos para o verão, dólares, os senhores compreendem, os tipos engoliam cálice após cálice, evasivos, a governanta servia-os acima do risco azul do copo, as orelhas coravam-se-lhes a pouco e pouco, gargalhadinhas congestionadas apareciam de súbito, infantis, na sua severidade alvar, um inspector gordo tentou segregar qualquer coisa à governanta ao mesmo tempo que lhe estendia a mão para as nádegas sem sumo, de uma secura desesperada e triste, cobertas pelo pano inútil do vestido, jantaram ruidosamente numa única mesa compridíssima repleta de garrafas vazias, de nódoas, de pedaços de côdeas, de sobras de travessas e de beatas apagadas em pires, um sujeito que não tirava a samarra ressonava a cabecear na talhada de melão do prato, a cozinheira, furiosa, cuspiu em cada pudim flan antes de mos entregar, o meu colega volteava alvoroçado de polícia em polícia em gestos aéreos de bailarino, o fotógrafo levantou-se para discursar, as pernas falharam-lhe, despenhou-se de novo na cadeira, desistiu, o clima inquieto do olhar dele escorregava para um coma empastelado, acabou por murmurar, distraído, uma frase sem nexo acerca de relógios japoneses e de cuecas de renda, ao menos que estes cretinos saiam daqui satisfeitos segredou-me a governanta entre dentes, e apesar disso você sabe o estardalhaço de notícias do dia seguinte, os títulos das primeiras páginas, os retratos macabros, levámos horas a limpar a porcaria que eles espalharam pela estalagem fora, um deles caiu de pantanas no lago das plantas, entornou uma porção de vasos, quebrou treze rãs de loiça, ficou lá dentro, estatelado na água, a olhar para os colegas num orgulho de morsa, o bigode encharcado tremia como um véu adiante da boca, partiram ao amanhecer quando uma linha índigo sublinhava de leve os contornos difusos da cidade, o ruído dos motores escarafunchava-me a cabeça como um arame a arder, vim cá abaixo à areia transido pelo frio que parecia provir dos pinheiros arregalados e hirtos, da noite que se encolhia como a pele sob as pálpebras dos rostos da insónia, dando lugar a uma luz cor de leite hesitante e trémula, começavam a perceber-se, entende, os detalhes mais próximos, os botes ancorados, os arbustos, a mancha nacarada da praia, o primeiro bando de patos, vindo da foz, aterrou na lagoa, os faróis traseiros dos automóveis deles oscilavam, inseguros, na estrada, daqui a pouco é dia, pensei eu, e as nuvens aproximavam-se e afastavam-se numa indiferença mole, ouvi tossir nas minhas costas e lá estava a cozinheira, de rosto pregueado de cansaço, a mirar o sítio onde estivera o cadáver, a areia revolvida, os canaviais, as ervas, as marcas de muitos pés e, sobretudo, o absoluto, mineral silêncio da madrugada, e as gaivotas ainda adormecidas, senhor, ainda ausentes, em qualquer ponto, não se conhecia aonde.

*

Pensa Claro que não disseste nada do que querias durante o almoço, claro que ficaste calado o tempo inteiro a olhar a tarde pela baía envidraçada, e a espremer a barriquinha de plástico amarelo da mostarda para cima de um bife de ferro forjado, com um ovo estrelado de carnaval e batatas gordurosas e mal fritas em torno. De tempos a tempos um ou outro pescador entrava para tomar café ao balcão, e (pensa) era como se arrastassem o cheiro dos limos e dos peixes atrás deles, como se os acompanhasse, nos bonés de oleado ou nas botas de borracha, o odor de madeira podre do cais. Pensa Também o júbilo dos teus olhos, Marília, se foi a pouco e pouco dissipando, os gestos tornaram-se lentos, meditativos, as sobrancelhas mais próximas sobre o nariz, os ombros mais estreitos sob o eterno poncho de lã, idêntico a uma carapaça de insecto. Pensa À tarde passeámos em silêncio por Aveiro, e das ruas, das casas, das pracetas, desprendia-se um aroma húmido e morno, um bafo animal de coisa viva que o frio de fevereiro assassinava: acabámos por nos sentar num banco, a mirar os prédios, sem nos tocarmos, sem conversarmos, sem sorrir, sentarmo-nos num banco, de mãos nos bolsos, a remoer ideias contraditórias e ígneas.

— Ouve lá — perguntou o pai com severidade —, onde desencantaste tu esta rapariga?

— Como é que ele disse que a fulaninha se chamava, Jorge? — questionou a mãe, virada para o marido, a remexer com as pontas vermelhas, aguçadas dos dedos, na cigarreira de tartaruga.

Tinhas ido à casa de banho (Onde é que posso lavar as mãos?), a minha irmã da música acompanhara-te pelo corredor, curvada, farejando os interruptores com a penca míope, e ficáramos em círculo na sala, junto da mesinha baixa a abarrotar de uísques e de aperitivos de queijo em forma de casulo de bichos da seda ou de palitos de bambu, os meus pais, as minhas duas outras irmãs, os meus cunhados e eu, com as órbitas azedas deles a reprovarem-me numa zanga contida, com os móveis, os quadros, os livros na estante envidraçada, os jarrões da China e as fotografias coloridas dos netos a reprovarem-me numa zanga contida, feita de ressentimento e de desprezo. Por essa época já vivíamos juntos na Azedo Gneco há meses, cercados de cartazes, poeira e mobília coxa, e o meu entusiasmo inicial, a minha admiração inicial, desvaneciam-se. Pensa Por essa época começava a acreditar que nunca poderia gostar a sério de ninguém, que nunca me interessaria a sério pelo que quer que fosse.

— Marília — repetiu a mãe mastigando as sílabas como se avaliasse o peso do nome com a língua, enquanto o som do relógio de parede, com motivos orientais desenhados na caixa, aparecia e desaparecia por trás dela, à laia de um eco distante que flutua. — Marília, que coisa tão ridícula.

Pensa Deviam ser quatro ou cinco da tarde quando nos levantámos do banco para ancorar num cafezito escuro no ângulo de um largo quase sem árvores, com o tubo de néon do tecto a conferir às cadeiras e ao balcão carunchoso uma irrealidade melancólica. Um cego novo e grande, de bengala listrada entre os joelhos, parecia perscrutar um futuro de catástrofes com as órbitas brancas de estátua. De quando em quando as mãos dele estremeciam, e uma ocasião exumou um lenço tabaqueiro do bolso e escarrou-lhe estrondosamente dentro. O pai procurou a tampa do balde de gelo em forma de cubo (Nunca entendeu bem como aquela geringonça se abria, pensou ele) e remexeu nas pedras turvas, coladas umas às outras, com os dedos autoritários e grossos.

— A tua maior asneira — anunciou — foi teres-te separado da Tucha.

— Ao menos essa sabia-se quem era — acrescentou a irmã mais velha a roer a cenoura de um palito de queijo como os coelhos dos desenhos animados: a cara comprida animava-se-lhe de uma crueldade insuspeitada.

Penso De novo a solenidade hirta desta casa, os quartos na sombra mesmo durante o dia, assustadores de fantasmas inventados, o peso de pregas dos reposteiros, a atmosfera grave, densa, pesada, pontifical, o sobrolho crítico dos avós na parede, uma música longínqua de piano. Na cozinha enorme as criadas antigas colocavam os óculos para o ver melhor, hesitavam entre tratá-lo por menino ou por senhor doutor, a costureira, de mãos postas e lágrimas nos olhos, contemplava-o como às imagens da igreja. Pensa Velha Deolinda. Pensa Há quanto tempo é que não ias lá a casa? Um, dois anos? Mas reconhecia os odores, o ramo da buganvília ainda roçava na janela, os cunhados instalavam-se cada vez mais à vontade nas poltronas de couro preto, de braços rechonchudos de arcebispo. Talvez que no cubículo dos armários ainda houvesse a arca de vime com as caraças e os dominós dos carnavais antigos, rendas que se evaporavam ao contacto dos dedos, saias traçadas de folhos, compridas, de outra era. O obstetra considerava atentamente o fundo vazio do copo, o Carlos, com gestos de barman, retirava o selo de uma garrafa intacta.

— A Tucha não tornou a casar — observou acusadoramente a mãe —, vive sozinha com os filhos, porta-se como se espera que se porte, não sai à noite, não se lhe conhecem histórias. E tu enfias-te logo de cabeça numa destas.

Pediu duas cervejas e ficou a ver as bolhinhas subirem ao longo das paredes do copo, irisadas pelo tubo de néon que disseminava em torno uma palidez asséptica de barbearia. O cego cuspia estrepitosamente no lenço, e pela porta aberta avistava-se uma cadela pequena e branca, de mamas a roçarem pelo chão, trotando na praceta, sequiosamente perseguida por um grupo de rafeiros exaltados. Uma camioneta de passageiros rebolou sem se deter diante dos prédios, e ele distinguiu o perfil agudo do chofer como que colado no vidro, silhueta escura, recortada, muito direita, sem feições, e outras silhuetas igualmente imóveis, enegrecidas, abstractas. Pensa Não sou capaz de falar contigo, nunca aguentaria a tua desilusão, a tua raiva, o cigarro aceso numa fúria inabitual, e a boca aberta, de dentes estragados, insultando-me ironicamente Pobre burguês de merda mete as tuas dúvidas no cu.

— Não, ouve lá, responde-me só a isto — insistiu a mãe a pousar cuidadosamente a cinza no cinzeiro —, achas que os teus filhos são felizes? Só a isto, palavra: achas que os teus filhos são de facto felizes? Já consultaste um psiquiatra, por acaso?

Pensa O mais novo tem medo de andar de barco no Campo Grande, será isto sinónimo de angústia, sintoma de neurose, sinal de qualquer coisa de chato, de grave? Tenta recordar os gostos das crianças no cafezito de Aveiro mas a imagem foge-lhe no exacto instante em que possuía a certeza de a ir captar, e apercebe-se apenas, fugidiamente, de um par de rostos miúdos na borda do lago, entre os cisnes, a relva, os automóveis e a esplanada de mesas de ferro pintado que frequentava por vezes, no verão, para sentir o cheiro de julho no nariz, entontecido pelas escamas oleosas da água. Pensa No fundo não me perdoas não te ter dado um filho, enquanto a mulher leva o copo à boca e um pingo de espuma de cerveja se lhe dependura, como aos machos das carroças, ridículo, do queixo.

— Não tens frio? — perguntou a Marília num ódio aparentemente estagnado, sibilante.

Pensa É impossível que não conheças o que me vai na mona, foste sempre mais inteligente do que eu, era tudo tão mais fácil, menos trabalhoso, com a Tucha, aposto que adivinhas as minhas dúvidas, o meu receio, esta dilacerante paralisia interior. Ia anoitecer em Aveiro, alguns anúncios de lojas piscavam já, dentro em breve as fieiras dos candeeiros da rua acender-se-iam bairro por bairro, hesitantes de início, reduzidas aos filamentos das lâmpadas, ganhando força depois, inchadas com um acne de luz, suspensas dos seus pontos de interrogação de metal, e o Vouga sumir-se-ia nas trevas como um gigantesco pântano submerso.

— Bem nos podias ter poupado este vexame — disse a mãe baixinho, porque a Marília, pilotada pela outra, devia estar a regressar da retrete, e o ruído das socas percebia-se mal na alcatifa do corredor.

O pai levantou-se da poltrona (as molas emitiram um suspiro aliviado de frade que arrota), estudou os cabelos grisalhos num espelho de moldura dourada, acertou o nó da gravata, afagou a bochecha com o polegar indignado.

— A mim o que me faz perder a cabeça é a estupidez da política — sussurrou ele espiando cautelosamente a porta. (Pensei Quando eu era pequeno falavam em francês.) — Acabares casado com uma comunista que ainda por cima se deve marimbar para as leis.

— Toda a gente sabe que os comunistas são ateus — acrescentou o Carlos, de perna traçada, sorrindo para as próprias meias de seda com satisfação. — Li no livro de um inspector da Pide que se amigam e desamigam por dá cá aquela palha.

Pensa Nunca gostei de ti meu cabrão, nunca gostei da tua suficiência estúpida, das tuas frases definitivas, da tua virilidade pomposa e sem réplica. Andava dois anos à minha frente no liceu, e ficara famoso o murro que aplicara uma ocasião, não me lembro já por que motivo, no contínuo do laboratório de física, sujeito raquítico que tocava clarinete numa banda de amadores. Pensa Partiste-lhe cinco dentes com um soco, os teus pais mudaram-te, no fim do período, para um colégio de padres, na província, destinado a campeões de boxe, a gente olhava para ti, de longe, com respeitosa cautela. O contínuo do clarinete, incapaz de soprar, transferiu-se para o bombo, pagaram-lhe o conserto dos queixos, o homenzinho desapareceu e surgiu semanas depois com refulgentes incisivos novos, os quais ameaçavam soltar-se-lhe das gengivas, sempre que falava, numa chuva de cuspo. A Marília sentou-se de pernas cruzadas no chão a chupar a rodela de laranja do vodka: o rosto da minha mãe torceu-se para a direita numa careta, e eu atentei de súbito, pela primeira vez, em como as tuas calças se achavam gastas, a tua camisola esfiapada e velha. A irmã da música ocupou uma cadeira à parte, a folhear tranquilamente, indiferente à família, um caderno qualquer. Pensa Uma partitura? Pensa Versos? Sei que escrevias versos, dei uma vez com o teu nome, na feira, na capa de um livro colectivo em saldo, poemas estranhos, palavras soltas, frases em estrela, se soubessem lá em casa desmaiavam. Ou pode ser que se houvessem habituado já à tua fealdade, à tua serena loucura, ao teu perpétuo alheamento de tudo. E talvez que tu fosses de facto a comunista da tribo, meu patinho coxo. Mas vivias com os velhos, pouco saías à noite, não os incomodavas com extravagâncias barulhentas.

— Uma última cerveja para o caminho — disse ele à Marília — e saio já daqui contigo. Esqueci-me da canadiana na estalagem, também começo a ter frio.

As luzes acendiam-se lá fora, grupos de homens de alpercatas, de calças enodoadas de pingos de cal, entravam para o aperitivo de vinho tinto de antes do jantar, e instalavam-se na sala, nas orgulhosas cadeiras pesadas e hirtas da sala, sob gravuras de caça e óleos de paisagens inglesas. O cego ergueu a mão para pedir um bagaço e os dedos pareciam avaliar, hesitantes, o nada, como antenas de insectos. Um rumor lento de conversa serpenteava no café, confundido com o digno balancear digestivo do relógio de tampa chinesa. A mulher sem idade que servia ao balcão encheu os copos dos cunhados e ele reparou-lhe nas pernas grossas e cilíndricas, desprovidas de tornozelos, nos chinelos de pano, no cachorro obediente e minúsculo que lhe farejava as varizes.

— O meu tónico, Dona Almerinda — pediu o cego numa voz sem eco nem inflexões, procurando com as órbi-

tas esvaziadas a garrafa comprida e transparente que devia ser (pensa) uma espécie de luar nas suas trevas.
— Uma cerveja só — disse eu. — E tremoços se faz favor.
O meu pai inclinou-se para ti com um sorriso urbano na cara postiça, de plástico, de actor de cinema envelhecido:
— Então o que é que ensina lá na Faculdade?
A Dona Almerinda passou entre eles de cálice em punho e eu pensei Não é com intuitos de fazer conversa, é para a ridicularizar perante os outros. Pensa Que telescópios sórdidos, venenosos, os sorrisos deles. A boca da irmã mais velha, entreaberta, assemelhava-se a um molusco carnívoro, repugnante. O Carlos deu lume à mãe e a um operário idoso que se inclinou para ele de mão em concha adiante dos lábios, acendeu um cigarro para si próprio e guardou o isqueiro de ouro no bolso do peito do casaco. Pensa Os candeeiros de louça, as caixas de prata, a ausência de pó. Pensa nas mesas de jogo armadas na sala, nos cochichos, nos gritinhos, nas gargalhadas agudas das amigas da mãe, nos cinzeiros a transbordarem, no fumo que pairava, imóvel, junto ao tecto. Estendida no sofá a senhora ruiva esticava as meias pretas e sorria-lhe devagar: o peito subia e baixava docemente, espalhando em torno o sábio incenso do seu corpo.
— A Revolução Francesa? — admirou-se o pai, a compor o cabelo com as palmas. — E porque não, se me permite, a Revolução Portuguesa? Houve uma revolução em Portugal, não é verdade, uma revolução comunista?
— É a última — garanti eu com um aceno de desculpa —, está-me a saber bem o gosto da cerveja.
Os homens de alpercatas comiam pastéis de bacalhau, pevides, mariscos pequenos e reles de que cuspiam as cascas para o chão, depois de as chupar, numa indiferença silenciosa. O frio da rua e o calor dos hálitos formavam uma estranha mistura em que flutuavam fragmentos esparsos de vozes, a claridade do televisor numa prateleira, arrotos idênticos aos suspiros dos pneus que se esvaziam. Não devia haver nenhum pescador no pontão, e ele pressentia a muda e enorme noite lá

de fora, perscrutando-a pelas vidraças da janela. A cerveja endurecia-me os ossos do seu sabor amargo, tornava-os pesados, densos, incapazes de voar, e ele pensou Deixei definitivamente de ser pássaro, ancorei no lodo e na lama de Aveiro como os botes sem préstimo, reduzidos ao esqueleto das travessas, comidos pelos mexilhões e pelas lulas. Pensou Não me apetece sair mais daqui, mover o mindinho sequer, sentir a pressa de vaivém do sangue nos meus membros, o galope aflito das veias. O obstetra coçava, meditabundo, uma borbulha da testa, a minha irmã mais velha arvorava uma expressão escarninha e idiota, seguida pelo olhar opaco dos operários.

— Porque não estudar a revolução comunista de Abril de 74? — prosseguia obstinadamente o pai, colando o cabelo às têmporas numa raiva crescente. — Porque não ensinar aos seus alunos como se destrói um país à custa de infantilidades e desmandos, como se dá um pontapé no ultramar, como se permite aos lacaios da Rússia ladrarem em São Bento?

Pensa Verde de zanga, verde de indignação sincera. Pensa Furioso por existirem sindicatos, por existirem greves, por durante algum tempo lhe terem dificultado os negócios. E a mãe que se queixava tanto da dificuldade em arranjar criadas? E não aparecer um jardineiro que tratasse da relva em condições?

— Dona Almerinda — pediu o cego de queixo no ar, dirigindo-se a ninguém. — Chegue-me um ovo cozido e dois de branco.

A irmã da música disse lá do fundo

— Ó pai

mas o velho lançara-se num discurso veemente acerca da nossa obra civilizadora em África, de séculos de trabalho, de engenho e de sangue entregues de mão beijada a uma cáfila de pretos imundos, do deslizar inevitável de uma terra próspera no plano inclinado da ruína, apoiado pela mãe, que sublinhava as passagens mais significativas murmurando com consternação:

— É uma autêntica vergonha.

As lâmpadas dos candeeiros que avistava da porta flutuavam agora sem peso, fixas na noite, algumas janelas acendiam-se aqui e ali, suspensas também do escuro, ligeiramente veladas pela neblina do rio. Os operários davam a pouco e pouco lugar aos primeiros bêbedos, freneticamente vagarosos, que o tubo de néon do tecto atraía como grandes borboletas esfarrapadas. Um deles apoiou-se no braço da poltrona do Carlos e as suas cabeças, a suja e a limpa, a rude e a polida, contemplavam-se do pólo oposto da mesa das bebidas, ironicamente, sem afecto. A Marília retirou um Português Suave de uma bolsa de missanga pendurada do pescoço por intermédio de um cordel, e acendeu-o sem que ninguém na sala lhe estendesse o isqueiro. A porta de vidro da casa de jantar iluminou-se de súbito, e ele distinguiu a empregada a pôr a mesa (talheres de prata, copos de cristal, o brilho opalino das loiças), uma rapariga nova e aloirada que se movia com dificuldade sobre os saltos altos. Lá estavam as cópias pesadas de pintores antigos, olhos líquidos de santos seminus que na adolescência lhe envenenavam o suflé, a campainha a imitar uma camponesa de saia de balão de que a mãe se servia para as suas ordens sem réplica. Pensa Vinte e tal anos de refeições empalhadas, de autoritários discursos, de secas lições de bons modos de ensinar cachorros.

— Nacionalizaram-lhe alguma das suas empresas? — perguntou serenamente a Marília ao meu pai. — Os estupores dos comunistas têm-no obrigado a trabalhar como contínuo? É um emprego fácil, sabe, o meu tio fazia isso num banco.

Dei outro golinho na cerveja, espiei-te de viés: calada, fixa, tensa, mirando a porta com pupilas corajosas e vencidas: Vais aguentar isto até ao fim, vais manter-te tranquila neste inferno. Pensa Que porra eu não ser capaz, que porra não conseguir guindar-me à tua altura. Procuraste um tremoço no pratinho de plástico, abriste a casca amarela e branca com os dentes, atiraste-a com um piparote de desprezo para a alcatifa, seguida pela indignação pasmada das minhas irmãs. Pensa Quer queira quer não continuo ligado a estes reposteiros, a estes móveis, a esta gente que não percebe que alguma coisa mudou sem remédio, irreversivelmente, e que acabarão por naufragar nos lagos dos seus tapetes de Arraiolos, agarrados à pompa de papelão da superioridade que perderam.

— Se a menina me pedir um emprego de dactilógrafa no meu escritório pode ser que lho arranje se for apresentável e competente — respondeu o pai com um luarzinho de raiva apodrecida entre os olhos e a boca. — E até pode eleger-se delegada sindical no caso de lhe dar na bolha: já temos outra vez a situação sob controlo, compreende, e os comunistas na ordem: durante cinquenta anos não consentimos que a erva daninha nos incomodasse, aprendemos a saber como se faz.

Deu três ou quatro passos decididos na alcatifa, voltou a contemplar o penteado ao espelho, avançou para a senhora ruiva que lhe acenava languidamente do sofá numa cintilação de anéis enormes (os brincos compridos como pingentes de lustre baloiçavam contra o pescoço alto) e abraçou-a pedalando no vácuo os sapatos de verniz. As calças, encolhidas em harmónio, deixavam ver as meias cinzentas e um pedaço sem pêlos, cor de polvo, das pernas. O vulto da empregada cirandava na sala de jantar, distribuindo os guardanapos (Pensa Não chegaste a ter direito a argola, Marília), à medida que os gemidos do velho se tornavam ansiosos e rápidos. Pensa Ajudo-o a desapertar o cinto, a puxar para baixo as cuecas antiquadas, de botão? E lembrou-se de Caxias, da saída dos presos políticos que vira pela televisão, dos acenos do topo das camionetas militares, da inveja de não ser herói, não possuir um camuflado, uma arma, não libertar ninguém. Lembrou-se do Primeiro de Maio, das canções, dos gritos, da alegria das pessoas pelas ruas: Éramos puros então, pensa, até eu era puro, antes e depois fui de merda mas nesse dia não. Os pais embarcaram para o Brasil na semana seguinte, regressaram com um risinho vingativo dois anos depois, o Carlos mandou fechar uma das fábricas, as revoltas acabaram, o pai mandou um bando de gorilas para boicotarem à cacetada as reuniões de trabalhadores, o cunhado obstetra concorreu a deputado por um partido muitíssimo cristão, a Tucha ia às manifestações de bandeira em riste vociferar contra o socialismo no meio das amigas.

— Se eu fosse delegada sindical — perguntou a Marília a brincar com a pulseira horrorosa de pêlo de elefante — o senhor mandava os seus cães de fila enfiarem-me uma carga de porrada?

Pensa O jantar insuportável, a carne assada que não passava da garganta, a mãe a procurar lorenins na caixinha pequenina dos remédios, a irritante gargalhada de superioridade do pai:

— Por amor de Deus, minha amiga, temos métodos civilizados de resolver os problemas laborais: um despedimento com justa causa arranja-se num instante.

Pensa Quanto tempo durou aquela vergonha, aquele suplício? A sopa nunca mais acabava, crescia sob a colher, os bagos de arroz multiplicavam-se no prato, o vinho sabia a ácido sulfídrico, o esparregado enrolava-se, imastigável, nas bochechas. Temos de ir andando: o último autocarro é às onze e meia, e os automóveis deles cá fora, encostados ao passeio, exibindo os grandes dentes cromados das grelhas. Pensa O portão, as luzes acesas, os buxozinhos aparados, a cara afectuosa e em pânico da irmã da música a despedir-se deles no vestíbulo:

— Não correu assim muito bem, pois não?

A Dona Almerinda tornou a servir o cego e entrincheirou-se no balcão, para parlamentar com as exigências dos bêbedos, que a presença do vinho tornava ásperos e decididos.

— Eu vi a miséria em que os desgraçados dos russos vivem — afirmou o pai. — O único divertimento permitido é visitar a múmia do Lénine: formam bicha, percebe, para aquele cinema macabro.

— Coitados — disse a mãe com um suspiro a servir-se do doce.

Pensa O bolo que eu gostava, a bavaroise da infância, os restos guardados, duros, no frigorífico, comidos com os dedos furtivos, às escondidas da cozinheira. Pensa Fê-lo por mim, fê-lo decerto por mim, talvez que ainda guardasse a esperança de que eu não me houvesse transviado totalmente porque apesar de tudo sou filho dela, não é, existe sempre qualquer coisa que resta por onde se pode pegar. A irmã da música ficou ao portão a dizer adeus, misturada com as buganvílias e as roseiras bravas, enquanto nos afastávamos pela rua abaixo a caminho da paragem do autocarro: ainda não tínhamos o Dyane nesse tempo, o dinheiro não chegava para a prestação inicial, juntávamos uma ridicularia todos os meses, pode ser que em abril, Marília, pode ser que em julho, o funcionário do stand sorria, rodopiava, dobrava-se em vénias de modelo em modelo, excessivamente exuberante, excessivamente prestável, reflectido, multiplicado, deformado, nos espelhos, nos vidros, nas superfícies metálicas, no brilho convexo da pintura nova, levantava capots, explicava motores, exibia orgulhosamente a vastidão do porta-bagagens, franzia-se diante do teu poncho, desconfiado e efusivo, assinei o cheque de pé, curvado para uma secretária cheia de papéis, Podemos levá-lo já?, perguntou a Marília, o outro tornou-se subitamente sério, tinha muita pena mas não, amanhã ou depois de amanhã, uma formalidadezinha para completar os documentos, passar uma vistoria final ao automóvel, aplicou-me uma palmada familiar nas costas Não queremos que depois nos façam má propaganda percebe?, segurou o cheque com dois dedos, entregou-o num soslaio significativo a uma rapariga de aspecto atarefado que folheava com o polegar dextro uma pilha de letras, prometeu-lhes forrar o chão de tapetes grátis para os recompensar da sua desconfiança enquanto a colega telefonava para o banco a confirmar o cheque, ouviam distintamente a voz dela a perguntar, tinham-se sentado num canto diante de uma mesinha coberta de revistas, a rapariga acenou que sim com a cabeça, Vamos à oficina, disse o vendedor, pode ser que os nossos serviços tenham feito um milagre, piscava as pálpebras, guinava a pouco e pouco para uma familiaridade desagradável, descemos a uma espécie de garagem estreita onde homens de fato-macaco sem nódoas escorregavam panos preguiçosos pelas superfícies polidas, reluzentes, um fulano careca, vestido como os outros, que lia o jornal numa gaiola de vidro, parlamentou com o vendedor que nos apontava com o queixo, deu uma ordem breve a um dos homens, precedeu-nos a tossir até junto de um automóvel creme, arrumado no meio de um grupo de furgonetas, e ao qual o vendedor aplicou duas ou três palmadas admirativas, Ora aqui está o vosso bólide às ordens seus vaqueirosos, assinaram mais alguns papéis enquanto os funcionários de fato-macaco afastavam as furgonetas, o constipado entregou-lhes as chaves numa indiferença aborrecida, instalámo-nos lá-dentro, lado a lado, como num trono, experimentei a alavanca das mudanças, os pedais, o pisca-pisca, Tudo Ok? perguntou o vendedor numa pressa enfastiada, via-se um bocado de rua lá em cima, no topo de uma rampa, pessoas passando rápidas ao sol, a metade superior de um autocarro, o habitual ruído da cidade, ajeitou o quadradinho do retrovisor a pensar És meu, olhou triunfalmente para a Marília, colocou o motor do carro a trabalhar, engrenou a primeira, desligou o travão de mão, soltou depressa de mais o pé da embraiagem, e o automóvel gaguejou, deu quatro pulos, e enfeixou-se, num horroroso ruído de latas que se amolgam, se torcem, se desfazem, contra uma esquina da parede. Quando abriu a porta, atordoado, o vendedor, de rabo no chão (Terei também batido neste gajo?), de gravata nas costas e casaco a cair-lhe pelos ombros, fitava-o perdido de raiva, com o verniz da amabilidade inteiramente desfeito, a rosnar Seu grandessíssimo cabrão pelo canto da boca, à medida que os sujeitos de fato-macaco, siderados de espanto, se aproximavam devagar do Dyane amolgado como de uma bomba não detonada.

O televisor inundou de súbito o cafezito de acordes de marcha, um rosto fluorescente anunciou o programa do dia seguinte, exibindo de tempos a tempos para a câmara os dentes desiguais, de que parecia surgir um cone de claridade azul que projectava no sobrado losangos pálidos que se moviam.

— O teu pai é uma besta — disse ela de repente, numa violência que o surpreendeu, encostada ao poste da paragem do autocarro, na noite morna, conhecida, familiar, da Lapa. Pensa Menos quatro anos nesse tempo, chiça, aos séculos que isso foi. Se adivinhasses como eu me achava envergonhado, aflito, dividido, mandavas-me bugiar e procedias à tua autocrítica na próxima reunião do Partido: Confesso que me interessei por um burguês, confesso que durante meses desleixei a classe operária.

— Não é só o teu pai — acrescentou ela num turbilhão de zanga —, é a tua mãe, as tuas irmãs, os teus cunhados, aquela merda toda. Umas bestas. — Usava um anel de prata com relevos no dedo médio da mão esquerda, o beiço de baixo estremecia de humilhação, de embaraço, de fúria. Terás ido a Marrocos sem dinheiro, a acampar por aqui e por ali com um bando de amigos sujos e barbudos, de mochila às costas, oferecendo-se bugigangas numa solenidade de pacto de sangue? Conhecemos tão pouco um do outro, Marília: nunca perguntei com quem andaste antes de mim e no entanto adivinho-os por detrás dos teus olhos se estás séria e ausente, rapazes magros, pálidos, cineclubistas, mais importantes para ti do que eu, verões na Fonte da Telha a discutir Stendhal, tipos que trabalhavam na rádio ou nos jornais a segredarem-te confissões prolixas por cima de jantares de taberna, o Bairro Alto, claro, a Trindade, claro, os bares onde a Esquerda se embebeda, de cerveja, claro, grandiosos projectos irrealizáveis, uma revista de cultura, um livro colectivo, um movimento unitário de resistência e de luta. O prato de plástico cheio de cascas repugna-lhe, as vozes desanimadas e teimosas repugnam-lhe, a noite lá fora, que parece palpitar ao ritmo do Vouga, repugna-lhe, o teu corpo tenso, de ombros estreitos, à espera, repugna-lhe e alarma-o. Pensa Sair, entrar no carro, voltar para a estalagem ao longo da estrada agora escura, ameaçadora, entre pinheiros. A família ficou com certeza a conversar depois da partida deles, mesquinha, indignada, furibunda, com a mãe a suspirar cigarro após cigarro conformações de mártir.

— O teu pai teve de tomar um calmante para a tensão de tão incomodado que ficou.

Pensa A tensão arterial do pai constituía o centro das preocupações, das atenções da tribo, o ponto para o qual alvoroçadamente convergíamos assustados pela perspectiva do enfarte, Hoje teve 17, Hoje teve 14, o enfermeiro da policlínica vinha à tarde vigiar em pessoa a subida ou a descida da colunazinha de mercúrio do aparelho, premindo, de estetoscópio nas orelhas, um limão de borracha, o pai, em camisa, de manga direita arregaçada, fechava angustiadamente as pálpebras, foram as únicas alturas em que vi algo mais da pele dele do que a cara ou as mãos, o antebraço peludo, cor de barriga de rã, apertado no cotovelo pelas muitas voltas da cinta de forcado da máquina, a singular vulnerabilidade da tua carne. O enfermeiro recolhia os instrumentos numa espécie de estojo, recebia no vestíbulo o envelope da minha mãe, Obrigada senhor Valdemar até amanhã, desaparecia em cumprimentos respeitosos pelo jardim fora, e tu ficavas, velho, sozinho no escritório, no meio das estantes dos livros, com as farripas grisalhas das têmporas levemente despenteadas, a abrir e a fechar a mão numa careta pateta. Nos anos os meus cunhados ofereceram-te um milagre japonês que media a tensão sem ajudas, aplicava-se uma espécie de moeda no punho, carregava-se num botão que produzia um clique agudo e surgiam números luminosos numa janelinha de relógio, podia-se transportar no bolso, levar para o escritório, guardar no porta-luvas do carro e verificar nos sinais vermelhos se diminuiu ou aumentou, e ele desenhava gráficos, tirava médias, discutia com os médicos, conhecia intimamente todos os remédios, todas as dietas, todos os perigos, conversava horas e horas, radiante de entusiasmo, acerca de tromboses e embolias, oferecia-se para medir a tensão ao mundo inteiro, chamava os empregados ao gabinete, mandava-os despir o casaco e desabotoar o punho, aplicava-lhes a maravilha da técnica oriental, escrevia-lhes a tensão num papel e obrigava-os a aceitá-lo, Tome guarde isto da próxima ocasião que for à consulta não se esqueça de mostrar pode dizer que fui eu que lha tirei, telefonava às vezes para casa, a meio da tarde, para anunciar vitoriosamente Baixei de 18 para 17, interrompia reuniões, audiências e jantares a fim de testar o ímpeto do sangue, uma ocasião obrigou dois ministros e três deputados, contrafeitos e incrédulos, a mostrarem-lhe o braço enquanto a sopa arrefecia na mesa, Não esperem por nós é um instante Fernanda vamos já, até nos intervalos do cinema, contava a mãe, ia à casa de banho para carregar no botão perante o espanto das breguilhas, voltava alegre ou trombudo conforme o resultado, plantava-se diante do urinol, de pernas abertas, e em lugar de mijar, zás. Não, não estava maluco, explicava a família, era mesmo assim, entusiasmava-se com as coisas, houve por exemplo a época dos comboiozinhos eléctricos, inundou uma sala de carris, de sinais, de miniaturas de estações, rebentou os fusíveis uma porção de vezes, convidava os genros a pilotarem rápidos e foguetes, impacientava-se com as aselhices, descompunha as pessoas, até que um belo dia, percebe, se desinteressava de repente, regressava aborrecido à televisão e ao jornal, ofereceu aquele molho de bugigangas que chispavam curto-circuitos tenebrosos (ficávamos às escuras, quietos, à espera) aos pobrezinhos da paróquia, uma carruagem para este, um vagão de mercadorias para aquele, um apeadeiro para essa família tão infeliz coitada, ora que lhes faça muito bom proveito e Próspero Ano Novo, houve o verão dos patins, ia de patins para a empresa, na borda do passeio, seguido, três reverentes metros atrás, pelo chofer com o Jaguar ao ralenti, mandou cimentar o pátio da entrada da fábrica, com o pavoroso busto do avô numa peanha de granito, e de manhã os operários tinham uma hora livre na condição de deslizarem no sentido dos ponteiros do relógio em torno do edifício principal, ele próprio fornecia lições aos principiantes ou piruetava, a acamar o cabelo das têmporas, à frente do conselho de administração aos tropeções, promovia os funcionários de acordo com a sua habilidade em arranques e travagens, um tipo guindou-se de contínuo a chefe de secção porque pulava três bancos de cozinha sem se estatelar do outro lado, um segundo galgou de escriturário a director de vendas por bater o recorde de velocidade entre o parque de automóveis e o refeitório, do concurso de admissão para a firma passou a constar uma prova de slalom através de uma floresta de garrafas de cerveja vazias, que ele mesmo supervisionava de cronómetro em riste, a seguir ao abandono dos patins atravessámos a terrível fase dos cactos, trazíamos constantemente um frasquinho de mercurocromo e uma pinça de depilar sobrancelhas na algibeira para extrair os espinhos que se nos cravavam à traição no corpo, todos os compartimentos da casa pareciam invadidos por ouriços pérfidos, cujas agulhas atravessavam as almofadas dos sofás, e se nos enterravam, lancinantes, nas nádegas, sem contar com o célebre período dos crocodilos bebés na casa de banho, a arrastarem-se, minerais, nos azulejos, abrindo como tesouras as escamas das mandíbulas repletas de dentes de leite de metro, um deles desceu as escadas aos rebolões e filou a perna da criada que servia à mesa, começámos a ouvir Ai ai ai ai ai ai ai ai enquanto os rissóis e o arroz e o molho branco se despenhavam no fato novo, de risquinhas azuis, do obstetra, passei por prudência a fazer chichi no jardim até os gerânios das jarras cheirarem a amoníaco, O que terão as flores, interrogava-se intrigada a minha mãe, vocês não acham esquisito este perfume, as pessoas afastavam-se das cómodas, enjoadas, as amigas da canasta pediam-lhe que abrisse as janelas, mesmo no inverno, Por causa dos meus calores, percebes?, isto para não mencionar a incrível colecção de cabeças reduzidas de jívaros que se abriam sem ninguém lhes tocar, a meio da noite, num fedor mole de ovos chocos, a paixão pelas dentaduras postiças que pareciam bater sozinhas os queixais de plástico nas madrugadas de insónia, chegava a perguntar na rua, a quem lhe passava à mão, Importa-se de me deixar ver a sua placa, as pessoas fitavam-no estupefactas e iam-se embora a toda a pressa, se calhar a mania dos pássaros durou apenas um bocadinho de nada durante a minha infância e sou eu que continuo pela vida fora a pensar nisso, lembro-me de livros e de álbuns com estampas, cobertos de pó dentro de uma arca de pregos esquecida no sótão; pintarroxos, periquitos, pardais, catatuas, gaivotas, uma coruja empalhada num tronco de árvore a mirar-nos com as alucinadas pálpebras da insónia, O teu pai é uma besta, a tua mãe é uma besta, as tuas irmãs e os teus cunhados são umas bestas perfeitas, o cego adormeceu de queixo no peito, a ressonar pelas palhetas grossas dos lábios, Se calhar não tem para onde ir, disse a Marília a apontá-lo, se calhar não sabe o que fazer à puta da vida que leva, e eu pensei Deves imaginar que quero a casa para mim, que te vou empurrar para os teus velhos, um dos bêbedos, de gatas no chão sarroso, provocava a ladrar a cadela da

Dona Almerinda, as gengivas roxas dele aumentavam e diminuíam, Ão ão ão latia o bêbedo a escorregar na serradura e nas cascas, a Dona Almerinda empurrou-o com o chinelo, o tipo perdeu o equilíbrio, agarrou-se às pernas de um sócio fardado de carteiro e despenharam-se os dois no estrépito exagerado dos palhaços, Pensas que quero a casa para mim mas quem vai sair da Azedo Gneco sou eu, acabo de descobrir com esta última cerveja uma vocação de saltimbanco, compro um acordeão para tocar de terra em terra, levo comigo o cego e seremos felizes, o pai, jovem, sentou-o no rebordo do poço, a cara desprovida de rugas sorria com afecto, Teve de tomar um calmante para a tensão de tão indignado que ficou, a sombra da figueira tocava-lhe a testa de uma espécie de véu luminoso enquanto senhores de colete deslizavam a patinar nas suas costas, as aves levantaram voo, obliquamente, na direcção da mata, num roldão de cambalhotas confusas, Ainda queres que eu te explique os pássaros?, perguntou a rir-se o senhor de idade a alisar as farripas esbranquiçadas contra as têmporas, Vou comprar o jornal, pensou, e marcar com cruzes encarnadas os quartos de aluguer, Luciano Cordeiro, Campo de Santana, Martim Moniz, Benfica, um com casa de banho privativa em Pedrouços, serventia de cozinha em Alcântara, pequeno apartamento módico em Alfama, dividimos as gravuras e os livros, alugo uma furgoneta para os vir buscar, e depois, se calhar, quando me sentir mais solitário, cada lombada me traz, ao fitá-la, baforadas de saudade, o passado a preto e branco começa a ganhar cores, o teu corpo na cama, os teus tiques, a tua água de colónia, os teus pequenos hábitos diários, o autocarro para a Faculdade, o frango com batatas fritas pala-pala dos jantares de domingo, se calhar principio a gostar de ti a seguir a perder-te, acabaram por comer iscas detestáveis no cafezito deserto, a Dona Almerinda conferia a caixa por detrás do balcão, a molhar na língua o bico difícil do lápis, Vocês são todos umas bestas, disse ela, e desatou a chorar, o autocarro surgiu lá ao fundo aos pulinhos nas rodas enormes, apertou-lhe os ombros com o braço e ela sacudiu-o com raiva Larga-me vai à merda larga-me, Dois para Campo de Ourique pediu ele ao condutor, a Marília, de nariz no vidro, observava com excessiva atenção os prédios e as ruas que desfilavam para trás, minúscula e frágil e desesperada debaixo do poncho vermelho, O pai já não se interessa pelos pássaros, acusei-o eu, só se preocupa com números, e firmas, e letras, e acções, e notários, e coisas dessas, vá lá acima ao sótão ver apodrecer os álbuns, ver-nos apodrecer a nós, comemos um terço das iscas, bebemos um café de borras, saímos à procura do automóvel pelas trevas da praça, dois bêbedos espojados num banco cá fora dormiam um de encontro ao outro, indiferentes como amantes idosos, Chega-te cá para eu te medir a tensão, ordenou o pai, e ele aproximou-se a contragosto do aparelho imponente, a calva do velho, engraxada, cintilava sob o candeeiro, as costas das mãos povoavam-se das sardas castanhas dos sessenta anos, os dedos tremiam, Já não seria capaz de pegar ao colo de ninguém, pensa, já não se interessa pela quinta, já não se interessa por nada a não ser fábricas e enfartes, a Marília chegou a casa, despiu o poncho, descalçou as socas, atirou-se para cima da cama de costas para mim, parti o atacador de um dos sapatos, joguei o pedaço que me ficou na mão para um canto, Descansa, que caralho, que não voltamos lá mais, não fui eu que escolhi a família que tenho mas acabou-se prometo, o frio e a humidade cristalizavam-se nas árvores do largo em miríades de agulhazinhas quebradiças, não ia chover nunca mais e Aveiro vogaria eternamente na neblina à laia de um navio desgovernado, com as suas travessas desconexas, as suas sucursais de banco, as suas pastelarias remotas e os seus largos vazios, no interior de uma farmácia iluminada um rapaz de bata embrulhava remédios e o odor dos xaropes confundia-se com o do desconforto e da vazante, lá está o carro imóvel contra um plátano e como que preso ao tronco por uma arreata invisível, o relógio de uma igreja qualquer soou uma incrível infinidade de badaladas compassadas e lentas, o som alargava-se, medieval, em círculos concêntricos na atmosfera saturada, 14-8 informou o pai, recorda-se que os trinta anos são uma idade perigosa, é a alturazinha de uma dieta sem sal, os olhos escuros dele examinavam-no numa objectividade clínica sem ternura, o atacador do outro sapato aguentou-se por um fio, lavei os dentes amuado, Descansa, gritei eu dos azulejos, que não te impinjo mais aquelas bestas, Ainda me interesso pelos pássaros, velho, ainda quero saber como é que eles são, Vocês nem calculam o desgosto que nos deu, suspirou a mãe, entrou-nos pela casa com uma criatura porquíssima, pôs o motor a funcionar, ligou os faróis e arrancou na direcção da pousada, pinheiros e pinheiros, a neblina esfarrapada da noite que se formava e desfazia à sua frente em volumes sólidos que se diluíam, Desatou a gritar connosco aquela propaganda comunista contra Deus, as iscas torciam-se-me, desconfortáveis, na barriga, cheias de agulhas, de arestas, de esguichozinhos de ácido, arregacei os beiços para examinar os molares ao espelho e dei com a minha cara do outro lado, aparvalhada e lunar, este sou eu agora, este invólucro insólito, estas rugas, Estou-me nas tintas para eles e nunca mais lá meto os pés juro-te, a sua voz vibrava nos azulejos, nas loiças, na cobra do chuveiro, espreitei da porta e continuavas estendida na mesma posição de há bocado, Os pássaros, respondeu o pai num murmúrio com uma expressão intrigada, o que é isso dos pássaros, se calhar adormeceras sem te despir e era preciso acordar-te aos safanões, ajudar-te a tirar a camisola e as calças, puxar as cuecas ao longo das pernas mortas enquanto tu gemias e protestavas no teu sono, Espera está quieto só um bocadinho vou já, a ria assemelhava-se a um grande charco diáfano, sem vida, a rebrilhar no escuro, Espero que ele não tenha o arrojo de voltar outra vez a casa dos meus sogros, disse o obstetra no Grémio para um amigo consternado, a Teresa veio de lá incomodadíssima, engoliu dois vesparax ao deitar, Estás a dormir?, perguntou ele a medo à silhueta imóvel avançando uns passos tímidos no linóleo, um dos teus ombros desenhava-se, nítido e agudo, contra a janela sem estores, árvores e árvores na estrada da estalagem, gigantescas nas trevas, emaranhadas de ramos e de névoa, estamos a dar a volta à ria, Marília, daqui a nada a ponte, daqui a nada o volume de paquiderme da pousada, a vertigem da cerveja, sumindo-se aos poucos, deixava no seu lugar um inclemente vazio, um gato cruzou a galope o alcatrão à frente deles, Os pássaros, disse o pai num murmúrio, com uma expressão perplexa, o que é isso dos pássaros, e no entanto do castanheiro, da figueira, dos troncos mais próximos, as aves voavam numa única e enorme onda na direcção da mata, estacionei o automóvel, no cascalho, junto dos carros dos casais estrangeiros, e a água não produzia o mínimo ruído que se ouvisse, nem uma vaga, nem uma corrente, nem uma cascata, um silêncio completo, absoluto, horizontal, cor de crepe, e muito longe as lâmpadas de Aveiro refractadas na neblina, Estás a dormir?, repetiu ele àmedida que se aproximava devagar, inclinado para a frente na esperança de lhe ver os olhos, não te zangues já te prometi que não vamos lá mais, tiveram de tocar a campainha para o empregado, de pálpebras roxas de sono, lhes abrir, as plantas cresciam e inchavam no vestíbulo a respiração ansiosa das flores, as tuas socas ecoavam nas escadas à frente das minhas solas envergonhadas, Pássaros, perguntou a mãe, interdita, que história é essa dos pássaros?, entraram no quarto, procurámos às apalpadelas o interruptor do vestíbulo minúsculo e o escuro dissolveu-se em camas, mesas de cabeceira, uma poltrona, as nossas malas numa grade de pau, Que lhe falte bom senso de acordo foda-se que se lixe, disse o obstetra a acabar o Porto seco, mas gaita sempre há o mínimo de decência não é verdade?, continuou a caminhar, em bicos de pés, para o corpo deitado, a boca sabia à frescura colegial da pasta de dentes, trazia o cabelo molhado sobre as orelhas de ter lavado a cara, penduraram os casacos nos cabides, principiámos a despir-nos, sentia-me enjoado das iscas, do molho, das cervejas, a garganta ardia-me de um refluxo azedo, deitei-me sem tirar as cuecas, puxei os cobertores sobre a cabeça porque a luz me magoava, escutava os teus pés descalços indo e vindo no quarto, um copo que se enchia de água, uma espécie de arroto, e depois as molas da cama ao lado que ganiam, o atrito das tuas pernas em busca de espaço para se dobrarem e adormeceres, Os pássaros, disse o pai erguendo o rosto incrédulo de agora por cima do jornal, não me lembro dos pássaros, um pedaço de lua cresceu, transparente e fluido, entre duas nuvens, e desapareceu de novo, comido pela garganta das trevas,

Quando nós estávamos na quinta há muitos anos, explicou ele, de debaixo dos lençóis, ao velho que o fitava sem perceber, junto ao poço, recorda-se, e a mãe lá em baixo na sala à espera da gente para a sopa, o cheiro do verão ao fim da tarde, o odor da terra, das maçãs maduras, das ervas inquietas do crepúsculo, a coruja atravessou horizontalmente a parede do celeiro, a Dona Almerinda completou a soma, guardou os papéis numa gaveta, anunciou Vai fechar, a camioneta do lixo trepidava lá embaixo enquanto homens de suspensórios cor de laranja lhe lançavam dentro a merda da Rua Azedo Gneco, a triste merda de Campo de Ourique, os restos de comida, os pedaços de papéis, os ossos de galinha, as latas vazias, o trapo inerte do meu cadáver, Na quinta?, perguntou o pai sem entender, abrindo e fechando as hastes de tartaruga dos óculos, o que é que aconteceu na quinta?, Vou vomitar, pensou ele, quem me manda engolir porcarias de taberna, a irmã da música degolava Debussy muito longe, um torpor esquisito esvaziava-lhe o corpo, Estou a adormecer, pensou ele, distinguia ainda, à medida que mergulhava num lago de lodo, cheio de silhuetas conhecidas, a testa franzida, aflita, do pai, cheguei-me a ti, puxei-te pelo ombro, Palavra de honra que a família acabou, palavra de honra que a Lapa acabou, nunca mais entramos sequer o portão daquela casa, e na claridade imprecisa de Lisboa, na claridade nevoenta de Aveiro, os teus olhos afiguraram-se-me tão tragicamente ocos de expressão como as órbitas de gesso dos defuntos.

Sábado

Levantou-se duas vezes de noite, agoniado e convulso, para vomitar aos arrancos, inclinado para a frente, pedaços semidesfeitos de iscas na retrete, tão tonto, tão pálido, tão maldisposto que pensou, aterrorizado, Vou morrer, enquanto a mulher se voltava para um lado e para o outro porque a luz, os passos, os ruídos de aflição da minha garganta deviam invadir desagradavelmente o seu sono, como a campainha do despertador, na mesa de cabeceira quase encostada à bochecha, se enterra de manhã à laia de um estilete pelo ouvido dentro. Deviam ser cinco ou seis horas, a alma saía-lhe em pedaços gelatinosos pela boca murcha, e acabei por sentar-me em cuecas na cadeira verde junto à janela, a olhar pelos intervalos da persiana metálica a noite moribunda da ria, atravessada de viés por fiapos de claridade turva que pareciam nascer dos novelos de sombra dos pinheiros ou do basalto confuso, sobreposto, das nuvens. O estômago assemelhava-se a um polvo esbranquiçado de azia, retraindo-se e inchando no meu ventre, e cujos tentáculos de ácido deslizavam, ao longo das veias, na direcção das mãos. Devia ter febre porque sentia como que um frio de gripe no corpo apesar de ter vestido a camisola sobre a pele: as cerdas das pernas, espetadas, nasciam de conezinhos transidos, os testículos sumiam-se na mata roxa do púbis. A torneira aberta do lavatório ou do bidê jorrava a sua zanga lá ao fundo, no cubo reverberante de azulejos em que me esvaziava de mim mesmo, como na tarde em que te acompanhei à parteira, embaraçado de timidez, para afogarmos o peixe que se alargava, curvo, no teu útero. Agora que dormes, incólume à cerveja e às iscas, e distingo, sob a colcha, a forma aproximada do teu corpo na aurora suja de Aveiro, agora que vou morrer de indigestão, de colite, de um estoiro de tripas definitivo e derradeiro, agora que as gengivas me sabem a molho podre e a tremoços estragados, e se calhar, ao acordares, me encontrarás de bruços no rebordo da banheira, mirando numa careta vítrea o meu próprio reflexo contorcido, lembro-me da tarde em que desci contigo do autocarro, perto do Príncipe Real, a caminho da parteira, cheio de medo, de culpabilidade, de remorsos. Nem sequer discutimos, quase nem sequer conversámos, avisaste-me ao princípio de morarmos juntos Não quero filhos, e nunca me atrevi a perguntar porquê, de receio que mudasses de ideias: os dois da Tucha e mais um ou dois teus seriam uma ninhada impossível para mim, uma mensalidade impossível para mim, uma preocupação impossível para mim, quatro crianças a ganirem à minha volta, a transformarem-se, a crescerem, havia um cubículo repleto de caixotes e jornais na Azedo Gneco, poeirento, húmido, esconso, escuro, e eu pensava às vezes Pomos o berço da miúda ali. Dizia sempre A miúda (nunca me passou a ideia de um rapaz pela cabeça) e já lhe inventara o som da voz, o riso, a maneira de chorar, a cor do cabelo, o nome, o jeito reboludo das ancas, pensava Pomos o berço da miúda ali e nunca falava nisso contigo, escutava-lhe as gargalhadas inaudíveis ao jantar e sorria no interior de mim mesmo ou por detrás do caldo knorr. Anunciaste Não quero filhos e tu sabias que eu sabia que o dizias por mim, pelo meu estúpido pavor do neto de um guarda-republicano de palito na boca, porque não conseguia despir-me do meu pai, da minha mãe, da terrina da Companhia das Índias em que me embalaram. De maneira que quando me explicaste

— Não me vem a menstruação há dois meses, tenho uma morada de confiança na Praça das Flores

continuei a ler, na cadeira de lona, a mesma revista indiferente, sob o candeeiro cromado, horrível, aparatoso, que desencantaste uma tarde num ferro-velho qualquer e instalaste triunfalmente na sala, no meio do lixo confuso em que vivíamos. E se eu tivesse dito nessa altura, Marília, Não, se eu tivesse dito, Marília, quero a criança, alguma coisa se alteraria entre nós?

Um turbilhão repentino de vómito subiu-lhe da barriga, e tropeçou para a casa de banho iluminada, de mãos aflitas adiante da boca: Vou morrer. Ultrapassaram um antiquário repleto de poltronas coxas, louças rachadas com gatos, e móveis Império afogados na sombra, uma taberna, casas velhas, ulcerosas, com o sol de outubro a revelar impiedosamente as gretas e os defeitos das fachadas, e a ferrugem, cor de sangue seco, dos portões. Nenhum olhava para o outro, pensa sentado no bidé, a arquejar, enquanto mãos invisíveis e cruéis lhe torciam impiedosamente os intestinos e um esguichozinho de vento se escapava do ânus. Procurávamos os números dos prédios, parávamos nas montras das capelistas, debruçávamo-nos para os títulos dos jornais, em pilhas no chão, guardados por mulheres nédias, de avental, remexendo trocos por debaixo das saias. Pensa A parteira seria assim, uma criatura de carrapito e unhas duvidosas, a conversar com as pessoas em voz áspera de lixa? Pensa Claro que me sentia culpado, claro que me sentia aflito, que me apetecia ter continuado sozinho, em quartos alugados, sem complicações, sem receios, sem dramas. As cólicas iam e vinham, a Marília tossiu no quarto, e eu escutei o corpo dela que mudava de posição nos lençóis, se agitava no colchão, suspirava, gemia.

— Não, felizmente não deixou mais filhos — disse o Carlos com um risinho de alívio, a cortar a ponta do charuto com uma espécie complicada de tesoura. — Bem bastaram as maçadas que a Tucha nos deu por causa das partilhas.

Um prédio igual aos restantes, encostado a uma oficina de automóveis onde um homem martelava um guarda-lamas numa banca imunda. A porta achava-se aberta: É no segundo andar, disse a Marília: subiram uma decrépita escada de madeira de degraus excessivamente altos, e da clarabóia do topo emergia uma luz difícil, de água de alguidar, que as línguas dos capachos pareciam lamber num apetite preguiçoso de bois. A Marília tocou a campainha de latão: um som cavo rebolou no que parecia uma caverna infinita, corredores e corredores ao fundo dos quais, num compartimento repleto de baldes de pensos e de instrumentos cirúrgicos, uma velha de avental manchado de sangue mergulhava os braços, até aos cotovelos, nas tuas coxas abertas.

— Tens a certeza que é aqui? — murmurei eu a espiar desconfiado o silêncio dos andares, a usura lascada e podre da madeira, uma teia de aranha enorme dependurada dos caixilhos da clarabóia. Como se me tivessem ouvido do interior descerrou-se uma frincha e um olho surgiu, à altura do meu, observando-me numa desconfiança rancorosa.

— Claro que acabámos por calá-la com umas tantas acções mas foi viver para a Suíça à nossa custa — acrescentou o Carlos rodeado por uma nuvem oleosa de fumo. — Agora imagine o que seria outra tipinha a exigir uma fatia da herança, a chatear-nos com advogados, com procuradores, com tribunais.

— O que querem? — perguntou o olho sem amenidade. Havia uma ponta de chinelo lá em baixo, junto ao tapete, um tornozelo magro de galinha. Pensa Porque não nos vamos embora? Pensa Não quero crianças. Pensa, sentado no bidé da estalagem de Aveiro, a apertar o estômago nas mãos Sentia-me tão desamparado, tão reles, com tanta vergonha de mim mesmo.

— Tenho hora marcada — explicou a Marília numa voz sumida —, falei consigo na segunda-feira, mandou-me estar cá às onze, em jejum.

O olho deslocou-se de mim para ti, deslizou-te ao longo do corpo à procura do ventre, rodou de súbito, feroz, na minha direcção:

— Ela entra e você espera lá em baixo: o que não falta são leitarias nesta praça.

Pensa Esta gaja vai-te matar por minha causa, e aperta o forro dos bolsos com força para secar as mãos molhadas. A porta abre-se, a Marília entra, distingue uma cómoda de espelho no vestíbulo, um cabide com uma gabardine de homem, uma garota descalça, de rabo ao léu, brandindo uma colher, e a seguir o trinco cerra-se num suspiro de orgasmo e fica sozinho no patamar, de pé, estupidamente imóvel, a cabeça a reboar das angustiantes badaladas do seu sangue. Apago a luz da casa de banho depois de limpar a boca com a toalha, sento-me na borda da tua cama, passo a palma de leve, por cima dos lençóis, sobre o tronco adormecido, as nuvens da noite dissolvem-se devagar num fragoroso silêncio, a água da ria aproxima-se através das persianas, a tua cara muda de posição, amanhece. O Carlos pousou a ponta do charuto no cinzeiro enorme, palpou o duplo queixo com as pontas contentes dos dedos:

— Agora que passou o perigo comunista podemos continuar em paz, com a mão-de-obra barata que temos, a ideia do meu sogro. Os japoneses e os americanos andam entusiasmadíssimos com os nossos produtos.

Na praça as folhas das árvores dir-se-iam envernizadas pela luz, os automóveis e as pessoas deslocavam-se como brinquedos de corda, as montras das lojas possuíam uma irrealidade de aguarelas. Instalou-se num banco defronte do prédio, de pupilas cravadas na cortina do segundo andar: Se acontecer alguma coisa telefono à polícia, denuncio a parteira, queixo-me ao meu cunhado obstetra, talvez consiga interessar a poderosa indignação do meu pai.

— Se fiz um aborto dele? — perguntou a mulher descuidada, de cabelos grisalhos, a coçar sempre a cabeça com o lápis. — É possível que sim, sei lá, não me lembro, passaram tantos anos depois disso.

— Veio ter comigo à escola pedir-me dinheiro emprestado — declarou a irmã da música a limpar os óculos com o lenço. — Eu ia a sair e encontrei-o encostado a um candeeiro, embaraçadíssimo, não sabia como começar. A Marília está grávida, preciso de cinco contos, não posso falar disto a mais ninguém a não ser tu. E eu com a impressão, percebe, de que toda a gente no café, as minhas colegas, os empregados, os alunos, nos ouvia.

Uma velha de cabelos pintados, com um cão ao colo, instalou-se ao lado dele, e o animal, um bicho branco horroroso com uma trela azul, principou de imediato a rosnar de zanga na sua direcção, exibindo os dentinhos aguçados de peixe. Afastou-se por prudência para a extremidade do banco, e a velha considerou-o com ódio.

— Preciso de cinco contos — disse ele à irmã, a olhar a casquinha curva do chá de limão que flutuava no seu mijozito fumegante. — A Marília emprenhou e achei-te capaz de me dar uma ajuda.

Pensa A pastelaria ranhosa cheia de gente do liceu, as colegas que a cumprimentavam de longe num soslaio entendido: coitada, apesar da feieza e dos óculos lá conseguiu um namorado. E ele imaginou as conversinhas do dia seguinte, os cochichos, as alusões, as piadas. A irmã bebia água das Pedras, piscava as pálpebras, calava-se, e por fim vasculhou imenso tempo a carteira em busca do livro de cheques, à medida que ia colocando no tampo da mesa uma multidão de objectos: agendas, estojos, molhos de chaves, fotografias, canetas. Guardou o rectângulo de papel na algibeira e saiu deixando-a sozinha no café com o seu copo cheio de bolhas, a sua apreensão, a sua bondade. Pensa Nunca te paguei esse dinheiro, nunca me ocorreu que to devia.

— Não, realmente não me recordo — disse a mulher de cabelos grisalhos pegando numa pasta de colegial inchada de livros. — É uma questão assim tão importante?

Levantou-se da cama, regressou à casa de banho e examinou a cara no espelho: pálida, mole, desfeita, sem forma, como que vista numa placa deformante. Uma mecha abúlica pegava-se à testa suada, os lóbulos quase transparentes das orelhas desciam como gotas de estearina para o pescoço. A velha e o cão pareciam rosnar agora os dois em conjunto, unidos pelo mesmo ímpeto de cólera, e o bicho franzia os beiços sobre as gengivas descoradas numa careta acusadora: Estás a matá-la. Pensa Neste momento a parteira dos chinelos lança pedaços de algodão ensopados em líquido escuro para um canto da sala, a criança da colher passeia-se em torno, distraída, tropeça, na sua marcha de cisne, nas pernas de ferro da marquesa. Pensa E tu? Deitada, de olhos fechados, semi-adormecida pela máscara de gás? Lúcida, franzida, de pupilas no tecto, a recriminar-me em silêncio? Tenta calcular o que se estará passando mas as imagens baralham-se-lhe, não consegue, recomeça. A velha e o cão resmungam cada vez mais alto, o que sucederá agora lá em cima por detrás das cortininhas inocentes do segundo andar, assemelham-se um ao outro, vão desatar a latir ao mesmo tempo, a irmã acaba a água das Pedras, acena de longe ao professor de ginástica barbudo que lhe responde com um sorriso rápido, desinteressado, chega à Azedo Gneco com o cheque e anuncia à Marília que deitada no chão cola recortes de jornal num álbum:

— Trago aqui a massa.

Pensa Nem boa tarde, nem Como te sentes, nem Olá, apenas Trago aqui a massa, numa apressada voz conspirativa, sem afecto. Pensa Uma união de gatunos irrisórios para uma pequena burla, nenhum de nós quer crianças, eu porque já tenho duas, tu por motivos obscuros, o Partido, o proletariado, sei lá, quando realmente a verdadeira razão era a de não acreditarmos um no outro. Assim, numa frase, apenas isso: não acreditávamos um no outro.

— Um segundo andar na Praça das Flores? — perguntou a mulher de cabelo grisalho a vasculhar a desordem da memória. — De facto fui lá duas ou três vezes, uma casa sinistra, uma parteira horrenda, mas não me lembro se algum dos fetos era dele.

— Saiu à pressa do café — disse a irmã, a segurar o cheque com as pontas dos dedos como um retrato que ainda não secou. — Palavra que em trinta anos nunca o vi tão atrapalhado.

Acendeu um cigarro sem desfitar a janela, e o pavoroso cãozito branco que ladrava engasgou-se e tossiu. A velha dirigiu-se-lhe numa impaciência sibilante:

— Importa-se de ir fumar para outro lado que o animalzinho é asmático?

— Nunca fiz desmanchos — asseverou o olho que uma cabeleira pintada de ruivo coroava. — O senhor pode garantir o contrário?

Deu a volta à praça pelo lado de fora das grades, a limpar as palmas no forro dos bolsos sob um sol que esmagava de cores os caixotes de fruta e de hortaliça à entrada das lojas, vigiando sempre as cortinas numa ansiedade que crescia, com o cheiro das árvores de maio no nariz. Devia haver uma repartição pública perto porque pessoas saíam de uma capelista com rolos de papel selado, a Marília sacudia-se de dores amarrada por tiras de cabedal a uma mesa de ferro, mulheres limpavam-lhe a vagina com compressas, e eu estou aqui, a salvo, pulando de vontade de urinar como na altura dos exames, inútil e patético. Passou pelo banco em que se sentara, a velha do cão recuou, e ele inclinou-se para o lavatório empurrado por um géiser incoercível de vómito que se lhe elevava, a espadanar, das tripas, e inundou a concha de loiça de uma espécie de muco esverdeado, o qual escorreu para o ralo numa preguiça de ranho. De nariz a pingar e olhos chorosos levantou de novo a cabeça e nesse instante viu-a, viu-te: muito pálida, de óculos escuros, amparada à ombreira da porta, rodando o queixo para a esquerda e para a direita, a procurar-me. A carteira pendia-lhe aberta do braço, uma ponta de blusa, em desordem, sobrava da saia. Pensa Como estão transparentes as tuas unhas, se não te levo já para casa desmaias de certeza.

— Como te sentes? — perguntou num sibilo indeciso.

— Não, por amor de Deus, faça favor de visitar a casa — insistiu o olho. — Já agora sempre quero ver se é capaz de provar o que afirma.

— Fraca, chama um táxi — respondeu a Marília a apoiar-se-lhe no braço como numa espécie incómoda de muleta. As feições dela, esticadas e cinzentas, aparentavam-se às da fotografia da carta de condução, tiradas num desses cubículos de metal que expele uma tira de quatro retratos húmidos por uma frinchazinha gradeada, quatro caras idênticas e turvas, como que chuvosas, parecidas connosco em muito feio. Lá no alto, no segundo andar, nenhuma cortina se agitava. Uma rapariga nova, vestida de preto, entrou no prédio, e ele pensou automaticamente Outra vítima. A velha do cão tentava agora que o bicho urinasse de encontro a uma árvore (as raízes levantavam as pedras do passeio em torno), erguendo-lhe uma das patas traseiras com a mão conjugal numa ternura repelente, como se colocasse uma algália no marido. Dois ou três táxis passaram cheios, a responder que não com o dedo ao seu sinal de súplica, até que um Mercedes decrépito, conduzido por um homem gordo com bexigas, acabou por parar, a tremer de sezões, junto ao passeio.

Assoou-se a um pedaço de papel higiénico, puxou o autoclismo pela vigésima ou trigésima vez nessa noite, e começou a respirar mais lentamente: a agonia, o mal-estar, os vómitos afastavam-se dele como o mar na vazante, e um cansaço enorme trepava das pernas para o corpo, para abrir as asas preguiçosas no seu peito. O relógio da mesa de cabeceira marcava sete horas, o vento da manhã arrepiava a água lá fora, as nuvens tocavam o cume dos pinheiros do seu espesso véu de gotas baças de lexívia. Puxei o cordão que cerrava o estore e meti-me na cama para tentar dormir.

— Quando tenho mais saudades — disse a irmã — o que primeiro me vem à cabeça é essa tarde do cheque e a aflição dele, coitadinho. Podem não acreditar mas era a pessoa menos preparada para a vida que alguma vez conheci.

No táxi passei-te o braço pelos ombros e afaguei-te o lóbulo da orelha, esse estranho pedaço de carne inerte, com os dedos. Usavas sempre os mesmos brincos desde pequenina, uma pedrita azul à flor da pele, Deu-mos a minha madrinha de baptismo, já não se conseguem tirar. A Tucha, ao contrário, possuía um enorme arsenal de argolas de várias cores e pingentes compridos que baloiçavam ao redor do pescoço se movia a cabeça, roçando-lhe a nuca num tilintar levíssimo de estanho. Pensa Como os seus vestidos, o seu baton, os seus sapatos, a sua maquilhagem me excitavam, e como a Marília me deixa indiferente, alheado, sem interesse. Acariciou-lhe o lóbulo da orelha e depois o nariz e o queixo enquanto o táxi, de mudanças no volante, tropeçava de sinal vermelho em sinal vermelho, moribundo, a caminho de casa. Um inválido ultrapassou-os pela direita a tripular um tricido complicado, e o chofer desceu o vidro com o que restava da manivela a fim de lhe oferecer, debruçado para fora do carro, uma chuva de insultos. Pensa Não vamos chegar nunca à Azedo Gneco, Campo de Ourique anda a rabiar à nossa frente, mas os edifícios iam-se-lhe tornando familiares, reconhecia as ruas, as esquinas, a esquadra da polícia, estamos quase. O chofer, apopléctico, virou-se trabalhosamente para trás:

— Você viu aquela besta?

— Nunca tive razão de queixa — informou a mulher de cabelos grisalhos a guardar o lápis na pasta. — Nenhuma infecção, nenhuma hemorragia por aí além, nenhuma chatice. Quer a morada?

— Eu, se engravidasse — assegurou a irmã da música —, não descansava enquanto não tivesse o bebé. Na minha família quase só há raparigas, se calhar aquele era o rapaz que a gente desejava.

Pagou ao gordo que urrava contra coxos e manetas, abriu a porta do prédio (Porque raio põem fechaduras tão lá em baixo?) curvado como uma pescadinha de rabo na boca de chave em riste, carregou no botão do elevador e quando a caixa chegou trazia dentro um bêbedo em farrapos, sentado no chão, a ressonar.

— Se calhar é um anjo — opinou a Marília, com um sorriso estóico — e a última carrapeta conduz directamente ao paraíso. Este veio cá abaixo por engano e fica condenado a pernoitar nos bancos da Avenida.

— Toda a gente sabe que não é necessário passaporte da Azedo Gneco para o céu — disse ele a pensar Tu segues como um fuso para a cama e eu vou já telefonar ao meu cunhado: sei lá os perigos que podem vir disto.

O manequim, a roda da carroça, o corredor minúsculo, o quarto: o colchão em cima de uma esteira, os lençóis desarrumados como sempre, livros, papéis, jornais, o aquário sem peixes, a secretária atulhada de pedras e de conchas, de frascos cheios de berlindes, das bodegas de pacotilha de que constantemente te rodeias. Deitaste-te vestida sobre a cama sem tirar os sapatos: Envelheceste vinte anos esta manhã. Fui buscar um copo de água à cozinha e disseste-me que não com a cabeça, sem falar. Da sala, ligou o número do hospital sentado no braço precário da poltrona, O senhor doutor ainda não chegou, o senhor doutor já saiu, talvez esteja num parto, faça o obséquio de aguardar um momento, encontra-se em reunião, importa-se de dizer o nome, e, após uma espera interminável, a voz do tipo do outro lado do fio: Sim?

— Claro que presumi logo o que se passava — informou o obstetra, a tirar as luvas de borracha. — Aconselhei-lhe um antibiótico e descanso, não há muito mais a fazer num caso desses.

— Viemos agora mesmo de um tratamento numa parteira — gaguejou ele —, a Marília está com uma hemorragia um bocado grande.

Havia outras pessoas por trás da minha voz, podia ser que alguém na linha escutasse a conversa, podia ser que o cunhado badalasse à irmã e a irmã ao resto da família, não ia perder assim uma oportunidade daquelas: Ó mãe imagine o que o Jaime me contou. Se o pai sonhasse nunca mais lhe poria a vista em cima, caramba.

— Um aborto? — interrogou o obstetra numa entoação profissional em que se pressentia um júbilo perverso de triunfo.

— Desculpe — impôs o olho — sou eu quem faz questão que visite a minha casa. É muito grave lançarem-se assim acusações no ar sobre pessoas honestas.

— Não, nem penses nisso — respondeu ele depois de uma hesitação aflita. (Já me lixei.) — Um desses exames que as mulheres fazem de vez em quando, sabes como é.

— Era capaz de beber chá se mo trouxesses — pediu a Marília num timbre descolorido.

— Porque é que não foram ao médico? — questionou o cunhado numa insistência satânica, enquanto um rebuliço indistinto se lhe emaranhava nas palavras.

Não encontrava o açúcar, não encontrava as chávenas na desarrumação da cozinha. A torneira do lava-loiça pingava sobre os pratos sujos, duros de crostas, de um jantar antediluviano, o fogão cobria-se de ferrugem e de imundície antigas: Há quanto tempo ninguém limpa isto, pensou ele irritado, há quanto tempo o lixo se acumula nesta casa, montes de revistas empilhadas na despensa, latas de conserva abertas cheirando mal? Quis acender o gás para aquecer a água, mas os paus de fósforo partiam-se monotonamente um após outro e atirou a caixa, numa fúria, contra o chão.

— É difícil conseguir consulta — mentiu ele — e depois há uma parteira conhecida aqui perto.

Devias ouvir-me do quarto, Marília, escutavas com certeza a minha zanga: o que pensarias? Na janela do prédio fronteiro um canário pulava, escarninho, na gaiola. Um sujeito em camisola interior, de clavículas salientes, observava a nula animação da rua, Campo de Ourique a ressonar, pastoso, à hora do almoço, mexicano de sono. No tanque da marquise flutuavam peças de roupa numa espuma indistinta. Encontrou um pacote de chá perdido nos embrulhos de esparguete, e pendurou-o pelo fio na cafeteira de alumínio: movia-se mal na cozinha, odiava a profusão de plantas que se multiplicavam em frascos de vidro nas prateleiras, o bafio de comida podre a nadar, como um cadáver de anémona, na pele dos azulejos.

— Para eu te dar um conselho tens de me explicar ao certo o que sucedeu — insistiu o cunhado, untuoso e melífluo como as raposas das fábulas. O telefone, aos sacões, produzia estalos sobre estalos: Este PBX é uma autêntica vergonha.

— Aqui é o meu quarto, aqui o quarto do meu filho, aqui a retrete, aqui a sala — elucidava o olho exibindo ironicamente os compartimentos em gestos espectaculares de cicerone. — Talvez que faça desmanchos no berço da criança, não acha?

Deu com um ralo entupido, e rebuscou o armário, por baixo do fogão, com a ventosa de borracha na ideia: uma tarde, muitos anos antes, uma das irmãs (Qual?) perseguira-o a correr pelo jardim fora, munida desse cacete precário, porque tentei descobrir sob as saias, quando a topei empoleirada num banco, o estranho mistério do púbis liso das mulheres, enquanto do andar de cima chegavam os gritos em pânico da mãe:

— Não me pisem os canteiros.

Pensa, estendido no colchão, a tentar dormir na manhã de Aveiro, cuja claridade cintilava nos estores, Dizias sempre me, velha, tudo o que acontecia à tua volta tinha que ver contigo: adoeceu-me, chegou-me às duas da madrugada a casa, apareceu-me gordíssimo na sala, morreu-me quando eu menos esperava: o universo girava, obediente, em torno do eixo agora esquelético do teu corpo, na clínica das Amoreiras onde até o tempo se diria imóvel nos relógios hexagonais do corredor. Avançou com a chávena, o pires, o bule, o açucareiro e a colher a tremerem, precários, no tabuleiro de vime, e pelos teus olhos fechados, a pele esticada e levemente azul sob as pálpebras, as mãos idênticas a pássaros de vidro no lençol, cuidei por um instante que morreras. Mas o peito subia e descia devagar, e de quando em quando a boca parecia torcer-se numa argola de biscoito como se te preparasses para anunciar aos cartazes das paredes uma revelação definitiva: Proletários de Todos os Países Uni-vos; Glória Eterna à Classe Operária. Mas lá estava o sol no peitoril, as marquises das traseiras pintadas de branco, um desconforto doméstico e triste a impregnar o quarto de uma atmosfera de agonia, a doçura de uma eternidade à nossa medida no silêncio dos móveis. Do ângulo do espelho da cómoda pendiam colares de vários tons, um terço antigo que por pudor nunca se atreveu a perguntar de quem fora, fios amarelos e castanhos de missanga. Sentia-me reles, patético e cómico ali de pé, a segurar nas pegas entrançadas, formando um ângulo recto com o teu corpo largo, amortalhado no poncho de lã.

— Dá-lhe um saco de gelo — aconselhou o obstetra —, sempre ajuda a estancar a hemorragia. E se quiseres passo por aí amanhã de manhã, antes da Maternidade. Não, não custa nada, fica-me em caminho.

Acabou por pousar o tabuleiro no soalho (um pouco de chá transbordou para o prato) e acocorou-se num banquinho baixo, de pêlo de carneiro, que desencantaste decerto numa loja de esconso ou num desses vendedores da estrada de Sintra ou do Guincho, a agitarem as suas preciosidades na direcção dos carros. Voltava-me para um e outro lado mas não conseguia adormecer porque os reflexos da água, ampliados pelo metal côncavo das persianas, me formavam estranhos e luminosos contornos no interior das pálpebras, porque imagens, e palavras, e sons se me sucediam na cabeça numa cadência de tontura, porque as plantas do vestíbulo da estalagem me devoravam os pés, me mastigavam as pernas com os dentinhos ácidos e moles. Deitou duas colheres de açúcar na chávena, aproximou-a da boca da Marília que erguia a custo a nuca da almofada (uma veia pulsava no pescoço) e nesse segundo tocaram: uma campainhada seca e breve, imperiosa.

— Não merece o trabalho, obrigado — disse ele muito depressa —, daqui até terça-feira fica tudo resolvido.

Abriu a porta sem espreitar pelo olhal, e no capacho encontrou o bêbedo do elevador que lhe sorria o riso desmedido, em harmónio, das aparições. A roupa em tiras agitava-se por vezes, à volta do corpo, numa revolução de penas, o nariz comprido aparentava-se a um bico curioso. Cheirava intensamente mal, a porcaria, a vinho, a indefinidos lixos, e afigurou-se-lhe prestes a vomitar-lhe para cima as nódoas glaucas do tinto. A voz da Marília chegou sem timbre do quarto:

— Quem é?

— Por amor de Deus, não me custa nada — jurou o cunhado — até é uma forma de conhecer a tua casa. E depois a gente visita-se tão pouco, não é?

Pensa O relato da Teresa deu a volta à tribo e aguçou os apetites escarninhos da família: Venham todos assistir a como vive um comunista falhado, um revolucionário burguês: e a troça deles diante dos naperons, das bonecas espanholas, das cortinas de pintas, do retrato fardado do teu pai, de grandes olhos redondos de campónio.

— O que é que você quer? — perguntou ao bêbedo cujos lábios, cheios de crostas, se alargavam numa careta elástica e fraterna. — Não tenho dinheiro.

Como resposta o tipo abriu as mangas para o abraçar, com tão entusiástico ímpeto que por pouco se não estatelava de costas no marmorite do patamar: O palhaço rico e o palhaço pobre, pensou ele diante dos gigantescos sapatos do outro, num circo sem público, iluminado pela lâmpada precária do tecto. O bêbedo extraiu trabalhosamente da algibeira uma brochura sebenta, sem capa:

— Meu amigo — anunciou numa voz difícil, agitando vitoriosamente as páginas porquíssimas. — Ofereço-lhe a Vida Eterna por dez escudos: quem não tem dez escudos para salvar a sua alma?

Um lanho de sangue seco atravessava-lhe a bochecha esquerda, os enchumaços do casaco despontavam sob os rasgões da fazenda: não era cigano, nem contrabandista, nem, visivelmente, testemunha de Jeová, antes um franco-atirador da Salvação.

— Agradeço-te imenso — desculpou-se ele — mas a Marília tem o médico dela, vamos lá terça-feira. Era mais para a tranquilizar, percebes?

— Uma hemorragia grande, garante o senhor? — perguntou a mulher dos cabelos grisalhos. — Não, não faço ideia, correu sempre tudo lindamente.

— E se eu não quiser a Vida Eterna? — argumentei. — Se eu estiver fartinho desta porra toda?

O bêbedo, consternado, bateu com tal força as palmas nas coxas que se ergueram das calças duas nuvens de pó. Um pedaço de lama seca desprendeu-se, como uma crosta, da camisa:

— Inferno meu caro — prometeu ele numa careta trágica. — O primeiro comboio foguete à mão para o ranger de dentes.

— Rui — disse a Marília do quarto.

Pensa Conseguirás beber o chá sozinha?, e imagina dedos magros, de unhas brancas, a tactearem sem forças a chávena, a boca aberta como a dos pássaros à espera. O vento da noite agitava à roda deles as ervas do poço, o losango de sombra da casa devorou o lago de azulejos com os seus peixes de plástico, as cadeiras de lona esquecidas, o triciclo da irmã da música, tombado de lado como um bicho morto, a erguer no ar as patas esticadas das rodas. Das construções do galinheiro, a cheirarem a palha e a cocó, vinha um silêncio sem arestas de ovo em repouso. As árvores mais próximas murmuravam como harpas, o pai esticou o dedo na direcção da mata, cuja mancha azulada e densa se movia:

— Foram dormir.

Na sala havia um álbum cheio de desenhos de homens nus com asas, de falcões com tronco de gente, de esquisitas misturas, como centauros, de pessoas e de pássaros: E se a mãe se levantasse agora da mesa, pensa, e começasse a voar, como um periquito aflito, sobre os pratos da sopa? Nunca fora à mata por ser demasiado longe, noutra quinta, rodeada de uma cerca de arame nalguns pontos e de um muro com cacos de vidro noutros, de forma que se encostava a um pau de fio a olhá-la fascinado, e a imaginar estranhos seres de penas pulando, aos crocitos, no segredo denso das árvores.

— Inferneco meu santo, inferneco — jurou o bêbedo a tentar ajoelhar-se no capacho. O pão duro amontoava-se nos bolsos inchados como alforjes, a caspa e a gordura aguentavam-lhe o cabelo ralo no crânio. — Agora a Vida Eterna, catano — (grandioso gesto em espiral resumindo as inenarráveis delícias do paraíso) —, é outra loiça. Sete mil e quinhentos, sócio?

— Foram dormir — repetiu o pai —, até amanhã de manhã não vemos mais nenhum.

— Vá-se embora — pedi eu ao bêbedo —, a minha patroa está doente. — Cinco mil réis — propôs o outro —, a miséria de cinco mil réis em troca de uma felicidade sem fim. Ande lá, seu pecador, não seja unhas-de-fome.

De olhos fechados via os pássaros esquisitos do álbum erguerem-se do Vouga, dirigirem-se para a janela, afastarem-se, aproximarem-se de novo. Um nevoeiro de pó desprendia-se das rémiges enormes, nacos de pão tombavam-lhe de quando em quando dos bolsos, as pálpebras ramelosas procuravam-me. Os gases corriam-me nos intestinos como ratos no forro de um sótão, um frasco de ácido gotejava-me pingo a pingo no estômago, um dente qualquer, lá para trás, principiou a doer-me. Buscou uma moeda nas algibeiras e o bêbedo avizinhou-se, interessadíssimo, aguçado de gula. A voz do cunhado adquiriu uma entoação ressentida:

— Acho que me estás a proibir de ir a tua casa. Espero que tenhas o bom senso de não meter os pés na minha.

— Telefonou a pedir-lhe um favor e ainda por cima foi malcriadíssimo para o Jaime — queixou-se a irmã mais velha, com uma revista de modas nos joelhos. — Claro que a partir daí cortámos completamente.

— Como vê — declararam os chinelos —, as suas suspeitas são infundadas. Eu só trabalho na Maternidade, meu caro senhor, os meus filhos já me dão bastante que fazer aqui.

— Vinte e cinco tostões — pediu o bêbedo tentando agarrar-lhe as abas do casaco com os dedos moles. — Vinte e cinco tostões e não se fala mais nisso.

— Na minha família há uma visão um bocado conservadora das coisas — sussurrou a irmã da música como se os pais a pudessem ouvir. — Se eu lhes contasse do cheque dava-lhes um fanico, de certeza.

O tipo do andar de baixo, um monitor de judo enérgico que subia sempre as escadas aos pulos, de saco de ginástica às costas, desprezando o elevador, veio cá fora a conversar com a filha, e a companhia daquele atleta impositivamente simpático, que cumprimentava os vizinhos numa amabilidade musculosa, injectou nele a coragem necessária para enfrentar a morna e lenta tenacidade do bêbedo.

— Não tenho um chavo — declarou ele para as escadas na esperança de que o super-homem o ouvisse, e o seu soslaio de raios X perfurasse salvadoramente os degraus. — Ponha-se na pireza, já lhe disse que a minha mulher está doente.

O mendigo, que continuava de joelhos no capacho, a fitá-lo com as lamentosas órbitas ramelentas, tentou erguer-se nos tornozelos precários mas um dos sapatos escorregou no marmorite, perdeu o equilíbrio, as páginas desfeitas do livro espalharam-se no chão, e para não cair agarrou-lhe, agarrou-me, desesperadamente (O que é isso? O que é isso?, gani eu espavorido) as calças.

— Não é nada — disse, muito distante, a voz aguda da Marília. — Mas se não tomas o pequeno-almoço fica tudo frio.

De pé, em camisa, junto à minha cama, abanava-me as coxas, e o rosto dela precisava-se a pouco e pouco sob a lã despenteada do cabelo. Na moldura da janela, envolta num halo de claridade acinzentada, as gaivotas pousavam na água em grandes bandos geométricos. Os móveis retomavam a humildade castanha e verde da sua condição. Um barco pequeno navegava na direcção da foz.

— Levei a noite a vomitar — protestou ele —, caíram-me mal as iscas da taberna.

Os membros afiguravam-se-lhe desprovidos de ossos, um suor caramelento, desagradável, idêntico a papel de rebuçado, colava-lhe o lençol às costas. Sentou-se na almofada e examinou, enjoado, o cestinho do pão, croissants, pães de leite, uns outros redondos com açúcar, carcaças vulgares, de mamilos como os das dançarinas do strip-tease. E dentro dele, obsessivo, impiedoso, amargo, inexorável, o gaguejante discurso de separação que se reconhecia incapaz de fazer. Bebeu um golo de café, afastou a chávena com o dorso da mão, e voltou a cabeça no sentido da ria (Como os miolos me pesam, pensou ele, como o sangue me tropeça nas veias das orelhas): o véu suspenso das nuvem, leve e baço, aproximava-se: dentro de alguns dias começaria a chover.

*

Faleceu Rui S., Investigador e Assistente da Faculdade de Letras de Lisboa. Rui S., que desde o primeiro número tivemos a honra de incluir no núcleo de colaboradores da Revista de História dos alunos da Faculdade de Letras, faleceu subitamente em Aveiro no pretérito dia 10. Contava trinta e três anos de idade. Oriundo de família bem conhecida no meio financeiro nacional e não só, frequentou sempre com razoáveis classificações o curso dos liceus, onde desde muito cedo se distinguiu pela lhaneza do trato, pela profundidade da sua inteligência e por uma cultura invulgar. Datam dessa época, aliás, os seus primeiros escritos (piedosamente conservados por mãos amigas), que, sob a forma de contos e poemas, insertos no jornal de parede de estudantes de que foi subdirector, denotavam já a acentuada inquietação de espírito que pela sua malograda existência fora (de acordo com o testemunho dos que com ele privaram mais de perto) sem cessar o acompanhou. Concluído o sétimo ano, prontamente ingressou no curso de História da Faculdade de Letras, rompendo desse modo, quiçá abruptamente, com uma tradição familiar de brilhantes economistas e gestores, no intuito de se dedicar ao estudo e à investigação de determinados aspectos menos conhecidos, da multissecular gesta do nosso Povo, para a prossecução dos quais buscou aliar as vertentes psicológica e social, na tentativa de explicar a causa dos fenómenos históricos através do exame atento do intimo e recôndito perfil dos seus intérpretes. É disso frisante paradigma a sua tese de licenciatura «D. António I, Relato de Um Suicídio Colectivo» (edição policopiada resumida a vinte exemplares, s/d), ou os breves ensaios anteriormente publicados nesta revista: «A Homossexualidade Latente em D. Miguel» (1968), «A Maria da Fonte e a Luta de Classes» (1969), e «A Resistência Popular no Decurso das Invasões Francesas» (1971), que lhe valeram, ao que cremos, alguns amargos de boca por parte da repressiva e impiedosa censura estatal. Por esse período exerceu paralelamente corajosa actividade política (distribuindo panfletos e policopiando comunicados) como vogal da Secção Recreativa da Associação de Estudantes da nossa Faculdade, cargo de que viria posteriormente a demitir-se por divergência de fundo no que concerne à orientação a tomar quanto à resistência estudantil no decurso da longa noite fascista que dolorosamente atravessámos. De posse da licenciatura, ingressou como assistente no corpo de ensino da Escola, em que de resto exercera já as funções de monitor na cadeira de História Moderna II, amadurecendo então, por intermédio da análise atenta dos factores económicos (dominava com rara acuidade as teorias marxistas, em relação às quais manteve sempre, de resto, honesta distância crítica), as suas concepções pessoais acerca, sobretudo, da Primeira República, de que foi apaixonado exegeta. Deste modo publicou sucessivamente «Perfil Psicológico de Manuel de Arriaga» (in «História», nº 3, 1974), «Teófilo Braga e a Doutrina Socialista» (in «Jornal de Ideias», nº 12, 1ª série,

1976), «Das Conferências do Casino ao Cinco de Outubro» (separata de «Momenta Histórica», 1976), «A Evolução do Conceito de Monarquia em Ramalho Ortigão» (in «História», n.º 10, 1978), «Introdução ao Estudo do Movimento Carbonário» (edição do autor, 96 páginas, 1978), «António José de Almeida, Itinerário de Uma Vida» (in «Revista de História», n.º 17, 1979), «As Raízes Político-Sociais do Regicídio» (edição do autor, 57 páginas, 1980), «Da Ditadura Franquista à República Constitucional» (in «Jornal de Ideias», n.º 1, 2ª série, 1980), deixando incompleta a sua tese de doutoramento, ainda sem título, dedicada ao Sidonismo, e de que esperamos editar em breve significativos excertos, se para tal obtivermos o consentimento da Exma. Viúva ou seu(s) representante(s). Paralelamente deu a lume, sob o pseudónimo de Alberto Júdice e em edições por si custeadas, duas curtas e densas colectâneas de poesia, cuja inegável aceitação crítica se não acompanhou, infelizmente, da simpatia sempre caprichosa do público: «Regresso de Prometeu» (1976) e «Interregno para o Amor» (1979), bem como o volume de contos «Percurso Interrompido» (1977), em edição restrita que por vontade expressa do autor não circulou nas livrarias, mas que sabemos ter recebido o mais vivo aplauso de escritores tão ilustres como Fernando Namora, Vergílio Ferreira, José Cardoso Pires e Agustina Bessa-Luís. No mister de docente, Rui S. supria uma certa dificuldade de expressão verbal (comum a espíritos de alta estirpe) mediante raros dotes de simpatia, calor humano e vasta erudição e domínio das matérias que expunha, dotes que em breve lhe granjearam a simpatia cordial dos estudantes, patente, por exemplo, no terno epíteto de Pneu Michelin com que rapidamente o alcunharam, em consequência do seu aspecto físico bonacheirosamente arredondado. Embora de temperamento retraído e tímido, o falecido professor não se furtava nunca a receber os alunos nos corredores da Faculdade, na biblioteca da mesma ou, até, na sua acolhedora casa, para com eles discutir os pontos mais controversos do programa da cadeira que regia, por incumbência do Conselho de Gestão da Escola. Desprovido de ambições materiais, vivia de modo extremamente simples, diríamos mesmo austero, o que encontra porventura justificação no seu ideário de Esquerda, não filiado em qualquer partido, embora em determinado período da sua breve existência o houvessem conotado como fervoroso adepto do materialismo dialéctico, do qual veio mais tarde a demarcar-se em artigo publicado na nossa revista, sob o título «Democracia e Socialismo: Uma Confusão a Evitar», que o Senhor Arcebispo de Braga nos fez a honra de citar em homilia pascal. O autor das presentes e despretensiosas linhas, director da «Revista de História» e tesoureiro da Acção Católica Universitária de Lisboa, que nutria pelo defunto mestre afectuosa admiração, conversou por várias vezes com Rui S. acerca da doutrina social da Igreja e do conteúdo das últimas encíclicas papais, encontrando sempre, da parte deste, uma lúcida compreensão e, atreve-se a afirmá-lo, uma adesão tácita (se bem que jamais traduzida em palavras expressas) ao Personalismo cristão e às suas virtualidades, como único meio de estar no mundo do Homem actual, suprimindo sem excessos as tremendas injustiças económicas e psicológicas da Civilização Moderna. Eu morava na Sampaio Pina, perto de casa dele, e de quando em quando, se via luz no andar, tocava à campainha da rua, a porta abria-se com um estalo de tampa, subia, e lá em cima encontrava os seus óculos vagos, as mãos indecisas, o sorriso que parecia sempre desculpar-se a si próprio, os livros ao acaso por toda a parte, os brinquedos de lata, a desordem constante de jornais. Sentávamo-nos para falar em desbotadas cadeiras de praia junto ao velho calorífero apagado, e com uma família rica como a sua nunca entendi aquele cenário de prolixa miséria, aquelas chávenas rachadas, aquelas esteiras rotas, aqueles móveis de ferro-velho com cunhas de pau ou de cartão a equilibrar-lhes as patas: Onde teria ele desencantado tanta porcaria malcheirosa junta, pensei eu, o autoclismo do quarto de banho, por exemplo, oxidado e torto, não funcionava, a concha do lavatório permanecia constantemente entupida, um aparelho de rádio muito antigo, a um canto no chão deitava cá para fora tosses e assobios, os cartazes colados nas paredes amareleciam do tempo, caricaturas, retratos, metalúrgicos de punho musculoso erguido: um comunista envergonhado? um vagabundo que se não assume? o transviado que os milionários necessitam para apontar como exemplo aos outros filhos? O tipo limpava as lentes à ponta da camisa em fricções vagarosas, as suas órbitas cegas afiguravam-se-me voltadas para dentro como as aves nas gaiolas, oferecia-me um bagaço horrível num copinho minúsculo de que soprava previamente o pó como uma vela de anos, Não quer provar uma bebida, não quer molhar o verbo, o sorriso infantil dele pairava na sala idêntico à presença recente de um finado, articulava algumas frases raras e perdia-se, distraído, esquecido já de mim, num labirinto interior decerto repleto do lixo triste e dos livros bichosos que atravancavam o andar, Qualquer dia trago-lhe um grilo para alegrar o seu palácio, prometi-lhe uma vez, um grilo, um camaleão, um canário, um pássaro qualquer, e ao falar em pássaros ele olhou surpreendido para mim sem responder, fez estalar as juntas dos dedos, clac clac clac, levantou-se, Não gostava de ter, sei lá, um papagaio, insisti eu, um pintassilgo, um periquito, um desses bicharocos trró trró, e ele mudo, de nariz encostado às cortinas de renda da janela. De manhã no bairro nem sequer havia pombos, só senhoras de idade com as redes de plástico das compras a caminho de casa, só edifícios desbotados e feios, só uma melancolia sem esperança no ar. Pensei Se ao menos se visse o rio pela janela, se ao menos uma nesga de água entrasse nesta sala, e depois, sabe, habitava com ele aquela mulher ordinária e sacudida, despenteada, a apagar cigarro após cigarro no cinzeiro de pau, a combater lá dentro com os tachos, a considerá-lo, acho eu, numa amenidade sem afecto e o pateta sem perceber que ela não gostava dele, que o desprezava, que se achava pronta a trocá-lo pelo primeiro veemente comunista barbudo que aparecesse, porque quanto a essa, meu Deus, não sobejavam dúvidas nenhumas que queria o pé-descalço no poder, ensinava também na Faculdade mas só os ateus e os doidos lhe frequentavam as aulas, tipos sinistros de olhos amarelos a conspirarem pelos cantos em nome do proletariado, e às vezes, se estávamos a conversar e a beber café nas cadeiras de lona, a sujeita chegava à porta, calada, com um sorrisinho trocista, ou embrulhava as minhas palavras e lançava-as para o cesto dos papéis com uma argumentação definitiva, E pronto acabou-se meu lindo o que tu rezas não vale um chavo, e ele a observá-la com aqueles olhos neutros, opacos, vazios de entusiasmo e sentimentos, as mãos pousadas nos joelhos, o corpo gordo como que à espera (de quê?), o fóssil do sorriso como que à espera (de quê?), o nariz a fungar como que à espera (de quê?), e eu pensava É impossível que não vejas que ela não gosta de ti, que brinca contigo, que lhe és indiferente, que te detesta, que não dá um tostão furado pelo que vales e não vales. A mulher saía a arrastar as socas irónicas no corredor, Que tal o bagacito?, perguntava ele para ocupar o silêncio, o médico proibiu-me as bebidas alcoólicas por causa de uma hepatite antiga, proibiu-me as gorduras, as emoções, o exercício e o cozido à portuguesa, proibiu-me todos os prazeres da vida excepto estar aqui contigo a dissertar de História, de Filipe I, de Filipe II, de Filipe III, de 1640, de 1908, de toda esta merda douta que abomino, Mas o que quereria ele de facto, o que desejava, o que sentia?, interrogava-me eu de estômago a arder e olhos sulfúricos de lágrimas da inenarrável mistela que me impingia sempre naquele eterno copo microscópico de que soprava cuidadosamente o pó, Eu tenho um pombal no terraço, informei-o a mirar-lhe os sapatos sem graxa, sulcados pelos vincos do uso, porque não faz o mesmo para se distrair?, e por segundos a cara dele afigurou-se-me animada e móvel, as bochechas tremeram, os buracos do nariz alargaram-se de atenção, Gosto de pássaros, disse ele numa voz de muito longe, curiosa e infantil, a voz de uma criança que procura às escuras a orelha que a escute, gosto de pássaros embora nunca mos tenham explicado, o meu pai desinteressou-se disso há séculos, colecciona crocodilos-bebés na piscina, Andaste a emborcar às escondidas, pensei eu, e agora vens-me falar em crocodilos e piscinas, Quase arrancaram uma perna à minha irmã, continuou ele a contemplar as biqueiras, deu um mergulho e trazia um jacaré pendurado na coxa, você nem calcula a quantidade de dentes que esses bichos têm, brancos, triangulares, pequeninos, aguçados como canivetes, Quem quer chá?, urrou a megera da cozinha, num berro ampliado pelos tachos e pelos azulejos, os pombos desapareceram todos da sala numa revoada silenciosa, acenei que não com a cabeça, Eu, amor, vociferou ele num grito mole, desencorajado, sem ossos, Eu, amor, repeti dentro de mim, em que gato capado te tornaste, Se é só para ti não vale a pena, berrou a voz, espera-se que haja mais gente interessada, e dali a um nico escutei as socas a chinelarem para o quarto e o som da porta a fechar-se com força, Trancou-se na jaula para dormir, pensei eu, e me mostrar que é tarde, deve deitar-se num molho de palha, sobre o próprio cocó e os ossos de carneiro, ou de vitelo, ou de burro, que lhe atiraram de longe pelos intervalos das grades, cinco escudos para a visitar aos domingos, crianças e militares grátis, a Fera Comunista do Circo Americano, a Amazona Revolucionária, a Neta de Engels a coçar os sovacos na gaiola, levantei-me, ele levantou-se, levantámo-nos, ficámos um momento de pé no entulho da sala, era necessário andar como as cegonhas a fim de não pisar papéis, ou caixas de cartão, ou montículos de livros, andar como quem pula, desajeitado, de pedra em pedra, até ao vestíbulo mínimo, Pense nisso dos pombos, aconselhei eu à despedida, pode sempre acontecer que encontre a explicação sozinho, e enquanto descia pelo elevador lá ficou ele, quieto, no patamar mal iluminado, a limpar os óculos com a ponta da camisa, e de cabelo em desordem em torno da testa, tão estupefacto como se acabasse de acordar, com a Fera Comunista a aguardá-lo nas trevas do quarto, agitando as garras na palha fedorenta dos lençóis. O inditoso historiador deixa viúva, e dois filhos menores de um primeiro matrimónio. A «Revista de História» dos alunos da Faculdade de Letras apresenta à Dign.ª Família Enlutada as mais sinceras condolências.

*

Sentou-se na auréola de plástico da retrete e fechou a porta: o vapor de água do banho da Marília ainda cegava o espelho, e a minha cara era uma forma difusa e esbranquiçada, idêntica ao oval impreciso da lua na neblina, ou à mancha da cidade ao longe, pensa, do outro lado do Vouga, fracturada por sucessivas camadas de bruma, de pernas para o ar no espaço pardo, sem limites, da distância. Pensa Fazer a barba, tomar duche, lavar os dentes, sair, enquanto me esperas, estendida na cama, com um livro policial no peito, um título de letras gordas, uma capa berrante, um homem e uma mulher de mamas grandes que se beijam com descaro. Abriu a torneira e um esguicho de vidro transparente irrompeu lá de cima, junto ao tecto, encoberto pela cortina de florinhas, para se desfazer no tapete de borracha da banheira num charco que alastrava: em pequeno a minha mãe vinha espiar-me as lavagens, esfregar-me com uma esponja redonda, passar-me a mão rápida e neutra, pesada de anéis, pelos ouriços transidos dos testículos: Limpa bem as orelhas, limpa bem o pescoço, limpa bem o umbigo. Não te esqueças de lavar o rabo depois de fazer cocó. A azia desaparecera quase por completo, a dor do estômago reduzira-se a uma impressão longínqua, insignificante, suportável: de novo com saúde e sem desculpas, de novo com um longo, desmedido, infinito sábado à frente. A gilete cortava mal, a espuma de barbear não aderia ao queixo, o mentol da pasta picava-lhe na língua, e sentado na auréola de plástico da retrete enxugava os pêlos escuros do corpo com a aspereza de lixa da toalha, em movimentos circulares que se alargavam, à maneira das pregas concêntricas de um poço quando uma pedra cai na superfície lisa. Embrulhado no lençol de banho desbotado, viu-te, vi-te: não deitada na cama, não a ler, mas de nariz encostado aos caixilhos e mãos atrás das costas como um polícia severo, a observar sem interesse a humidade da manhã.

— Não a conheci muito bem, não sei — disse a irmã da música na sala de aulas vazia, em cujos bancos se alinhavam pandeiretas, tambores, ferrinhos, castanholas, pífaros de pau, iluminados pela claridade verde das janelas. — Era uma pessoa fechada, praticamente nunca conversámos, e depois da morte do meu irmão deixei por completo de a ver. De vez em quando leio o nome dela nos jornais a criticar livros de História, ouvi que por pertencer ao Partido lhe criaram, a certa altura, dificuldades do diabo na Faculdade. Agora que tenha culpas na morte do meu irmão não acredito.

— Os criados de Moscovo — proclamou pomposamente o Carlos — são os grandes responsáveis da miséria a que chegámos: sindicatos, greves, padres-operários, manifestações, essa porcaria toda. Felizmente a Associação de Industriais está vigilante: os portugueses não querem ser satélites dos russos.

Assim mesmo, Marília: completamente vestida, de costas para mim, plantada nas socas (alguma vez te terei visto calçada de outra forma?), a examinar o nevoeiro com olhos ocos de almirante, de mamífero empalhado, de gato-bravo de museu. Ficavas com frequência desse jeito nos últimos tempos, absorta, distraída, alheia, a examinar Campo de Ourique três andares abaixo, as fachadas sem graça dos prédios, a podre serenidade do costume, e eu nunca adivinhei o que ruminavas, o que te ia na cabeça, os projectos, as lembranças, os remorsos, as alegrias, o que te abandonava e assaltava numa ondulação de maré: Como agora, pensa, despaisada, em frente à ria, emoldurada na claridade leitosa dos caixilhos à maneira de uma fotografia antiga.

— Vamos almoçar a um sítio qualquer — disse ela de repente —, quero falar contigo.

Viraste-te para mim e pela primeira vez, em todos estes anos, achei-te quase bonita, quase sem defeitos, quase atraente: não era o Godard, nem o cinema americano, nem o novo romance, nem os meses de prisão antes de 74, nem o teu conhecimento do expressionismo abstracto e a tua experiência da Pide, em face da minha ignorância envergonhada: eras tu só, o teu contorno contra a pele da água, os teus olhos secos, pontudos, corajosos, a linha direita da cabeça, as grossas mãos de camponesa, imóveis sobre a saia, semelhantes a gavinhas enrugadas de pássaro.

A mulher de cabelos grisalhos acabou de arrumar a pasta, fechou-a à chave, levantou-se:

— Sabe o que me apetecia em dias como hoje? — perguntou ela com um sorriso desagradável que lhe exibia o mau estado dos dentes. — Não fazer militância, palavra, e escrever versos. Mas não conte nada a ninguém, é uma espécie de segredo.

Meti a camisa para dentro das calças, enfiei a camisola pela cabeça abaixo, e puxei o fecho éclair do blusão de xadrez, que de certa forma representava o compromisso de um uniforme político, a minha dubitativa, reticente adesão à classe operária: Assistente da Faculdade de Letras Veste-se como um Canalizador: bastar-me-ia isso, ficaria desse modo em paz comigo mesmo, lograria apaziguar assim o pequeno demónio persistente da culpa do que devia ter sido e que não foi?

— Escrever poemas — insistiu a mulher de cabelo grisalho com a mão no puxador da porta. — Não, a sério, levar tardes a fio na Boca do Inferno a ver o mar, sentar-me nas esplanadas, conversar com estrangeiros, visitar museus, e deixar que a revolução se faça sozinha. De qualquer maneira, percebe, ela há-de vir.

— Ó mãe — argumentou ele —, em Itália, por exemplo, há imensos comunistas que vão à missa.

— A Itália não é Portugal — cortou a irmã mais nova a mexer o café com os seus gestos preciosos. — E o Papa já disse o que havia a dizer acerca disso, não nos venhas com aldrabices marxistas.

Pensa Direita, teimosa, determinada, fitando-me no quarto da estalagem de Aveiro como desafiaste a minha família no jantar dos meus pais, e eu dividido, aflito, sem coragem, de tripas dilaceradas, por mil espadas cruéis, entre louças que brilhavam e a claridade suave, sem peso, como que à deriva, das lâmpadas.

— Vamos almoçar a um sítio qualquer fora daqui, quero falar contigo.

Há quanto tempo não conversávamos, Marília, há quantos meses vivíamos lado a lado numa mudez estagnada que crescia? Pensa Acordar, levantar, comer, sair, trabalhar, dormir: e se nos cruzávamos nos corredores da Faculdade éramos dois estranhos, nem sequer um soslaio um para o outro, nenhum fio invisível nos unia. Pensa Quando me diziam A tua mulher eu ficava suspenso, parado, interdito de espanto, de surpresa: A minha mulher é esta criatura mal vestida e feia, cinco anos mais velha do que eu, plantada nos seus horríveis sapatos masculinos, a colar nas paredes cartazes sobre greves, seguida por um grupo de estudantes obstinados e submissos, adeptos fervorosos de um socialismo esquemático? Pensa Se os pais da Tucha te vissem comigo, se a Tucha te visse comigo, se os meus filhos te vissem comigo imaginariam que eu me casara com a porteira, voltavam a cara para o lado, procediam a ginásticas complicadas para me não falarem. Pensa O bichinho da burguesia ainda te rói, ainda te consome, te domina. Pensa Não consigo que a casca das coisas deixe de ser mais importante para mim do que o miolo. Pensa Porque é que as aparências, chiça, me preocupam tanto?

— Leste, por exemplo, o que o bispo de Braga disse sobre esse assunto? — questionou o obstetra com um risinho de vitória na cara. — Porque é que não te informas sobre as coisas antes de atirares a primeira balela que te vem à mão?

Não argumentavas nada, Marília, não me defendias, o teu nariz, picado de cravinhos, ia lentamente de um para outro numa indiferença mecânica de radar. Tinham molhado o saibro cá fora, em torno da estalagem, e os sapatos produziam um ruído de mandíbulas trituradas nas pedrinhas. O rio não parecia conhecer enchentes nem vazantes: a mesma língua estreita de areia, as mesmas ervas anémicas, a mesma altura, de caldo, da água, e depois, por detrás da pousada, a húmida, rumo rosa, incessante inquietação dos pinheiros. O automóvel alcançou a estrada com um pulinho, principiou a deslizar na direcção de Aveiro. Uma lampadazita verde acendia-se e apagava-se no tablier: Vai-nos faltar a gasolina, pensou ele. O homem idoso que presidia à reunião, instalado no topo da mesa, com um bloco e uma esferográfica à frente, ergueu o braço e o vaivém das conversas cessou:

— A camarada acaba de pedir licença para o marido assistir como observador aos encontros da célula.

Se o motor desmaiar, pensa, ficamos eternamente perdidos no meio do pinhal, sob o cartão translúcido do céu, a envelhecer dentro do carro como as múmias antigas, que mordem a própria boca com os grandes dentes descorados, sem gengivas.

— Então? — perguntou ele dentro do táxi, quase sem mexer os lábios. Uma veia gorda estremecia-lhe na testa.

— Não me doeu nada, não me custou nada — disse a Marília —, não te preocupes. Parece que tive sorte, que nem sequer houve uma hemorragia por aí além. Chegamos a casa, deito-me umas horas e pronto.

Um rapazito com a cara a arder de acne fitou o homem idoso, de dedo esticado como os alunos nas aulas. Uma expressão de postiça gravidade adulta amarrotava-lhe as feições.

— Tem a palavra o camarada Tino — anunciou o outro batendo com a esferográfica na mesa.

Dois sujeitos de bicicleta cruzaram-se com eles, pedalando lentamente num vagar de humanistas, curvados para os guiadores em posturas de feto. O vizinho do judo, de quimono branco, atravessou o alcatrão em quatro cambalhotas velozes, sumiu-se no perfil dos eucaliptos, e ouviu-se a si próprio, surpreendido, afirmar Gosto de ti, enquanto os dedos procuravam às cegas a mão da Marília nos joelhos magros ao seu lado. Casas cresceram a rodar, rebentaram contra os vidros laterais do automóvel, afastaram-se, insignificantes e imóveis, no espelhinho rectangular.

— O marido da camarada — proferiu o adolescente com energia — é meu professor na Faculdade. O seu ensino pequeno-burguês é reformista, as suas posições pessoais sem consistência. Veicula, de maneira geral, opiniões de historiadores retrógrados. Aceitá-lo como observador — (o acne em labaredas, o beiço a tremer) — seria introduzir na célula um submarino social-democrata, sem qualquer contrapartida útil para a classe operária.

— Vamos recomeçar do princípio — pediu a irmã da música à turma em tumulto. (Um par de garotos minúsculos esmurrava-se desesperadamente ao fundo.) — Compasso três por quatro. As pandeiretas mais um bocadinho dentro do ritmo, se faz favor.

Outras casas, outros eucaliptos, árvores indefinidas, vivendas de emigrantes com muitas varandas, muitos azulejos garridos, muito ferro forjado, muitos sapos de louça nos quintais.

— Ali — disse a Marília.

Um restaurante à beira da estrada junto a uma bomba de gasolina, reclames de refrigerantes colados à porta e às janelas, um cartaz de tourada, despegado e antigo, com grandes letras vermelhas, a acenar. Barcos apodrecidos desfaziam-se na areia, uma âncora ferrugenta, no interior de um deles, apontava os seus três bicos negros a ninguém. Os alunos principiaram a cantar, acompanhados de gaitas e tambores, e as vozes adquiriam a pouco e pouco espessura e convicção. O camarada Tino calou-se de súbito, aparentemente a meio de uma frase, como se um mecanismo eléctrico se lhe houvesse avariado na garganta, embora as borbulhas do acne continuassem a arder de indignação, ou de raiva, ou de militância convicta, ou de apaixonado amor à classe operária, e o indivíduo idoso falava agora sem que se lhe distinguissem as frases. Havia uma bandeira vermelha no ombro dele, alguns sujeitos tomavam notas rápidas, um mulato na extremidade da mesa ergueu o braço. Gosto de ti, gosto do poncho, das socas, do corpo nu malfeito estendido nos lençóis, habituei-me ao odor do teu suor, à tua ironia, à secura amarga das tuas piadas, ao gosto da tua língua mole na minha boca, habituei-me à cicatriz da apendicite, à cicatriz do joelho, à cicatriz do calcanhar, quero voltar aos domingos à casa dos teus pais e à sua solicitude obsequiosa, vamos passar o tempo a limpo, Marília, partir com o pé direito, comprar bilhetes para o ciclo do cinema belga, verei todos os filmes chatos de Delvaux por amor de ti, converter-me-ei ao materialismo dialéctico, empunharei cartazes nas manifestações, Um oriundo da alta burguesia, perorava o mulato, um renegado, os proletários que temos já nos dão bastante que fazer em matéria de disciplina partidária, submeter-me-ei, claro, a qualquer decisão dos camaradas mas estou convicto que. Saíram do carro e o bafo da água envolveu-os no seu halo cadavérico, passar a limpo o quê?, partir com o pé direito para onde?, cheirava a gasolina, a óleo, a fumo de motor, Que saudades da Azedo Gneco, pensou ele de súbito, até a desarrumação e o pó me fazem falta, empurraram a porta, entraram, e o tinir dos pratos e das travessas, o tom das vozes, o ruído dos talheres, avançaram para eles num rebuliço confuso. Sentaram-se ao lado de um cacho de camionistas silenciosos diante do bagaço final, de cotovelos apoiados na toalha de papel em que se amontoava uma confusão de restos.

Dói-me um dente cá atrás, um dos que o médico ainda não teve tempo de arranjar, quando de três em três meses consigo uma consulta e ele se debruça para a minha boca com um espelhinho numa das mãos e a broca na outra, espargindo em torno um suave perfume assexuado de desinfectante e de lavanda. Normalmente a empregada da recepção toma-me conta do cachorro, prende-lhe a trela a uma perna da cadeira, talvez que o leve a passear nas ruas de Lausanne de que percebo, pela janela, para além da lâmpada redonda que me cega, uma praça, casas, o ar asséptico, demasiado limpo e nu, da neve: os frutos de cristal de gelo das árvores, a pele cor de leite das pessoas, a textura sem nódoas de palavras do silêncio, a excessiva brancura da morte, a própria dor. A própria dor. Estou sentada na cadeira do dentista, instrumentos reluzentes e agudos entram e saem-me da boca, remexem, puxam, comprimem, qualquer coisa (um gancho?) me perfura a maxila e se me ramifica na cabeça como um arbusto que vibra, uma espécie de gemido sobe-me à garganta, debruço-me para uma piazinha e cuspo no ralo grãos de sangue que um jacto de água se apressa a empurrar na direcção dos canos, enquanto a enfermeira, de costas para mim, prepara algo que não vejo numa taça de vidro. Desço as pálpebras, duas cortinas avivadas pela luz pulsam-me adiante das pupilas, formas vagas aproximam-se e afastam-se, Lausanne evapora-se, deixei de ter quarenta e sete anos, os músculos apertados relaxam-se, abro os olhos e eis-me na minha primeira casa, com o meu primeiro marido, um sótão esconso na Lapa ou na Estrela que o pai dele nos ofereceu, os pequenos dormem no beliche do quarto lá do fundo, procuro um disco brasileiro no armário, retiro-o com três dedos do invólucro de celofane, volto-me, de joelhos, para a cara circular do Rui, digo Não quero continuar contigo.

— Crachez — ordena o dentista.

Mais um grão de sangue, que arrasta consigo um pedacinho duro (de osso?) cor de porcelana, cor de chumbo, torno a encostar a nuca para trás, a abrir as goelas, a baixar as cortininhas roxas das pálpebras, Não quero continuar contigo, afirmo eu, já tinha conhecido o Franco nessa altura, ia regressar à Suíça, Genève, Porque é que não vem comigo, os cabelos grisalhos, o sorriso sabido de barman ou de monitor de ski, o anel de prata africana no mínimo, o modo de pegar no copo, de beber, de falar, o Rui, especado de pé no meio da sala, mirava-me, desajeitado e bambo, sem entender, o Franco visitou-nos duas ou três vezes, simpatiquíssimo, conversador, interessado em História, impecável, o Rui, esmagado no sofá, escutava-o com as grossas órbitas míopes de alce triste, a murmurar de quando em quando Je suis bien de votre avis, encontrávamo-nos no apartamento de uma amiga minha que trabalhava em Londres, o Franco pousava o cigarro no cinzeiro da mesinha de cabeceira, inclinava-se para mim, o peito largo dele, comichante de pêlos, subia e descia levemente, enfiou-me a mão na vagina, cheirou-a, fez-me lamber a humidade marinha da palma à medida que me percorria o contorno dos mamilos com a ponta da língua, Vou para Genève assim que decidir a questão do divórcio, resolvi eu, gosto da tua pele queimada, das tuas rugas, dos bíceps fibrosos, a língua deslizou-me pelo pescoço acima até ao vértice do queixo, Aide-moi pediu ele a conduzir-me o braço, Vou para Genève, para o Pólo, para o Congo, para onde me mandares, amo-te, encontrei as bolsas de cabedal dos testículos, as nêsperas moles escondidas lá dentro, e depois, logo a seguir, a raiz grossa do pénis, o tubo inchado de carne, a ponta arredondada e macia que guiei, através de sucessivas membranas, para o interior de mim. Dobrei os joelhos, abri mais as pernas, e comecei, docemente, a suspirar.

— Crachez à nouveau.

O dentista devia ter mais ou menos a minha idade, lentes sem aros, luvas de borracha, um rosto permanentemente sério e atento, picado, nas bochechas e na testa, por uma multidão de sardas, e o seu pequeno nariz de papagaio avançava e recuava, junto à minha boca escancarada, com pêlos ruivos a saírem, em mechas, dos buracos. Cinco meses depois cheguei com os pequenos a Genève, telefonei ao Franco, responderam-me de uma mercearia, acabei por saber que estava em Boston como director-adjunto de uma multinacional qualquer: nunca ligou às minhas cartas. Encontrei-o passados anos, por acaso, num restaurante daqui, acompanhado pela família toda como os presidentes dos Estados Unidos, velho, gasto, magro, consultando a ementa armado de dois pares de óculos diferentes, com a mulher à direita, criatura idosa e esquálida, cujo decote ridículo descobria a magreza saliente das costelas. A enfermeira estendeu uma pinça ao médico, e ele enterrou-ma de imediato, numa manobra destra, na gengiva: a dor aumentou, estendeu prolongamentos inesperados para a orelha e a nuca, e a seguir hesitou, retraiu-se, e morreu devagar à maneira da chama de uma vela que se apaga. Soltaram-me o pano do pescoço, as batas, obsequiosas, recuaram, levantei-me da cadeira (Onde é que me posso pentear?), o cão ladrou no corredor ao pressentir-me os passos, o focinho procurava esconder-se-me, a tremer, no peito, e quando alcancei a rua a metade anestesiada da cara recomeçava, a pouco e pouco, a pertencer-me, como há muitos anos, depois de o Rui me bater (a palma aberta, o gesto rápido, aflito, desesperado) a seguir a eu anunciar-lhe Não gosto de ti quero-me separar, e o disco que eu segurava rolar ao acaso na alcatifa, até embater no canto do sofá, uma das crianças começar a chorar lá dentro, o choro crescer, e o Nuno surgir em pijama, minúsculo, na ombreira da porta, abraçado à almofada, a mirar-nos com as órbitas arredondadas de surpresa.

*

Pensa Seria ainda possível navegar naqueles barcos? Grandes moscas azuis encarniçavam-se, na areia, sobre uma forma indistinta, um peixe morto, uma sobra de comida, um cadáver que a água devolvera, escurecido de óleo, semicoberto de baba e de limos. Do outro lado dos vidros, as nuvens ao mesmo tempo fluidas e densas aumentavam de volume, desdobravam-se, engoliam centímetro a centímetro a abóbada de papel almaço do céu. Junto da bomba de gasolina um peru, preso por um cordel a uma estaca, roçava a saia de balão das penas na poeira, a abanar como um gerente o duplo queixo da papada.

— Não me apetece almoçar — disse a Marília —, pede-me um pastel de bacalhau e uma bica.

Passavam os pratos ao empregado por uma espécie de janelinha aberta nos azulejos da parede, e ele via o fumo e as janelas da cozinha, as paredes enegrecidas, panos duvidosos dependurados de pregos, braços gordos de mulher a agitarem caldeiros. Também não tenho fome, pensou. Os homens comiam sopa de legumes acompanhada a pão, bebiam copos avulsos de vinho, limpavam o queixo e a testa à manga do casaco.

— Duas bicas e um pastel de bacalhau — disse ele ao empregado que trotava entre as mesas, açodado, carregando uma pilha de pratos e talheres. Um calendário de propaganda às baterias Tudor suspendia-se mesmo por cima da sua cabeça, filas de garrafas alinhavam-se em prateleiras pintadas de verde. Atrás de um balcão de fórmica, um tipo de lábio leporino e ar afadigado servia calicezinhos de aguardente. Alguém pousou à frente deles os cafés, o pastel de bacalhau num pratinho de plástico, pacotes de açúcar. A Marília mergulhou a colherzita no líquido preto que espumava: a cara assemelhava-se-lhe à das pessoas na borda das piscinas, a hesitarem no pulo, a experimentarem a água com o pé.

— Acho que devíamos voltar já para Lisboa — disse ela baixinho. O pai, sentado à secretária do escritório, vertia um pingo cuidadoso na cabeça das borboletas, e logo que os bichos cessavam de se agitar cravava-os, com um alfinete, numa folha de cartolina. A calva luzia sob o candeeiro de quebra-luz vermelho, uma espécie de mornidão confortável desprendia-se, doirada e castanha, das enciclopédias encadernadas.

— Uma vez que já se pronunciou a totalidade dos camaradas, vamos proceder à votação — anunciou o homem idoso acalmando as discussões dos outros com as mãos abertas. — Quem é pelo estatuto de observador levanta o braço — decidiu ele, cruzando ostensivamente os seus.

O café, de má qualidade, não dissolvia o açúcar, antes depositava na língua uma espécie grumosa de pó. Bebeu-o de repente e encostou-se ao espaldar da cadeira enquanto o pai colocava a folha de cartolina numa espécie de caixa com gavetas numeradas, e nomes em latim escritos em rótulos por cima das pegas de metal.

— Ouve, a nossa relação não anda bem — disse a Marília muito depressa. — Provavelmente, aliás, nunca andou. Tenho reflectido bastante nisso e julgo que devíamos fazer uma pausa até sabermos melhor o que se passa.

— Achas isto cruel? — perguntou o pai levantando ironicamente a testa para ele e revelando desse modo as cerdas brancas, hirsutas, rígidas, das sobrancelhas. — Pelo contrário, filho, é uma maneira de as impedir que se transformem em larvas.

Perdera o sorriso alegre, jovem, entusiástico, a exuberância da quinta a que chegavam em julho num carro enorme, repleto de malas e criadas. A mulher do caseiro tinha aberto as janelas, limpo os móveis, encerado o chão, posto flores amarelas nas jarras. Os quartos do primeiro andar cheiravam agradavelmente a madeira fresca e a resina, o vento da tarde trazia consigo o odor morno do pomar. O pai, de calças usadas e camisola velha, passeava lá em baixo, de mãos nos bolsos, entre os castanheiros, aureolado de luz, as minhas irmãs, de cabelos soltos, giravam de bicicleta no pátio da garagem, e os guiadores cromados cintilavam. Uma paz enorme e azul, uma sensação de eternidade, descia do perfil da serra lá ao fundo.

— O quê? — respondeu ele tão alto que vários comensais, espantados, se voltaram, e a própria Marília recuou um bocadinho a cadeira. — O quê? — repetiu num murmúrio.

Mas tornara-se num homem idoso agora, com os ossos do crânio desenhados sob a pele, as mãos cheias das pintas castanhas da velhice, os salientes e vulneráveis tendões do pescoço apertados, como num feixe, no colarinho de seda. Munido de uma espécie de pipeta, com uns óculos especiais, pequeninos, enganchados nos próprios óculos, procurava a cabeça dos insectos com uma gota transparente que abanava: Um velho, pensa, um velho reduzido a passatempos de velho, no meio dos seus dicionários e das suas enciclopédias inúteis. Apenas três indivíduos, incluindo a Marília, levantaram o braço, e um deles, à tua esquerda, acabou por baixá-lo devagarinho, à laia de um tentáculo que murcha.

— Separar-nos até perceber melhor o que se passa — tornou ela no tom de voz sem afecto nem ódio de há pouco, segurando o pastel de bacalhau numa repugnância infinita. — Até pode acontecer, sei lá, que cheguemos à conclusão de que não podemos estar um sem o outro.

— Ao inverso do que magicas — informou o pai — não sofrem absolutamente nada. Um ou dois estertores, uma agitaçãozita das asas (e aí seguramo-las com a pinça para que o colorido se não perca) e é tudo. — As suas pestanas, por trás das lentes duplas, agitavam-se como patas de centopeia, distinguiam-se melhor as estrias sanguinolentas das pálpebras. — E depois este líquido (e apontou o frasco de vidro castanho ao seu lado) não funciona apenas como substância mortífera mas também como mumificador: o corpo conserva-se de maneira quase eterna, um pouco como o das múmias egípcias, compreendes? Existem exemplares perfeitos, maravilhosos, com mais de trezentos anos: pertenciam a um duque qualquer, vi-os num museu de Londres.

— As abstenções — ordenou o que presidia, sem se mover, com um brilho de implacável satisfação na face.

Pediu novo café e um pastel de bacalhau também, a fim de remendar o apavorado vazio do seu estômago. Não: antes um ovo cozido e sal e pimenta. Na areia, um rapaz magro, de calças arregaçadas até aos joelhos, seguido por um rafeiro cabisbaixo, empurrava o seu barquito na direcção do pântano de estanho da água.

E um quarto das Pedras se faz favor: o empregado passava e repassava entre as mesas, atarefado, acenava que sim com a cabeça sem ver ninguém. As pulsações desabaladas nas têmporas, as mãos sem nada que agarrar: Gosto de ti, moía uma vozinha estúpida, desajustada, falsa, dentro dele, e uma espécie de arroto escapou-se-lhe da boca.

— Nenhuma abstenção — vincou o que presidia, olhando de frente o sujeito que levantara o braço e o baixara depois, o qual lhe correspondeu com um soslaio submisso, intimidado. — Os camaradas que votam contra fazem o favor de se manifestar.

Às vezes, pai, sentavas-te debaixo das parreiras, a conversar com o cego que trabalhara de feitor para o avô e morava numa casita minúscula ao fundo da quinta, encostada ao muro eriçado de cacos de garrafa que delimitava a propriedade, e uma sombra esmeralda, bordada a ouro, descia sobre os teus gestos, semelhante aos mantos das igrejas. O cego escutava-o a coçar a orelha com o seu monstruoso polegar de duas unhas, igual ao do filho que tripulava uma máquina na fábrica de concentrado de tomate, e aparecia por vezes, de motoreta, num ruído infernal, com um capacete enorme na cabeça que o aparentava a um escaravelho monstruoso. Sentado debaixo das parreiras conversavas tardes seguidas com o cego, ou fumavam em silêncio, ambos quietos, lado a lado no banco de pedra, enquanto a sombra esmeralda mudava de direcção, os ramos das árvores do pomar se tornavam mais duros, a vivenda, coberta de trepadeiras, se desenhava contra o céu pálido numa nitidez de metal. Talvez que o cego, senhor de andar sem ajudas nem tropeços nas veredas da quinta, farejando cautelosamente o espaço em torno com a bengala, fosse capaz de me explicar os pássaros, abrindo e fechando a sua boca de um único dente, apodrecido e oblíquo nas gengivas estreitas, talvez que a sua voz de gaivota de feltro me falasse da agitação da mata quando as aves regressam, do frio da noite ao rés da terra, a tocar flauta nas ervas, das penas finalmente quietas na espessura dos ramos. O que presidia conferiu os votos sem que a sua expressão se alterasse:

— Estão certos — verificou ele. — Dois a favor, nenhuma abstenção, dezanove contra. O marido da camarada não poderá, por consenso maioritário, assistir às reuniões da célula.

— Nunca te interessaste muito por isto mas vou-te mostrar a minha colecção — propôs o pai dirigindo-se a um armário grande, de gavetas estreitinhas, embutido entre duas estantes de livros, perto da mesa dos charutos e das bebidas. — Quinhentos e vinte e sete especímenes diferentes é um número razoável, não? Sabias que podia vendê-la por bom preço a um museu de História Natural?

Interrogações na realidade afirmativas, pensa, a tosse autoritária, ciosa de afirmar o seu poder: as minhas irmãs herdaram qualquer coisa da tua arrogância, da tua certeza sem réplica de constituir o centro, o eixo, o verdadeiro motor do mundo. Só a da música se assemelhava a mim, retraída, hesitante, sem forças, sempre à procura de algo de irremediavelmente perdido que se não encontra. O pai puxou o anzol de metal de uma gaveta e exibiu uma vitrinezinha com doze bichos crucificados, por ordem de tamanho, nos seus rectângulos de cartão.

— Que tal? — perguntou ele orgulhosamente.

— Separamo-nos ao chegar a Lisboa — elucidou a Marília, a mexer com a colherzita a pasta de açúcar do fundo. — Eu saio de casa, vou passar uns tempos aos meus velhos: é mais fácil que seja eu, tu assim de repente não arranjas um buraco para te meteres.

— A camarada quer contestar o resultado? — inquiriu o que presidia, inclinando-se para a frente numa amabilidade de mau agoiro. — O que é que não lhe pareceu democrático, o que é que se lhe afigurou irregular no debate e na votação que tivemos?

Eu empoleirava-me, percebes, na janela redonda do sótão, cheio de camas desarmadas e de cadeiras coxas, no intuito de observar melhor a silhueta móvel da mata, os vultos rápidos das primeiras corujas da noite, horizontais na transparência lilás que separava as macieiras do pomar, e via o cego, lá em baixo, podar uma roseira em gestos lentos e precisos, ascendentes, idênticos a uma sábia carícia interminável: se eu conseguisse tocar-te assim, se eu conseguisse nem que fosse apenas afagar-te assim, de dedos tornados sopro de beijos, perfume de hálitos, respiração leve no cabelo, ficarias comigo para sempre, nunca te irias embora, que se lixasse a casa dos teus pais no bairro dos Olivais onde moravam, perto do hidroavião de Cabo Ruivo, ancorado em terra entre fumos de petróleo, albatroz empalhado que desiste.

— Ficar sozinho na Azedo Gneco — perguntou ele — a ver o lixo acumular-se? Ainda há bocado, no carro, te avisei de que gosto de ti. Cheguei a julgar que não gostava mas gosto.

O empregado abandonou o ovo cozido na toalha de papel e desapareceu carregado de pratos e de travessas de alumínio a pingarem molho gorduroso: Outro pássaro, pensou ele, um pobre pássaro de avental entontecido pelos pedidos dos clientes, pelos gritos, pela multidão de bochechas obscenas, picadas de barba, que mastigam, pelas ordens da cozinheira através da janelinha aberta nos azulejos. O rapaz magro pôs o barco na água, atirou o cão lá para dentro como um fardo inerte, pulou por seu turno num salto desengonçado de gafanhoto, arrumou as cordas no fundo, e principiou energicamente a remar, afastando-se aos poucos, aos sacões, na superfície lisa, sem reflexos, da água. Quebrou a casca do ovo, esmagando-o na esquina da mesa, e retirou-a com os dedos como se pelasse uma nêspera, extraindo também a membrana branca e translúcida que a forrava por dentro, idêntica a uma película de borracha, e que se pegava às mãos numa insistência de cola. Deitou sal e pimenta e mordeu sem vontade a substância mole, ao mesmo tempo que lá fora um segundo barco largava da areia na direcção de Aveiro, desta feita tripulado por dois homens pequenos, de caras carregadas, parecidos com um casal furibundo de pardais. Os camionistas no restaurante conversavam em pios, em crocitos, em cacarejos breves e roucos, ou moviam-se ao longo do balcão, de lado, como os papagaios nos poleiros. A Marília olhava para ele e as minúsculas órbitas redondas de catatua troçavam-no, escarninhas, sob as penas exageradas da cabeça.

— Porque é que hás-de ficar sozinho na Azedo Gneco, porque é que dramatizas sempre tudo? — perguntaste debicando o ovo com a ajuda das unhas curvas e amarelas. — Que se saiba não és nenhum aleijado, podes muito bem arranjar companhia: há uma data de mulheres disponíveis por aí.

— A camarada — interrogou severamente o que presidia — põe em dúvida a democracia interna da célula? A camarada dar-se-á conta da gravidade da sua acusação?

— Nunca esteve no Partido, palavra, nem nunca pertenceu a qualquer partido — garantiu a irmã da música a sorver um golinho de laranjada. (Os cisnes iam e vinham, lentos, no lago do parque.) — Coitado, não estou nada a vê-lo com bandeiras, ou com estandartes, ou a militar no que quer que fosse: era um individualista, entende, um solitário, um burguês como todos lá em casa, na família. Vivia num tempo imaginário, senhor, num tempo morto, fora do espaço, num passado irreal de bules de casquinha e conversas de criadas.

Agora o restaurante achava-se completamente cheio de pássaros, e o próprio homem da bomba de gasolina lá fora saltitava como um pardal coxo, a verificar os pneus de uma camioneta de cimento. Os gritos das aves formavam como que um coro agudo que o ensurdecia e apavorava, um mecânico ergueu-se de súbito, agitando as asas das mangas, como se levantasse voo no sentido do tecto. O ovo cozido sabia a alpista, limpou os dedos às calças, encostou-se melhor ao espaldar da cadeira como uma galinha velha que se remexe no choco.

— Precisas de um sítio certo — disse a Marília numa voz de periquito —, se te metes a andar por aí de quarto em quarto ficas deprimidíssimo, já te conheço de ginja. Como os pombos doentes, sabes como é, quietinhos nas pernas das estátuas? — O rosto dela, vermelho e azul, inclinado para o ombro, contemplava-o sem amenidade, com a mesma neutralidade objectiva com que julgava, desapaixonada e séria, os filmes de Kubrick. — Ficas melhor na Azedo Gneco do que numa serventia de cozinha ao Bairro Alto, não?

Quartos acanhados, armários com cabides de arame, janelas para pátios interiores, ou saguões, ou transversais miseráveis cobertas de lixo e de imundície, camas com enodoadas colchas de chita, lavatórios ferrugentos, senhorias surdas e desagradáveis, a roupa pelas lavandarias, ao acaso. Pensa Quando eu morei no Campo de Santana havia um tipo entrevado no compartimento vizinho que gania a noite inteira e me impedia de estudar, acalmava-se na altura em que a primeira luz da manhã furava a custo os vidros poeirentos e sujos. A certa altura morreu e o caixão veio aos solavancos pelas escadas, coberto de panos pretos, como o da avó, transportado por dois ou três homens indiferentes. Pensa Vivíamos separados por um tabique forrado de papel de flores e não cheguei nunca a vê-lo, não cheguei nunca a conhecer-lhe a cara. Estava lá também um antigo cantor de ópera, sempre de cravo branco na lapela coçada, o qual nos fins de mês se escondia de toda a gente na mira de que se esquecessem que ainda não pagara a renda, que provavelmente nunca teria dinheiro para a pagar. Uma noite encontrei-o a pedir esmola no café onde ia ler o jornal, muito digno, de mesa em mesa, dirigindo-se às pessoas na altivez envergonhada de quem lhes faz um favor. Habitava o sótão, e inundara as paredes de cartazes com o seu próprio retrato, em novo, com os olhos lustrosos de fixador e brilhantina.

— Cantei em São Carlos — informou-me pomposamente a exibir um maço de prospectos. — Barítono. Não, não, pela sua saúde leia aqui — (o dedo, nodoso de gota, apontava): — Amílcar Esperança, vê o meu nome? Percebe-se perfeitamente, hã, Amílcar Esperança?

Abriu os elásticos de uma pasta bolorenta, exibiu recortes antigos de jornal:

— Quer examinar as críticas? — perguntou com um luarzinho nos olhos. — O que a imprensa apregoava a meu respeito? Espere aí, a sério, só este: Com Amílcar Esperança Existe Finalmente um Barítono em Portugal. Nada mau, hã?

— A camarada — questionou o que presidia numa raiva gélida — quer acaso insinuar que eu influenciei a votação? A camarada está segura de possuir plena consciência do que afirma?

— Os velhotes necessitam de mim, não têm mais ninguém — disse a Marília a acender e a apagar o isqueiro de plástico, aparentemente interessadíssima na chama. — Com a tensão arterial da minha mãe um dia destes dá-lhe uma pataleta qualquer, é preciso que esteja lá alguém para aparar o golpe. Mal sabem ler, mal sabem escrever, como é que se desenrascam?

— Estive vai não vai para ir cantar a Badajoz, numa récita — revelou o senhor Esperança, atirando os cabelos abundantes para trás numa sacudidela definitiva. — Como estrela do programa, senhor doutor.

Pensa Queria tanto que fosses, que desaparecesses, que te sumisses da minha vista, e agora esta angústia, esta aflição, este pânico, este súbito, crescente amor por ti, esta bola inchada de ternura na garganta.

— Fica comigo — pedi eu baixinho, e veio-me logo à ideia a conversa com a Tucha, muitos anos antes, os bibelots partidos, a raiva, o azedume, a conformação final: descer as escadas a tropeçar na mala, chamar um táxi, desembarcar numa cave da Luciano Cordeiro, com um armário feito de caixotes e uma cortininha de chita de correr, um divã de desarmar, um candeeiro sem quebra-luz no chão, e o dono da casa, formalíssimo, a tossir nas costas dele o catarro dos Três Vintes:

— Consoante o cavalheiro verifica, é uma assoalhada estupenda.

Pensa Não me aguento sozinho, pensa Talvez que ainda consiga recuperar tudo isto, pensa Podemos prolongar Aveiro mais três ou quatro dias, colar os fragmentos de nós dois, recomeçar. Avancei a mão ao longo da toalha de papel a fim de segurar na tua (Amo-te), mas o isqueiro desapareceu-me sob a palma, escondeu-se, refugiou-se, apagado, no colo: Chiça, o que há de errado comigo que já nem consentes que te toque?

— Tem aqui o lavatoriozinho — elucidaram os Três Vintes — e para banhos de chuveiro a porta ao fim do corredor. Às quartas e sábados, que o gás anda pela hora da morte, a quinze escudos a lavagem. O sabonete e as toalhas, é claro, são por conta do senhor doutor.

— Apresentei-me no Coliseu com uma companhia internacional de circo — segredou o senhor Esperança a afagar-me o cotovelo com as falanges saudosas. — Entrava logo a seguir ao ilusionista, a cantar num número de palhaços. Eles às bofetadas uns aos outros e eu, imperturbável, de suspensórios e camisola às riscas, entoando uma ária da Tosca até me correrem à vassourada para os bastidores. Um êxito de arromba, meu amigo, desgraçadamente nunca o quiseram repetir. Foi daí que fiquei compincha do anão que vem aos domingos jogar as damas comigo, era ele quem me atirava com um bolo à cara.

— Proponho a imediata suspensão da camarada — disse o que presidia, sibilante de fúria — por pôr em questão a solidariedade operária da célula devido a motivos meramente sentimentais e por conseguinte burgueses. Queria apenas acrescentar, camaradas, que desta forma se prova à evidência a deletéria influência do capitalismo.

O anão, sempre de gravata, irrepreensível, de pele cor de celofane amarrotado, chegava a seguir ao almoço caminhando como um boneco de corda nos sapatinhos de verniz, de boquilha na boca, a esfregar uma na outra as mãos minúsculas, colocadas na extremidade de braços que mal lhe roçavam as narinas, e instalava-se numa cadeira, a balouçar as pernas, diante do tabuleiro de cartão. Ganhava a vida como porteiro num restaurante de Alfama porque os clientes apreciavam que aquele homúnculo disforme, mascarado de macaco de realejo, empurrasse para eles o guarda-vento da entrada, esganiçando-se num resmungo confuso de palavras.

— Isto é um país que não respeita os artistas — explicava o senhor Esperança num tom de desprezo ressentido, a colocar as pedras para a partida seguinte e a avançar desde logo o botão do pijama que substituía uma rodela perdida. — Veja o amigo, por exemplo, como nos tratam a nós.

— Sou eu a começar — gania o anão, ultrajado.

O senhor Esperança apressava-se a recuar o botão, e girava o tabuleiro de modo a ficar com as pretas:

— Desculpa ó Santos, que me entusiasmei aqui a falar com o doutor. Tu conheces-me, caraças, sabes como as injustiças me magoam. Fico possesso, palavra de honra que fico possesso.

Uma suspeita de sol iluminou por um instante a toalha de papel, desceu lá fora, ao longo da ria, desapareceu: uma claridade de desalento contornava os rostos mornos, as garrafas nas prateleiras, as paredes rebocadas de ocre triste, uma imagem encaixilhada de santa que apesar dos óculos não distinguia bem.

— Levo a minha roupa — propôs a Marília —, meia dúzia de livros se tanto, não preciso de mais nada. E de resto cheira-me que quiseste vir a Aveiro para falarmos nisto, não? Para em quatro anos ser a primeira vez que saímos trazes água no bico com certeza. Enganei-me? Fala franco, não gosto de jogo escondido.

O pai fechou a primeira gaveta e abriu outra mais abaixo, repleta de exemplares enormes, de asas semelhantes a paletas de pintores:

— Sul-americanas — disse ele. — Da Bolívia. Mandei-as vir directamente de avião.

— Ó Santos da minha alma — exclamou o senhor Esperança dando uma palmada no ombro já em pânico do anão —, essa jogada foi o teu último pio.

— O camarada desculpe — gritou o que presidia na direcção do adolescente do acne em fogo —, mas haverá decerto oportunidade para discutir os seus pontos de vista trotskistas numa reunião posterior, se não lhe vier o bom senso de reflectir até lá. Exijo a votação imediata da minha proposta e dispenso muito bem comentários divisionistas.

— Arranjas uma mulher-a-dias — aconselhou a Marília — e vais ver que te habituas num instante. Se quiseres, de tempos a tempos dou uma vista de olhos à Azedo Gneco, ajudo-te no que precisares. Os homens são tão pouco auto-suficientes, não é? Agora ninguém me tira da cabeça que andavas a endrominar qualquer coisa parecida.

— Eu votei contra o estatuto de observador — berrou o adolescente em combustão (Dormes com ele?) — mas não posso deixar de protestar acerca da metodologia usada. Acuso o camarada presidente de abuso de autoridade, e previno-o de que participarei a ocorrência, por escrito, as instâncias superiores do partido.

De manhã cedo chegava à janela e via o pai debaixo da latada a conversar com o cego, ou a olhar as roseiras, ou a dar ordens ao caseiro, muito bem-disposto, sem gravata, sentado no selim da bicicleta da minha irmã mais velha, de calças presas por molas de roupa. A mãe lia uma revista na relva, estendida na cadeira de lona, ao pé do tanque dos peixes, coberto de grandes folhas baças, sem lustro, e que um menino de barro alimentava do seu chichi sem fim: deve haver retratos desse tempo, Marília, não na casa da quinta porque a venderam para construir prédios quando Lisboa começou a crescer desmesuradamente, mas numa arca qualquer do sótão da Lapa, em sobrescritos ou em álbuns bafientos, fotografias de pessoas risonhas, em grupo, olhando para nós com as órbitas cor de tabaco seco do passado.

— Realmente passou-me isso pela ideia — admiti eu a esfarelar com os dedos a casca do ovo — mas estes dias chegaram e sobejaram para reflectir melhor. No fundo, entendes, não sei lá muito bem o que faria sem ti.

— Caíste na minha armadilha — guinchou jubilosamente o anão aos pulos no assento. Usava um anel de pedra preta na mão esquerda, envolvido em adesivo para se ajustar às dimensões de lagartixa dos seus dedos. — Topa-me só como eu respondo ao teu golpe.

— Este aqui é um animal raríssimo — disse o pai mirando um bicho escuro num pasmo encantado. — Se soubesses quanto paguei por ele caías de rabo.

— Durante a infância — recordou a irmã da música — o nosso pai e ele davam-se bem, três raparigas, percebe, o desejo de ter um filho macho, um homem com quem falar, a quem entregar a complicação dos negócios. Mas o Rui saiu torto, nunca quis saber da firma, os meus cunhados foram ganhando posições a pouco e pouco, são eles agora quem dirige tudo.

Disse ao empregado que queria outro café, tentando manter-se calmo à medida que uma aflição ansiosa crescia dentro dele, lhe aquecia as palmas, obrigava o sangue a galopar mais depressa no seu corpo. Lá fora, o tipo da bomba de gasolina enchia o depósito de um camionista empoleirado no topo da carlinga, com uma ponta de cigarro apagado colado ao beiço de baixo, e do outro lado da estrada os ombros dos pinheiros estremeciam de febre, escuros, compactos, enormes. Há sempre uma parte da noite escondida no interior das árvores, pensa, uma sólida fracção impermeável de sombra que nenhum sol penetra, o núcleo de trevas que os pássaros, à tarde, habitam. Um vaporzito agitou a lâmina horizontal da água, abandonando atrás de si um rastro inerte de espuma, o qual deslizou até à margem em pequenas ondas sucessivas, cada vez mais insignificantes e planas, e centenas de gaivotas ondulavam à tona, impulsionadas pela força das vagas, lá longe, no meio da ria, onde mal se lhes distinguiam as cabeças e os pescoços.

*

Às vezes, aos domingos, quando cá estava o Santos, vinha assistir a uma partida ou duas, batia à porta, pedia licença, sentava-se nesse caixote que aí vê que eu nem mobília tenho, uns trastes que me emprestaram por esmola, a caixa com as fotografias e os recortes da minha carreira artística e que daqui a nada já lhe mostro, quanto mais não seja para o senhor fazer uma ideia da desconsideração que há nesta terra: se o seu jornal fizesse a fineza de se ocupar deste assunto talvez que se conseguisse qualquer coisa, uma pensão, uma reforma, um modesto contributo para quem durante tantos anos levou o nome do seu país, já não digo ao estrangeiro, porque razões circunstanciais me impediram sempre de aceitar os numerosos convites que recebi, por exemplo de Vila Nueva del Fresno e Badajoz, levou o nome do seu país, referia eu, aos quatro cantos do mesmo, integrado na famosa trupe de palhaços Piaçaba & Companhia, a qual fechava o espectáculo do Grande Circo Internacional Ibero-Americano. Eu cantava uma ária da Carmen, mascarado de toureiro, com uma esfera de borracha a servir de nariz, acompanhado a saxofone e concertina até que o Piaçaba vinha e lhe torcia a orelha e ele calava-se, e o Vassouras, o irmão do Piaçaba, chegava às escondidas com uns sapatões esburacados, torcia-lhe a outra orelha e ele recomeçava, a ópera obtinha já um êxito gigantesco na província, o único problema era que o Piaçaba lhe pagava mal e tarde, havia dias, senhor, em que para comer tinha de pedir umas coroas emprestadas ao anão que possuía um número cómico só dele, com a mulher também anã e os três filhos anões, davam-se pontapés e bofetadas tremendas e as pessoas riam-se até mais não poder, talvez que se recorde dos Gnomos Húngaros, que era o pseudónimo artístico deles, fingiam de húngaros que é um povo asiático e até falavam uma língua inventada que ninguém percebia mas eram tão portugueses como o senhor ou eu, ou mesmo mais porque nasceram no Porto, o pai do Santos trabalhava de servente de pedreiro em Miramar, um homenzarrão que olhava com desprezo para o filho como para um cachorro enfezado que não cresceu, os irmãos ainda por lá devem estar numa loja de ferragens que tinham, tudo muito escuro e oxidado a estremecer de marteladas, a mulher do Santos acabou por se fartar dos pontapés e de ser húngara e trocou-o por um bancário de Famalicão, sujeito magrinho que se apaixonava só por anãs e escondia roupa preta interior de senhora numa gaveta da repartição, o Santos continuou no circo mas largou a Hungria para passar a colombiano, amarravam-no a um alvo a que se jogavam setas e facas sem lhe acertarem nunca e ajudava nos intervalos os tipos que esticavam a corda para os equilibristas ou montavam as grades para o único leão decrépito da companhia, um bicho centenário, palavra, parecido com um sobretudo de camelo de forro em tiras apanhado no lixo, o qual bocejava o tempo inteiro enquanto um domador de pistola de plástico a fingir de verdade, alamares e chicote, o tentava convencer a furar um círculo de papel de seda ou a subir uma peanha e a empoleirar-se nas patas de trás, o facto é que deixou de ter dinheiro para me ajudar nos bitoques e entrou pelo bagaço dentro de tal modo que passou a ser ele a pedir-me, quem me valeu foi a Madame Simone das rolas e dos pombos amestrados, sempre a cheirar a alpista e a cocó de pássaro, que encerrava a primeira parte do programa com as suas avezinhas a puxarem carrocitas de plástico e a empurrarem com o peito carrinhos de mão de lata, tudo silencioso, poético, bonito, a Madame Simone, de vestido comprido, cabelo platinado e ombros nus gordíssimos comandava os animais com uma varinha, vagueando de quando em quando pela assistência os olhos carregados da fuligem do rímel, na rulote usava um roupão japonês de cetim com um dragão de língua de fora ao meio das costas e labaredas azuis e verdes a saírem-lhe da boca aberta, tinha uma imagem de Santa Filomena com um pavio de azeite e o retrato de Errol Flynn, lembra-se?, em moldura de rosas de loiça, o bigode de Errol Flynn sorria para Santa Filomena num atrevimento desmedido que dava mesmo a ideia, desculpe, de ir sair das rosas para lhe apalpar o peito com o consentimento dela, a Madame Simone fazia-me croquetes, refogados, suflés, comidas cuidadas, punha uma toalha de oleado aos losangos amarelos e roxos, uma garrafa de vinho branco e duas carcaças, dava corda à grafonola, metia um tango e instalava-se no sofá a ver-me comer, devia ter cinquenta e cinco ou sessenta anos mas a quantidade de pintura da cara submergia as rugas numa pasta uniforme onde o sorriso abria fendas em ziguezague como nos prédios velhos, eu mastigava os croquetes entontecido pelo perfume dela como uma mosca atacada por um spray, a Madame Simone cruzava as pernas, o roupão abria-se nas coxas e um gigantesco naco de carne surgia defronte do meu espanto apavorado, balouçava na ponta do pé o chinelo com uma enorme borla de caixa de pó-de-arroz ou inclinava-se para conversar comigo e eu entrevia no decote os mundos pendentes dos seus seios, eu tinha nessa época, deixe-me pensar, trinta e três ou trinta e quatro anos, usava risca ao meio, lacinho de pintas e julgava-me o Tito Gobbi português, aguardava a todo o momento uma carta do Scala a chamar-me para cantar com a Stefanini perante uma plateia maravilhada de críticos de casaca, imaginava a toda a largura da primeira página do Diário de Notícias do dia seguinte Amílcar Esperança Dobrou o Joelho Canoro da Itália e é Recebido pelo Papa, os croquetes da Madame Simone tombavam-me, confortáveis e fofos, no estômago, humedecidas pela saliva do vinho, uma ou outra rola transviada palpitava-me rente à cabeça, no voo pesado dos anjos com azia, para se sumir nas cortinas num rebuliço de asas, arrulhos constantes chegavam das gaiolas empilhadas num canto, penas soltas flutuavam no interior da rulote pousando no tapete do chão, nos meus ombros, no prato, no longo cabelo platinado da domadora, lançado para trás das costas em ondulações cintilantes de casquinha, o latifúndio da coxa aumentava a cada impulso do chinelo, as pestanas piscavam, lentas, na minha direcção, cobertas de palhetas microscópicas de lantejoula, a boca apequenava-se numa copa saliente e eu pensei A cara vai estalar daqui a nada em mil pedaços como um puzzle cujas peças se afastam, pensei Quantas centenas entrecruzadas de rugas se multiplicarão debaixo desta espécie de cimento, a Madame Simone levantou-se para me fazer café e, ao mover-se, o roupão produzia um ligeiro atrito de papel de mortalha ao mesmo tempo que incensava o ar do seu perfume de droguista, acendeu o fogareiro de petróleo com um fósforo hábil e uma corola azul chispou de raiva no caule de metal, Forte ou fraco, perguntou numa voz de desmaio para a minha estupefacção agradecida, Assim, assim, soprei eu a medo à procura de cigarros Tip-Top pelos bolsos, encheu duas chávenas, colocou-as numa bandeja de reclame aos móveis Caruncho juntamente com um açucareiro de folha de colher espetada dentro no pozinho branco, acomodou tudo na cadeira junto ao sofá estampado, sentou-se de novo exibindo a grossura rugosa de elefante dos joelhos e propôs numa entoação carnívora Ó Esperança não prefere tomar o café nos salões?, acabei o vinho branco que sobrava no copo, primeiro porque há muitos pobrezinhos com fome e segundo porque me fortalece os agudos, e meu caro senhor o sentido do dever artístico sempre passou à frente do resto, ou se é profissional ou não se é, ser-se implica um sacrifício constante, uma entrega, uma dádiva de si mesmo, um sacerdócio, as rolas e os pombos impacientavam-se mansamente nas gaiolas de arame, abotoei o casaco e caminhei, urbano, para as ramagens, instalei-me educadamente na extremidade a bater o cigarro na unha do polegar, pela janela da rulote via-se a lona esfarrapada do circo e um bocado da jaula do leão centenário que cabeceava constantemente um sono, à beira do coma, de funcionário público reformado, escutava-se o Piaçaba a discutir, como sempre, com o irmão, eram solteiros, dormiam juntos, e haviam ganho aos poucos hábitos azedos de casal, acabei de bater o cigarro na unha, levei-o à boca, e uma chama de isqueiro surgiu-me, inesperada, contra o nariz, o cimento fendia-se num sorriso interminável recheado das pevides amarelas dos dentes, sentia-me sufocado de perfume, o cabelo platinado cegava-me, as órbitas encarvoadas engoliam-me, o decote aumentou de súbito quando ela se inclinou para diante e distingui, lá dentro, rendas lilases e florinhas de tule, uma chinela soltou-se-lhe do pé e tombou de lado de encontro aos meus sapatos, as unhas escarlates da Madame Simone afagaram o próprio duplo queixo numa lentidão voluptuosa, anéis inchados, repletos de pedras, luziam, Beije-me Esperança, ordenou ela num soluço, a abrir os braços gordos de que se evolava um relento confuso de água de colónia e de sovaco, um pombo arrulhou atrás do cortinado, a grafonola iniciou um pasodoble impetuoso, o tabuleiro escorregou estrepitosamente para o chão, o Piaçaba chamou Meu sacana de merda ao Vassouras, e dei por mim a explorar os volumosos mistérios do roupão japonês, com as ondas de casquinha a roçarem-me a cara e uma espécie de ventosa sugando-me o pescoço e a dizer Amílcar. Casámo-nos em Almeirim, com o Santos, de jaquetão, a servir de testemunha, compenetrado, seriíssimo, microscópico, estou a vê-lo a desenhar o nome, de língua de fora, a seguir à cruzinha a lápis que o sujeito do registo pôs na margem do papel selado para que ninguém se enganasse, Escreva aí, mudei-me na semana seguinte para a rulote dela e ajudava-a a dar milho aos pombos e a ensaiar números novos com os bicos, por exemplo porem todos ao mesmo tempo a cabeça de fora de uma casinha de pau, ou levantarem voo com as bandeiras portuguesa e francesa no bico porque a Madame Simone tinha um trisavô marselhês, e nutrira quarenta anos antes uma paixão tumultuosa por um trapezista de Nice que a enganou depois com uma contorcionista de Sete Rios e lhe deixou de herança uma filha da minha idade professora primária em Mirandela, a criatura mais míope e borbulhosa que em toda a minha existência me foi dado conhecer, as lentes dos óculos dela ultrapassavam em espessura as vigias dos navios e exprimia-se como se estivesse a explicar que um e um são dois a uma turma de orangotangos mongolóides, com dor de dentes, sarna e hepatite, a Simone quando falava da filha dizia sempre Se o circo passar em Mirandela tens de conhecer a minha Hortênsia e ser um padrasto como deve ser que a rapariga coitadinha nem se lembra do Charles, enquanto os colegas montavam a tenda num terreno baldio procurámos a casa com as pessoas a voltarem-se na rua para olhar para nós, um primeiro andar tristíssimo numa travessa tristíssima com uma agência funerária tristíssima em cada ponta prontas a enterrarem tristissimamente Mirandela em peso, subimos uma espiral de degraus gastos como ossos antigos e lá no topo a porta, a língua do capacho, o botão de metal da campainha, o teu vestido escarlate muito justo incendiava a penumbra, com sessenta anos e uma cinta decente uma mulher ainda é uma mulher, senhor, os gonzos giraram, a professora apareceu, magra e feia, no limiar, Hortênsia casei-me com este cavalheiro, e a cara da outra aberta em duas de espanto, os pontinhos confusos dos olhos piscaram por detrás dos óculos, na sala de jantar com móveis em ruína escorados por pedaços de cartão bebemos vinho do Porto em calicezitos azuis, pela cortina de bolas avistava-se a travessa, quintais com capoeiras, uma porção de telhados, a Simone recompunha a maquilhagem, da comoção daquele encontro, num espelhinho redondo com a fotografia de Esther Williams do outro lado, a copa da boca, as pálpebras, as bochechas, Quero que as minhas duas riquezas simpatizem, a professora mirava-me numa reprovação sem nome, saímos às oito por causa do espectáculo e por as rolas morrerem de fome nas gaiolas, depois de uma tarde de silêncios recriminativos, de pausas sangrentas e da exagerada ternura da minha esposa, de gargalo numa das mãos e incomensurável boquilha doirada na outra, chegámos à rulote quando uma pequena bicha crescia já diante da guarita da bilheteira, afogada na música dos altifalantes e na voz distorcida do Piaçaba a anunciar os artistas, um foco iluminava a jaula do leão moribundo que um grupo admirativo contemplava, o bicho descerrava de tempos a tempos as goelas vazias numa modorra resignada, a Madame Simone conversava com os pombos em guinchinhos de mimo, o neto do Piaçaba bateu nos vidros a mandá-la entrar em pista com as aves, um empregado que ajudava na escrita veio levar as gaiolas para os bastidores, ela trocou o vestido vermelho por gazes compridos e pretos, flutuantes como ramadas de árvore, e entre as duas toiletes surgiram as carnes imensas, esbranquiçadas, moles, as nádegas sem força, as varizes, as sucessivas curvas da barriga, os joanetes, e acho que foi ao descer pelas pernas até aos joanetes que me decidi, ao observar, do espelho circundado de lampadazinhas de cor a que me penteava, os dedos encavalitados, cartilagíneos, escamosos, dos pés, que me cresceu nas tripas um desgosto esquisito, um mal estar, um enjoo fundo e cego, um azedo de vómito. Eu só entrava na segunda parte de maneira que tive tempo de fazer a mala e por sinal com a pressa ou o nervoso me esqueci dos peúgas, apanhei o correio das nove e dez para Lisboa e cortei dessa forma com a mais prometedora carreira lírica do meu tempo, quem quer que seja, com o mínimo de isenção, que haja presenciado as minhas actuações lhe confirmará o que digo, a Simone morreu meses depois, de comoção cerebral, por lhe ter caído em cima o trapézio maior, a companhia desfez-se, o Piaçaba arranjou um emprego de servente no urinol do Rossio mas despediram-no porque roubava na potassa, venderam o leão a um emigrante da Venezuela que o mandou empalhar para o vestíbulo, e eu consegui este quarto e trabalhei alguns anos em boîtes do Intendente, a interpretar sambas-canções como vocalista do conjunto Necas e os Seus Endiabrados do Ritmo, todos de sapatos brancos, casaco às riscas e chapéu de palha, foi no Bar Picapau que reencontrei o Santos a pendurar casacos no bengaleiro e a trazer tabaco americano para as damas, a vida nem sempre corre como a gente pensa, não é verdade senhor?, e a única coisa a fazer é conformarmo-nos, o anão e eu jogamos umas partiditas a feijões aos domingos ou vamos até ao parque do coreto, lá em baixo, recordar o circo, o senhor já reparou como com a velhice ele se assemelha a um bebé recém-nascido, pregueado e vermelho, cheio de caretas e de espasmos, um bebé vestido de homem, de chapéu na cabeça e alfinete de gravata, colocamos o tabuleiro ao pé da janela que assim sempre se vê um bocado da cidade, os automóveis, as pessoas, uma igreja, estátuas, estes prediozões grandes de agora, o Santos traz um decilitro de bagaço para espevitar o pavio da alma, e às vezes, e julgo que é isto que lhe interessa, senhor, o doutor vinha ao quarto, batia à porta, pedia licença, educado, delicadíssimo, um pedaço triste, puxava aquele banco e assistia aos jogos em silêncio, sem beber, ou espiava muito interessado os cartazes da parede, eu de calças larguíssimas, boné tirolês e bigode de cartão com a Madame Simone a sorrir, muito mais nova do que quando eu a conheci, no meio de um redemoinho de pombos, uma tarde perguntou-me Porquê tantos pássaros, e eu elucidei-o É a minha finada esposa que amestrava rolas, e o doutor, compreende, caladinho a ouvir, a estudar os bichos, a examinar os bicos, as pupilas, as asas, o arame fininho das patas, as rémiges brancas, cinzentas, azuladas, que por um instante vogaram no sótão numa farândola aflita por cima do cocuruto do anão, do meu cocuruto, do cocuruto do doutor que as contemplava, siderado, de bochechas gordas a tremer, naquele sorriso de frade melancólico que tinha, não sei se se recorda, o sorriso de boneco de barro dele, desses a quem se puxa um cordel e sai, salvo seja, uma pila de alto lá com ela da batina, o anão contou-lhe do que os bichos eram capazes com as carrocinhas de lata e os baloiços de corda e o sujeito a ouvir de boca aberta, Talvez que a Madame Simone me soubesse explicar os pássaros, disse ele, ando há trinta anos à procura disso, e acrescentou Afinal sou capaz de aceitar uma pinguinha de bagaço, engoliu do púcaro, ficou roxo, desatou a tossir, Ainda lhe dá alguma coisa, pensei eu, e nessa precisa altura, percebe, tive a certeza de escutar, não sei se vindo do tecto, se do armário, se da colcha da cama, um arrulhar de papos, um roçar de penas, um murmúrio que se foi alargando de parede a parede até todo o quarto se transformar num enorme, vibrante, insuportável cortiço de sons, e o doutor se erguer devagarinho, vertical, na cadeira, para se dissolver, de asas abertas, idêntico a um serafim ridículo e míope que tossia, no azul desbotado do cartaz.

*

Os barcos começaram a regressar na tarde cinzenta, um após outro, à estreita língua de areia da praia, e as grandes camionetas lá fora deixaram de fazer estremecer a estrada como nas imagens dos filmes antigos, de modo que o tipo da bomba de gasolina veio ao restaurante conversar com o empregado dos pastéis de bacalhau, os dois de cabeças muito próximas, junto ao balcão oblíquo de velhice, como um par de namorados que conspira. Pensei Temos levado o maldito fim-de-semana a arrastar-nos por cafés manhosos, sentados em cadeiras desconfortáveis e rijas, assistindo à sucessão dos dias grávidos de chuva, pardos, densos, pesados, vendo as gaivotas e os patos a flutuarem na lagoa numa inércia mecânica de brinquedos, ouvindo o vento na flauta dos pinheiros, cheirando os limos podres e os caniços decompostos, já sem sangue, da margem, e nisto Acho melhor acabarmos, Vou voltar para os meus velhos, Podes ficar com a casa, De tempos a tempos venho dar uma ajuda se quiseres, tudo, em resumo, o que eu planeava dizer-lhe antes de descobrir que gostava dela à séria, que me fazias falta, porra, que não sabia como aguentar-me à tona sem ti, o mesmo discurso, as mesmas palavras, quase a mesma entoação friamente amigável, e eis-me de ovo cozido em riste, com o sal e a pimenta a descerem-me pelo pulso, tornado no manequim patético da surpresa. Pensa Daqui a nada vamos regressar à estalagem, calados no carro, sem falar (o que há para dizer agora?), tão longe um do outro que se por acaso nos tocássemos não nos tocaríamos, tão estranhos como eu da Tucha, Marília, ao carregar no botão do elevador, sozinho com a mala, no patamar da escada, e ela ficou, por educação, à porta, como se eu fosse uma visita, pensa, de vago sorriso de compaixão ácida na cara, de mão no puxador, com os miúdos a espreitarem por trás numa curiosidade intrigada. Para onde é que o pai vai?, perguntou o mais novo e todo o sangue se me gelou no corpo. A Tucha respondeu Eu já converso com vocês. O inquilino do quarto direito, cá em baixo, examinava o correio: as nossas boas tardes neutras do costume, a nossa amável indiferença. Pensa Se eu, por exemplo, me abraçasse a ele a chorar o que aconteceria?, e logo a seguir, conhecida, opaca, habitual, a rua. Pousou o ovo intacto no prato, limpou os dedos ao guardanapo retirado de uma armação de plástico, apoiou os cotovelos na mesa e buscou dentro de si mesmo um ar indiferente, natural, enquanto mil agulhas invisíveis lhe perfuravam teimosamente, incessantemente, sadicamente, as tripas.

— Já não gostas de mim? — perguntou ele numa vozinha miúda cujas hesitações o atraiçoavam.

— Nunca mataste nenhuma borboleta? — questionou o pai, incrédulo, aproximando uma caixa de rede com qualquer coisa a palpitar no interior. — A única dificuldade, rapaz, consiste em não estragar as asas.

Os homens puxavam os barcos para terra, voltavam-nos ao contrário, sumiam-se debaixo da varanda de madeira do restaurante, com molhos de cordas dependuradas do ombro: Por onde andaram, pensa, para onde irão agora? Vários tons de cinzento, várias manchas sobrepostas e diversas moviam-se lentamente na ria; o céu aparentava-se a um enorme, desmesurado, côncavo rosto sem feições, apoiando-se nas copas escurecidas dos pinheiros.

— Se alguma coisa não podemos permitir, camarada — avisou o que presidia numa gravidade inquietante —, é que os sentimentos pessoais se sobreponham à tremenda luta colectiva que travamos pela vitória final do socialismo.

— Não se trata propriamente de gostar ou não gostar — disse a Marília desenhando na cinza do cinzeiro, com uma beata, um movimento pensativo em espiral —, tu pões sempre as questões em termos emocionais que as simplificam e esvaziam. Trata-se de agora eu considerar, por diversos motivos, que devemos proceder desta maneira. As coisas não correm bem, talvez nunca tenham corrido bem entre nós, não sei. Origens de classe diferentes, formações diferentes, culturas diferentes, objectivos diferentes. Há quatro anos que ando praticamente afastada do Partido por nossa causa, e acho que é tempo de me aproximar de novo. Por exemplo em relação a isso sinto-me culpada, detesto abandonar as coisas em meio.

— Queres ir vender edições baratas do Marx para o Rossio, como se fosse a Eva do Natal? — perguntei eu, despeitado.

— Tens que lhes pegar com a máxima cautela — explicou o pai, e os dedos dele, leves, cuidadosos, remexiam o interior da caixa em vagarosos ademanes de algas. — Há pinças e luvas especiais mas eu sinto-me mais à vontade assim.

— Deixou de ir lá a casa — disse a irmã mais velha — praticamente nunca mais o vi. Praticamente não, de facto.

O que presidia dobrou-se para diante e agarrou o rebordo da mesa com tanta força que as articulações se lhe tornaram brancas:

— A classe operária não admite fraquezas, camaradas — rugiu ele —, a ditadura do proletariado não consente tergiversações.

O vizinho continuava a olhar o correio no vestíbulo que a porteira semeara de vasos de plantas famélicas, eu erguia o braço mecânico para os táxis, a Tucha, lá em cima, deitava os nossos filhos numa eficiência seca de enfermeira. Pensa Compreenderam de certeza que algo de anormal se passou mas não se atrevem a perguntar, vestem o pijama, lavam os dentes, enfiam-se na cama. Pensa Tenho saudades das escovas pequeninas deles, enquanto os patos se erguem da água e traçam uma larga hipérbole na direcção da cidade. Pensa A roupa colorida na cadeira, os sapatos minúsculos, pensa A sua respiração quando dormem, pensa Como é que consenti abandonar tudo isso.

— Se me mandarem vender o Marx no Rossio, venderei o Marx no Rossio — afirmou a Marília a retirar o isqueiro da eterna bolsa idiota de missanga. — Mas porque raio é que te custa aceitar que não és o centro do mundo e que existem coisas muito mais importantes do que tu?

— Os oprimidos, já sei — disse ele —, conheço a cantilena de cor. — (E as agulhas picavam e picavam numa angústia infinita.)

O tipo da bomba de gasolina tornou a sair para se encafuar num caixotito de vidro, repleto de latas de óleo e maços de facturas: Daqui a nada fecha, pensei eu, cavalga a motoreta, vai-se embora aos soluços, a trepidar no alcatrão num ruído entrechocado de latas. O pai extraiu finalmente da caixa, com o indicador e o médio, um par de asas que vibravam, com um corpo minúsculo, agitando as patinhas e as antenas, ao centro.

— A primeira parte da operação está concluída — sussurrou ele —, repara agora como eu faço.

— Claro que sabia do Rui de vez em quando — disse a irmã mais velha a encolher os ombros. — Que continuava a ensinar na Faculdade, que escrevia uma tese subversiva, que não se atrevia a separar da possidónia da mulher. Isto é um mundo muito acanhado, percebe, e depois duas amigas minhas resolveram tirar o curso de História para se entreterem e sempre o viam por lá.

— Camaradas — garantiu o que presidia, soltando o rebordo da mesa — de ora em diante não tolerarei desvios pequeno-burgueses na célula, desvios de que tenho sido, até ao presente, o principal culpado. Como responsável, disponho-me desde já à minha autocrítica, e em nome do internacionalismo socialista exijo o mesmo dos restantes.

Pensa Nunca mais a senhora Agostinha, zarolha, a regar as moribundas plantas esqueléticas da entrada, nunca mais o canalizador jovial que todas as semanas vinha invariavelmente desentupir o mesmo lavatório com o mesmo arame em anzol, nunca mais a Tucha a discutir com a mulher-a-dias por cada prato que se quebrava, nunca mais o Pedro de manhã, de almofada no braço, pedindo em silêncio, de órbitas redondas, para se vir deitar na nossa cama. O casco antigo e sem pintura dos barcos escorria uma água oleosa como sopa, os cinzentos da ria mudavam a pouco e pouco de cor.

— Por muito que te custe não és o centro do mundo — insistiu a Marília de cigarro a arder, esquecido, na mão inerte — e já vais tendo idade para te convenceres disso. És um homem igual aos outros, meu menino, com tanta importância como eles.

Pensa Sem agressividade, sem ironia, sem ódio, sem pretender impor as suas ideias através da complicada rede de silogismos do costume, em que aprisionava de ordinário a minha capacidade de lhe responder. Quase com ternura, pensa, amigavelmente, como quando se argumenta com uma criança um pouco pétrea, um pouco obtusa. Pensa O que sentirias por mim nesse instante? Piedade, indignação contida, dó resignado, uma indiferença total, absoluta? E no entanto o rosto dela era o mesmo, assimétrico, feio, implacavelmente sereno. O pai abriu as asas da borboleta numa folha de papel, fixou-lhes as extremidades com alfinetes minúsculos, procurou com os olhos o insignificante frasquinho do líquido mortal.

— Uma cerveja — pedi de dedo no ar ao empregado que se empoleirara num banco para acender o aparelho de televisão numa prateleira junto ao tecto. Os patos passavam em triângulo, muito alto por cima de nós, na direcção ventosa do pinhal, na ampla direcção do mar: haveria escarpas escalvadas para norte, lugares de postura, sítios de sono, covas na areia repletas de crias ansiosas? O tipo da bomba de gasolina colocou um cadeado no fecho do cubículo de vidro, demorou-se a apertar a fivela do capacete amolgado, pôs a funcionar a idosa motoreta ferrugenta empurrando um pedal com o sapato de ténis, e partiu a fumegar atrás dos patos. Um táxi parou finalmente junto dele, a Rua Azedo Gneco deu lugar a outras ruas emaranhadas e diversas, vendedores ambulantes, um cinema, o café de bilhares dos tempos do liceu. Um epiléptico, estendido no passeio, espumava sangue às sacudidelas, observado com curiosidade entomológica por um par de velhas de saco de compras pendurado do braço.

— Proponho que este desagradável incidente — disse o que presidia com um sorrisinho ácido — seja imediata e totalmente esquecido em nome da coesão da célula. — (A voz esforçava-se em vão por adquirir a doçura que não tinha.)

— Não toleraremos, camaradas, que se cavem, por ínfimas que sejam, cisões entre nós.

E as gaivotas, pensou, quando se irão embora as gaivotas ou aqueles pássaros diminutos, brancos, de cauda comprida, aos pulinhos na areia? Quando ficará a ria vazia de aves, horizontal e lisa como um ventre, erguendo-se devagar até tocar na noite? A irmã mais velha levantou o telefone do descanso com um gesto lânguido:

— Foram alunas dele, não percebiam bóia das complicações esquisitíssimas que o meu querido mano debitava nas aulas. Desistiram ao fim de seis meses por saudades do bridge, não tinham a mínima pachorra para aquela chatice. Vamos agora mesmo para o Círculo batê-las.

Pensa O que será feito da senhora Agostinha, o que será feito do burocrata do quarto andar, sempre penoso, concentrado, lento, cheio de mesuras, de delicadezas, de faz favores, de ora essas, de atenções?

— O pai foi-se embora — explicou a Tucha. — De hoje em diante ficamos os três sozinhos cá em casa.

— Uma gotinha, com muito cuidado, na cabeça — disse o pai. Um pingo azulado estremeceu no rebordo do frasco, desprendeu-se, tombou sobre o insecto, e o tronco do bicho vibrou um segundo, as patas agitaram-se numa espécie de espasmo, as asas pareceram ir arrancar-se dos alfinetes. O velho, de testa inclinada para o lado, esperava a assobiar em surdina.

— Acima de tudo sou tua amiga — disse a Marília bebendo um bocado da minha cerveja e sorrindo-me com um bigode branco ao derredor da boca. — Isto é capaz de não significar grande coisa para ti mas sou tua amiga a sério.

O sabor amargo do líquido, as tonalidades progressivamente mais escuras da tarde, idênticas às das pupilas que adormecem, o empregado de novo empoleirado no banco a remexer a fila vertical de botões do televisor em busca de uma imagem que não chegava. E o vento lá fora, despenteando as ervas murchas dos canteiros.

— No domingo — anunciou jovialmente a Tucha encostada ao beliche dos miúdos — o pai vem buscá-los para irem ao Jardim Zoológico com ele dar cinco escudos ao elefante, visitar a aldeia dos macacos e comer amendoins. Estão contentes?

Pensa Os bonecos de feltro do quarto, os quadros das paredes com ursos e gatos e o Homem Aranha suspenso por um fio de um prédio altíssimo, a mobília azul com flores um bocado ridícula, a desordem do costume no cesto de verga dos brinquedos. A noite da Lapa em volta, pensa, mansa, familiar, quase íntima, o sossego das ruas conhecidas, dos cheiros conhecidos, do silêncio.

— Viva a classe operária — berrou o que presidia, de punho fechado no ar, de pé ao lado da bandeira vermelha encostada a um canto. — Viva a luta pela libertação dos povos oprimidos do mundo.

— Está? — sussurrou a irmã mais velha ao telefone, enrolando o fio encaracolado em torno do polegar. — Não, passo agora mesmo a buscar-te, ia já sair com o carro. O torneio começa às cinco e meia, não é?

— Esta história contigo foi assim uma espécie de pausa na minha vida — explicou a Marília a limpar a boca com a manga. — Descobri que não fui feita para o casamento, percebes, e depois há coisas que são realmente mais importantes para mim.

Só depois de sentado ao volante se lembrou de destrancar a outra porta. O sujeito do restaurante seguia do balcão, de pescoço torcido, interessadíssimo, as imagens invisíveis do aparelho.

— Pronto — disse o pai segurando no insecto imóvel com as pontas dos dedos e transferindo-o para uma placa rugosa de cartolina. — Ei-lo, definitivamente morto. Fácil, não é?

Quando pôs o motor a trabalhar, perto da gaiola de vidro, teve de acender os faróis porque escurecera. Escurecera tanto que nem se percebia a presença próxima, asmática, das ondas.

Domingo

A ria começou a entrar lentamente no seu sono do mesmo modo que duas vozes se misturam: ao princípio era apenas a lagoa desalmada e imóvel da água, a língua saburrosa da areia, os pinheiros estilhaçados na névoa, os barcos raros e a cidade ao longe, imprecisa como os olhos dos cegos, mas depois os pássaros, as gaivotas e os patos e as aves sem nome do Vouga invadiram-lhe as pernas e os braços, devoraram-lhe as ameixas podres dos testículos, arranharam-lhe com as patas o interior da barriga, pousaram-lhe nos ombros, nos rins e nas costas, debicaram-lhe o sonho confuso em que se debatia (a mãe chocava um ovo enorme, com ele e as irmãs lá dentro, enquanto jogava as cartas com as amigas), e quando a primeira revoada lhe penetrou, gritando, na cabeça, acordou com sensações de náufrago na espuma dos ossos, e um gosto de limos na boca aberta por um grito sem som. Os lençóis da cama flutuavam devagar na direcção da varanda, algas dispersas dançavam na almofada, um peixe transparente escapou-se-lhe, a pestanejar as barbatanas, de entre as coxas, e sumiu-se na gaveta da cómoda, no meio das camisas e das cuecas. A Marília ressonava baixinho e a sua respiração de hamster comoveu-o, comoveram-no os dedos que sobravam do cobertor e se aproximavam e afastavam de tempos a tempos em mornos espasmos vegetais: tantos anos a ver-te dormir, quando o comprimido deixava de fazer efeito e eu despertava, angustiado, no escuro, acendia a luz e o sossego da tua forma estendida ao meu lado me irritava como um azar injusto, tantos anos a odiar-te lentamente do fundo pedregoso da insónia, a pensar com júbilo na fragilidade do teu pescoço estreito, na tesoura da caixa de costura para te cortar os pulsos, em apertar-te a cara com a fronha tenaz do travesseiro.

— Não, nunca suspeitei que ela não gostasse dele — disse o pai, incrédulo, à procura dos charutos no bolso do colete. — Também, oiça lá, o que é que uma saloia daquelas poderia querer mais?

Eu acordava, acendia a luz aos apalpões (os candeeiros da Azedo Gneco, em baixo, sublinhavam de leve as persianas de uma doçura sem cor) e pensava Devem ser três, quatro da manhã porque é sempre a esta hora que regresso à tona de mim mesmo, à tona dos lençóis, com o choro dos meus filhos a ecoar-me nas orelhas, e a Tucha, feia, despenteada, ameaçadora, enorme, de gigantesco indicador erguido a apontar-me a rua Põe-te lá fora não te quero mais. A água gelada do frigorífico, cujo conteúdo se assemelhava, ao longe, ao de uma carteira de senhora, sabia a ferro, os pés descalços encaracolavam-se, arrepiados, nos azulejos da cozinha, um frio de suor descia-lhe nas costas, entre a pele e o pijama, o relógio eléctrico, por cima da porta, marcava duas e meia, e acabava por sentar-se no sofá da sala, sem fumar, sem ler, sem pensar em nada, a fitar, de olhos muito abertos, a sombra geométrica da estante. Decorridos tempos o médico arranjou-lhe umas pastilhas cuja acção se prolongava até às cinco ou seis horas e lhe estrangulavam os sonhos numa pasta confusa, de que não guardava na ideia senão uma lembrança de episódios fragmentários e sem nexo, e passou a não se levantar da cama, sentindo o dia crescer nos ruídos de vísceras do prédio, em cujas tripas rebolavam pratos, autoclismos, talheres, o assobio rombo do elevador, as vozes agudas, que pareciam discutir constantemente, dos vizinhos. Como agora em Aveiro, pensou, no quarto da estalagem saturado de humidade que a ria e as gaivotas submergiam, a escutar os passos dos ingleses idosos, movendo-se como escafandristas no corredor, enquanto o teu peito que subia e descia, afastando e aproximando as varetas de leque das costelas, parecia comandar a oscilação dos móveis, o suco do meu sangue e o movimento das paredes, numa ondulação de maré.

— Se não se acendem com fósforos de madeira garanto-lhe que o sabor não é o mesmo — explicou o pai a exibir o charuto com um sorriso de anúncio de revista: um cavalheiro ainda elegante, de têmporas grisalhas, bem vestido, instalado na sua poltrona de couro num ângulo confortável da biblioteca. Esticou as bochechas numa baforada, examinou a cinza numa careta grave: — Que fique bem claro que me mantive sempre o mais afastado possível dessa ligação.

— Andei a tomar coragem uma data de tempo para lhe falar abertamente, detesto situações equívocas — disse a mulher descuidada a sacudir a caspa do casaco com as costas da mão. — Não por falta de coragem, percebe, mas por causa da fragilidade dele. Até que aproveitei a sugestão de um fim-de-semana fora e decidi-me. Claro que o que aconteceu depois não teve nada a ver com isso, já ninguém morre por uma relação falhada.

A prima da clínica entrou a grunhir dentro de uma jaula, de bochechas cobertas de cerdas compridas de Pai Natal:

— A mulher de barbas, damas e cavalheiros, recém-chegada especialmente da Colômbia — berrou o médico indiano para a família imóvel nas bancadas —, irá rasgar para todos vosselências três listas telefónicas de uma só vez, graças à força impressionante dos seus músculos. Solicitamos ao respeitável público o obséquio de não se aproximar demasiado, devido à perigosidade natural do seu selvático temperamento.

O teu relógio, na mesa de cabeceira de fórmica, marcava seis e meia, os bandos de gaivotas giravam sem descanso na superfície da lagoa. Uma sombra informe cresceu, veio vindo, e precisou-se-me de repente na cabeça: Separarmo-nos. A respiração da Marília abanava agora a mobília numa espécie de raiva, o tecto parecia prestes a desfazer-se nas nossas nucas em crostas poeirentas de estuque, vidros inlocalizáveis tilintavam, o ar da canalização suspirou e o som prolongou-se por muito tempo no silêncio, numa vibração de violoncelo: Separarmo-nos separarmo-nos separarmo-nos separarmo-nos, repetiam ironicamente os crocitos dos pássaros numa troça escarninha, um cão ladrava de fúria debaixo da janela (Separarmo-nos), os pinheiros cumprimentavam-se uns aos outros acenando os longos braços escuros em que a noite, acocorada, se escondia

(Separarmo-nos), um hálito gelado soprava no vértice dos eucaliptos o seu segredo sem sentido: Separarmo-nos. O senhor Esperança, de sobrancelhas pintadas, e enormes suspensórios vermelhos, ajustou o microfone enquanto o anão, por trás dele, de pé numa cadeira, experimentava o clarinete cujo som feminino ondeava, em espiral, ao seu redor, idêntico a uma voluta muito ténue de fumo:

— Nunca mais veio aos domingos para as damas, lemos mais tarde no jornal, por acaso, o que lhe aconteceu — disse ele numa voz de zinco de Juízo Final, distorcida pelos funis dos altifalantes. — Em sua memória interpretarei para a distinta plateia o conhecido pasodoble Te Quiero España.

— Que tolice — sorriu o pai num gesto de enfado que lhe fez cintilar o anel de curso do mínimo. — Que eu saiba ninguém da família alguma vez se matou por uma parvoíce dessas.

— Não me pareceu muito abalado quando falámos no assunto — disse a mulher descuidada a descer os degraus da Faculdade a caminho da paragem do autocarro, arrastando a pasta atrás de si como uma criança rabugenta. — Ficou quieto, calado, a olhar-me com a expressão vazia do costume. Aparentemente na mesma, sabe como é?

— Era um neurótico da quinta casa — informou o obstetra a guardar a bata no cacifo do hospital, e a retirar o colete, lá de dentro, de um cabide de arame. — E os neuróticos, entende, aguentam nas calmas os tremores de terra afectivos. Se se matou, e note que eu coloco o suicídio apenas como hipótese, se se matou, dizia eu, foi com certeza por outro motivo qualquer.

Agora estou inteiramente acordado — pensou ele — estendido numa cama desta horrorosa pousada idiota que o Vouga deixa a pouco e pouco a descoberto, excepto um leve tremor de água à tona dos espelhos e o perfil de uma gaivota nos estores, suspensa sobre a ria à laia de um grande pássaro sem peso, de cartão. Estou inteiramente acordado por dentro do ensurdecedor ruído do meu crânio, submerso no silêncio de gesso da manhã, e assemelho-me à caveira desenterrada de um bicho muito velho, com as órbitas cheias de nevoeiro, os dentes a badalarem, soltos, na ferradura das gengivas, e a tua antiquíssima presença ao meu lado, a ressonar como um crocodilo disforme nos lençóis. Seis e meia, seis e trinta e cinco, seis e quarenta e dois: uma claridade oblíqua, alaranjada, rompe a custo a bruma, e aproxima-se da margem num halo de miríades de partículas suspensas de bruma, no bojo da qual os pássaros se aparentam a navios sem leme, desgovernados, reduzidos ao contorno estreito dos ossos, radiografados, contra a lâmina opaca do céu. Apoiou as costas no espaldar da cama, passou os dedos no cabelo ralo, quase transparente, da testa, e cerrou as pálpebras: achava-se já na rua e a Tucha, lá em cima, fechava a porta, fazia uma festa distraída aos filhos, marcava o número de telefone (Finalmente vi-me livre dele, imagina) de uma amiga, e conversava aos risinhos e aos segredos, de pernas cruzadas nas almofadas do chão: Puta de merda, lixaste-me a vida. Tanto tempo a conseguir que me aceitasses namoro, tanto tempo a conseguir que te casasses comigo: Não sei, deixa-me pensar, é cedíssimo. As tuas irmãs mais novas troçavam de mim no corredor quando lá fui jantar pela primeira vez, o teu pai estendeu-me os dedos moles, distraídos, sem levantar o rabo da cadeira, a seguir o noticiário da televisão com a metade de baixo dos óculos:

— Está bom?

A mãe da Tucha mandou que servissem a sopa com um sinal imperceptível das pestanas: na parede, uma paisagem inglesa do século XIX exibia, entre as cortinas das janelas, os seus verdes majestosos e pesados:

— Um bocado molengão para o meu gosto, sem nervo — disse ela com os tendões do pescoço salientes sob as rugas da pele. — Não tinha raça, não tinha garra, está a entender, via-se logo que não se aguentava no balanço com a minha filha.

Uma das irmãs da Tucha, de sapatilhas, vestida com uma espécie de fato de banho cintilante, trepou para uma espécie de peanha amarela e branca e dobrou lentamente o corpo até tocar com a cabeça na cova dos joelhos:

— Os gordos são nojentos — articulou entre dentes, com dificuldade, através de um sorriso forçado. — A barriga do tipo dava-me sempre ganas de vomitar.

Marília, pensou ele, o que farei agora? Nunca logrei perceber exactamente a importância que tinhas para mim: achei-te sempre demasiado determinada, demasiado forte, demasiado capaz diante das minhas hesitações constantes, do meu receio, do meu pânico cómico de tudo, da perpétua dúvida sobre o E depois? de cada momento. Não era só o Marx, e o cinema americano, e o teatro de vanguarda, e as unhas rentes, e o mau gosto a vestir, e a camisola interior do pai à janela da casa, com os pêlos do peito a saírem dos mil furinhos do tecido: era a segurança na desordem, a tranquilidade doméstica na poeira dos móveis, a certeza de que estavas ali pelos grumos de caspa na escova do cabelo, a sensação de que me protegias das camisas mal lavadas pela mulher-a-dias, da falta de leite no frigorífico, das visitas ao psiquiatra, da solidão e da gripe, a esperança de que me defendesses da saudade da Tucha e dos miúdos, e do azedume constante, inquisitivo, da família, das perguntas, dos soslaios disfarçados, do espanto fingido, das caretas. Levantou-se para beber água porque o cuspo lhe amargava na boca, e distinguiu, do outro lado das cortinas, a paisagem, ancorada como um barco, do costume, os mesmos pinheiros, os mesmos eucaliptos, a mesma estrada quase sem trânsito, a mesma névoa pegajosa e fria.

— Desde que saiu cá de casa que nunca soube muito bem como era a vida dele — explicou a irmã da música que de vestido de noite, desajeitada e feia, fazia gestos de molinete com os braços e as mãos, sob o arame em que o professor de ginástica procedia, num equilíbrio difícil, a exercícios complicados. — Uma boémia conformada, julgo eu, um quotidianozito apertado.

— Falta de massas, falta de massas — guinchou o obstetra da penumbra, a pincelar a cara do Carlos com um piaçaba de retrete cheio de espuma, enquanto segurava com a outra mão uma gigantesca navalha de madeira. — Há quem adore refastelar-se na pelintrice, não é?

— Os meus genros chamavam-me constantemente a atenção para a sua incapacidade de se gerir a si próprio, e mostravam-me a cada passo o perigo de lhe atribuir um lugar de relevo na firma — disse o pai a abanar a cabeça numa resignação melancólica, ao mesmo tempo que retirava um vaso de gerânios de papel do bolso do casaco numa presteza de ilusionista. — O facto é que era uma pessoa estranha com interesses esquisitos, com manias absurdas: Olhe, pouco antes de morrer, por exemplo, veio pedir-me que lhe explicasse os pássaros, como se os pássaros, não é, se pudessem explicar: nunca compreendi o que ele queria dizer com aquilo: os pássaros, oiça lá, você entende?

Ergueu-se numa explosão de aplausos (parte da família, de pé nos bancos de madeira, vitoriava-o entusiasticamente, as mãos entrechocavam-se num frenesim unânime, as bocas abriam-se e fechavam-se silabando o seu nome), e dirigiu-se ao quarto de banho acompanhado pelo cone de luz de um projector, com o fato de palhaço do pijama dançando comicamente à sua volta. As pálpebras maquilhadas de olheiras, o nariz avermelhado e a barba por fazer provocaram a hilaridade da assistência: um tio gordo, ao fundo, de goela escancarada, batia com as palmas nos joelhos, sufocado de riso. Ao espalhar o creme Palmolive nas bochechas, o foco mudou para lilás, a cara aparentou-se de súbito a uma hemorróida prestes a estalar, e uma gargalhada enorme rebentou na plateia, logo sublinhada pela orquestra num berreiro de trombones. Alheio, ridículo, desastrado, viu-se no espelho a limpar a cara com a toalha e pensou Há quantos anos, dia após dia, repito este número cretino? Porque é que me não despeço do circo ou o circo me não despede a mim?, pensou, enquanto a voz do pai furava os azulejos anunciando, num tom amortecido, o artista seguinte, que o entusiasmo do público afogou de aplausos e de gritos.

— Assim — murmurava o velho brandindo o frasco das borboletas —, uma gota na cabeça basta. — E inclinava-se para verter, com uma pipeta, o seu pingo assassino nas narinas pálidas da mãe. — Repara — dizia ele — como demoram tão pouco tempo a morrer: um instantinho, um ou dois estremeções, já está. — Rodou as torneiras da banheira, sentou-se no rebordo, e deixou a água correr até ao ralo de cima, experimentando de quando em quando a temperatura com a ponta do dedo. Os metais, as louças e os vidros do compartimento minúsculo embaciavam-se lentamente, a lâmpada do tecto afastava-se, vertical, para muito longe de si, à deriva numa bruma de vapor, até se tornar numa lua longínqua, opalina e baça. Desabotoou o casaco do pijama e lá estava o seu arredondado corpo sem arestas, tombando em largas pregas fofas pelos ossos abaixo, a rosa hirsuta do púbis, os joelhos convergentes, estrábicos, a recriminarem-se, irados, um ao outro: o anão, de dragonas, dobrou-se solenemente numa vénia e apontou-me com a luva enorme:

— Senhoras e senhores, meninas e meninos, respeitável assistência, eis-nos prestes a alcançar o momento culminante do nosso espectáculo de hoje — urrou ele dando cambalhotas veementes ao redor da pista. — O Grande Circo Monumental Garibaldi oferece-vos ao vivo o número único, não televisionado, do suicídio do seu principal artista. A direcção recomenda aos cardíacos, às grávidas, aos deprimidos e às pessoas sensíveis em geral que abandonem a sala a fim de obviar a incidentes emocionais desagradáveis. Como podem verificar, o inolvidável Rui S. procede neste instante ao seu último banho.

Estendeu-se ao comprido, descansou a nuca no esmalte, fechou os olhos, e os membros, livres, flutuaram na água numa preguiça vagarosa de cabelos. Até a cabeça, entorpecida, pelo vapor e pela insónia, balouçava de leve, enquanto o pai, no escritório, colocava a mãe numa placa de cartão com qualquer coisa escrita (um nome em latim?) aos pés. Pensou Em que gaveta do armário a vai meter?, e principiou a ensaboar-se (o pescoço, os sovacos, a barriga) com uma daquelas amostrazinhas, embrulhadas em papel prateado e verde, de hotel, para afastar o sono. O pai dobrou-se quase até ao chão e introduziu a lâmina no armário destinado aos exemplares menos raros ou em pior estado, e de que surdia, por vezes, um odorzinho viscoso. O seu rosto surgiu, embaraçado, a desculpar-se:

— Ainda não tinha apurado a minha técnica, estraguei uma porção de bichos com líquidos inadequados: não imaginas como a aselhice nos sai cara.

Barbeou-se no banho a apalpar ao acaso o queixo e as bochechas, e ao sair da água, embrulhado na toga do lençol, com a testa calva coroada de cabelos molhados, idêntico aos senadores romanos do cinema, verificou que a companhia inteira, em fato de gala, exuberante de plumas e de capas de veludo, o observava, apinhada em silêncio junto à cortina dos artistas. A irmã da música, semioculta pela silhueta quadrada, reluzente de músculos, do professor de ginástica, limpava as lágrimas com um lenço discreto: um risco de rímel descia-lhe na direcção da boca, os caracóis do penteado desfrisavam-se a pouco e pouco na sua habitual franja sem graça. O médico indiano, com uma agulha enorme a atravessar-lhe o peito magro de faquir, preenchia a certidão de óbito apoiando o papel num dos joelhos esqueléticos. A orquestra (três ou quatro primos de melenas fúnebres, instalados num estrado ao pé da pista) lançou-se, desafinadíssima, num tango cadavérico, e ele principiou a enxugar-se ao ritmo da bateria à medida que o seu tronco difuso reaparecia, de baixo para cima, no espelho, oxidado e pálido como um noivo de sereia: Com este ar moribundo só me falta o anzol na boca, pensou ele, só me falta ter sido pescado agora mesmo. Pensou Quando chegarmos a Lisboa agarras na mala e vais-te embora, ou ficas ainda uns dias pela Azedo Gneco, já distante, já alheada, já estrangeira, fitando as batatas coradas do jantar numa concentração apática? Atirarei as tuas fotografias para o lixo, guardá-las-ei na arca, andarei furioso, triste, resignado, ancorarei, como as miniaturas de barquitos dos marinheiros, no interior da garrafa de bagaço, espalharei um hálito mortal nos anfiteatros da Faculdade? Procurar-te-ia, Marília, tempos depois, para te pedir de lágrimas nos olhos, suplicante como um cachorro desprezado, que voltasses? Desembarcaria do autocarro, desfeito de ansiedade, no bairro dos teus velhos, esperaria por ti encostado ao marco do correio, a atapetar o passeio de sôfregas pontas de cigarro? Ou derivaria para uma relação tempestuosa com uma aluna qualquer, caprichosa, sardónica, adolescente, arrastando-me todas as noites, pela trela das suas exigências sem réplica, para cervejarias fumarentas repletas de raparigas de cabelo sujo, chinelos e saias compridas às flores, acompanhadas de tipos de sacola, de génio indiscutível, que concorriam anualmente a prémios de poesia com cadernos de versos ferozmente estilhaçados? A irmã mais nova, de saiote e luvas brancas até ao cotovelo, pintadíssima, em equilíbrio numa bicicleta de uma roda só, desenhou no ar, de braços afastados, dois arabescos graciosos com os pulsos:

— Estamos cá todos, estamos cá todos — ronronou ela na sua vozinha amuada de boneca. — Não podíamos perder a morte dele, não é?

— Estraguei uma porção de bichos, não há que negá-lo — desculpou-se o pai, pregueado de rugas aborrecidas —, mas agora, em contrapartida, não falho um que seja. Queres ver?

Começou a abrir afanosamente as gavetas do armário, e eu distingui, cravadas com alfinetes nas pranchetas de cartão, as aves da infância, as que ao fim da tarde levantavam voo da figueira do poço na direcção da mata, de asas crucificadas e pupilas aquosas desmesuradamente abertas de terror.

— Vamos furar-lhes a barriga? — propôs o pai num riso cúmplice, a estender a manga para a faca de prata dos livros. — Se lhes rasgarmos a pança e virmos o que têm dentro, talvez consigas encontrar, percebes, essa célebre explicação dos pássaros.

Vestiu cuecas lavadas (o público aplaudiu a delicadeza da sua atenção), as meias e a camisa da véspera (que provocaram um ou outro assobio disperso, de desagrado, na plateia), as calças de bombazina (Quase nunca as ponho, pensou, porque raio é que me lembrei de as enfiar na mala?) e o blusão do uniforme comunista, e permaneceu alguns momentos imóvel, no meio do quarto, a ver-te dormir e a pensar Porquê? Qualquer coisa de irremediável se tinha quebrado desde a véspera como um velho motor estafado que parou, e sentiu-se de repente muito abandonado e muito só na manhã de Aveiro, que ondulava ainda nos espelhos a sua sombra sem cor. Uma luz coada aclarava os móveis de viés, o teu poncho pendurado na cadeira como a pele solta de uma cobra, um calcanhar de fora dos lençóis, suspenso do vazio como o pé de um enforcado. Pensa A primeira vez que te vi nua foi no apartamento de uma amiga, em Algés, convidaste-me a ir lá para conversar melhor, em sossego, de Orson Welles, Nunca se realizou um filme como o Citizen Kane, repara por exemplo na sequência da velhice, eu preferia Fellini, Visconti, os italianos, o que tu classificavas, autoritária, de arte decadente. O apartamento era num quarto andar sem elevador com vista para a rua dos eléctricos e as suas casas velhas e sem graça, árvores magras, barracões em mau estado, ruídos metálicos de oficinas. Pensa Discutimos horas sentados em sofás forrados de uma espécie de plástico pérola, com péssimas reproduções de pintura nas paredes, cortininhas e tecto acastanhados de fumo, uma absoluta impessoalidade nos cinzeiros de metal e nos móveis esquemáticos, cada qual com um copo de capilé na mão, obstinadamente sérios, de pés pousados na manta de riscas a servir de tapete, que se dobrava e redobrava sob as solas. Havia livros de contabilidade numa prateleira baixa, revistas antigas, um porquinho-mealheiro de louça Recordação da Malveira, e de tempos a tempos as canalizações protestavam ruidosamente nas costas deles a sua turbulência de gases. No quarto de banho, a tina sujíssima, cercada por um reposteiro rasgado, e a retrete entupida, fedorenta, em que se amontoavam pensos de menstruação, pedaços de papel higiénico e espuma de urina, enojaram-no, e preferiu lavar as mãos no bidé, fugindo ao lavatório cheio de cabelos aloirados e de lascas ressequidas de sabão. O próprio espelho se turvava de excrementos de moscas e de insectos esmagados à palmada, e os dois ou três frascos de perfume pousados num armariozito branco afiguraram-se-lhe bafiosos e cobertos de pó. Fizeram um amor desconfortável e rápido no divã de um compartimento exíguo, cujas molas se lhes escapavam constantemente por debaixo do corpo, e a seguir, quando fumavam um cigarro deitados de barriga para cima, lançando a cinza no invólucro de plástico do maço, e respigando jornais brasileiros da pilha de papéis amarelados sob a cama, ouviram o ruído da chave na fechadura, taparam-se rapidamente com a colcha de chita, e quase logo a seguir, em vendaval, agarrada a uma pasta enorme, a amiga entrou rodopiando folhos, jogou a pasta para um canto, sentou-se no chão encostada a um móvel de portas de vidro no qual se amontoavam ao acaso dossiers e revistas, e principiou imediatamente a queixar-se, nervosíssima, dos seus alunos do liceu (Pertencia à classe de criaturas, pensou ele, que partem palitos aos bocadinhos nos restaurantes), a limpar as lentes dos óculos à ponta da camisa, e a retirar crostas de ovo da colcha, com a unha, num súbito, inesperado entusiasmo de limpeza.

— Estava aflitíssima, coitada, não sabia o que havia de fazer — recriminou-o depois a Marília, acusadora, no autocarro —, e tu, ainda por cima, com cara de mono, calado como uma tumba, não ajudaste nada.

Aos poucos, entre goles de capilé (Não consigo beber outra coisa, o que é que vocês querem?), por fragmentos de conversa, restos de diálogo, frases ocasionais, percebeu que a amiga ensinava matemática na Amadora, vivera uns anos com um estudante brasileiro de Medicina, militava numa organização revolucionária, e não devia gostar muito de lavar-se: um suor de bode misturava-se com o deles numa trança de grossos odores desagradáveis e veementes, à medida que uma placa de sol trepava como uma lesma ao longo da parede, dividida em duas pela esquina do imóvel. Quando a rapariga se levantou, com os cabelos claros e sem brilho pulando à volta do pescoço, apanhou a toda a pressa as cuecas do chão e vestiu-as, e, de gatas, começou a procurar as meias sob a cama.

— Devias ter-lhe agradecido ela emprestar-nos a casa — continuou a Marília, numa voz contida, depois de um silêncio furioso — em lugar de quase me arrastares nua para fora. — (A sua cara reflectia-se no vidro na tarde moribunda: Duas Marílias danadas, pensou ele.) — Depois desta cena palavra que nunca mais lá volto.

Mas eu sentia-me desconfortável, húmido, humilhado, demasiado despido diante daquela mulher excessivamente loquaz, excessivamente à vontade, debitando sem interrupção nomes de pessoas que eu desconhecia, rindo-se contigo de episódios passados sem significado para mim, recordando um paleolítico comum que me excluía. E irritava-me a tua ausência de pudor diante dela, os ombros ao léu, o peito fora da colcha, o umbigo à vela, o início emaranhado dos pêlos. Puxei as calças para cima enquanto conversavam, abotoei a camisa, dei um nó à sorte nos atacadores dos sapatos, encostei-me ostensivamente à porta à tua espera, e tu, sem me veres, prosseguias interessadíssima o tumultuoso diálogo com a amiga, de seios a tremerem de entusiasmo e copo vazio de capilé na mão, esquecida já de mim, a combinar encontros, visitas a exposições, uma noite em casa de um antigo namorado pintor, saguão onde todas as cadeiras me sujaram os fundilhos de tinta e no qual uma velhota solitária, de guedelha pintada de roxo, levitando, inteiramente alheada, num ângulo da sala, cheirava coca através de uma nota de cem escudos:

— A minha mãe — apresentou o pintor, de cabelos pelos ombros e voz aflautada, girando, em passinhos leves de bailarino, a distribuir vinho branco por grupos de barbudos convictos e raparigas de fealdade irreversível, embrulhadas no lento fumo adocicado do haxixe.

— Não percebeste que ela ficou tão atrapalhada como nós e precisava de um bocado de conversa para descontrair? — perguntou a Marília, sempre reflectida no vidro, no mesmo tom pontiagudo e acusador: as fachadas deslizavam, líquidas, por detrás dela, prédios, lojas, esquinas, pessoas amontoadas numa venda de jornais. — Mas claro que como tu não chupas os meus amigos não entendeste raspas do que se passava.

Inclinou-se para a frente no banco do autocarro e viu-se também, enevoado, na janela, com os olhos substituídos por dois buracos escuros, e sombras móveis nas bochechas e no queixo. Encolheu e esticou disfarçadamente os dedos, e a imagem, prontamente, imitou-o: Não há que ter dúvidas, pensou, sou eu. Sou eu e decerto com a mesma expressão apalermada de sonâmbulo com que vagueava no atelier do pintor, tropeçando em telas absurdas (um traço negro, dois traços negros, três traços negros, sempre os mesmos, em fundo branco, ou amarelo, ou verde), em pés tortos, de unhas crescidas, calçados de sandálias bíblicas, em sapatos de ténis, em botas de sola de pneu de reforma agrária intelectual, e, por fim, no corpo estendido da velha roxa, embaraçada de colares, que beijava arrebatadamente um garoto imberbe, de pulseira de pêlo de elefante no tornozelo, a rebolarem ambos numa esteira marroquina. Se são estes os namorados que tiveste antes de mim devem ser estes os namorados que terás depois de mim, pensou ele, com a mão no puxador da porta, a observar o teu sono na manhã de Aveiro, cujo céu se desdobrava cada vez mais de nuvens como as varetas de um leque, aberto a partir da superfície horizontal da ria, na qual se espelhava a silhueta achatada da cidade, desenhada, ao de leve, no pano. Poetas de gengivas de escorbuto, vagos cineastas de opiniões definitivas, críticos de jazz ladrando-se com melíflua ferocidade às canelas uns dos outros, tipos imprecisos, de lenço indiano ao pescoço, procurando a botija de oxigénio de um cigarro salvador pelos bolsos vazios. E a noite de Lisboa lá em baixo, pensa, a cambulhada de latas dos homens da limpeza, as estrelas polares dos candeeiros a iluminarem, fixas, ovais azulados de parede, o néon de uma loja de televisores a perfurar as trevas junto a uma esquadra de polícia.

— Estamos cá todos, estamos cá todos — repetiu a irmã mais nova subindo, a pedalar sempre, uma rampa em espiral. — Menos a mãe, claro — acrescentou ela no seu murmúrio de boneca.

O pai continuava a exibir-lhe gavetas e gavetas de pássaros crucificados, as pequenas aves da infância que boiavam, de barriga para o ar, no seu céu de cartolina etiquetada, encolhendo as patinhas contra os magros ventres transidos, e enquanto fechava devagar a porta para que a Marília o não ouvisse e descia para o rés-do-chão da estalagem, perseguido pelo cone do projector e pela música fúnebre da orquestra, relanceou os olhos pela multidão de caras familiares dos artistas que o observavam, amontoados perto da cortina, disfarçados pela maquilhagem, pelos narizes postiços, pelas perucas, pelas plumas, e, de facto, não conseguiu distinguir a mãe por entre aquele emaranhado confuso de primos, de conhecidos, de companheiros de colégio, de amigos de outrora encontrados, ocasionalmente, na rua, mais gordos, mais barrigudos, mais calvos, preocupados e sérios. Pensou Se calhar telefonaram vezes sem conta da clínica à minha procura, se calhar o velho interrompeu a meio uma viagem de negócios para regressar à pressa, contrariado, a Lisboa, chegar às Amoreiras a acamar o cabelo das têmporas, parlamentar com o médico, aos cochichos, no corredor, abrir e fechar as hastes dos óculos, acabar por se sentar, sozinho, numa das hirtas cadeiras de pregos da sala de espera, embaraçadíssimo, fitando com órbitas neutras de notário um magazine antiquíssimo.

— A Tucha vá que não vá — disse a voz da mãe, gigantesca, ao microfone, fazendo vibrar as vigas que sustentavam a lona. — Agora essa Marília, pelo amor de Deus, nem quero ouvir falar nela.

O caseiro moveu um tudo-nada as grossas mãos sensíveis como antenas, pousadas de leve na fazenda dos joelhos. As narinas rugosas farejavam delicadamente o ar:

— Vamos ter um bom ano, menino.

Vamos ter um bom ano, menino, pensa ele instalado à mesa do pequeno-almoço, a examinar com repugnância o habitual cestinho de verga do pão, os rolos de manteiga, os bules metálicos, os frutos de plástico numa taça de porcelana. Um fio anémico de água escorria de uma cascata incrustada na parede, tropeçando de concha em concha até desaparecer, sem glória, numa espécie de ralo de bidé. O empregado, de colete, dormitava amparado a uma cómoda repleta de copos e de pilhas de pratos, com um guardanapo no braço. Pelas janelas o mesmo dia de sempre dilatava-se do seu pus de chuva, e as gaivotas do costume bailavam, ao longe, numa mancha mais escura, cor de tinta de escrever, da lagoa. Um cuco rebolou desastradamente, a nadar na névoa, entre os pinheiros.

— A derradeira refeição do malogrado historiador — anunciou o anão com uma cambalhota sarcástica, perante os risos divertidos da plateia. O senhor Esperança, de nariz no tabuleiro, colocava as pedras para uma nova partida, e assim que retiravam alguma delas do jogo apressavam-se a substituir o botão do pijama:

— Qual de nós dois é que começa agora? — perguntou, indeciso, a coçar a cabeça. Num cartaz um homem jovem, com o qual possuía semelhanças remotas, sorria, de casaca, inclinando um dos ombros, com simpatia exagerada. Uma faixa oblíqua, num ângulo, anunciava a vermelho Amílcar Esperança, A Voz Romântica de Marvila.

Pensa Porque é que não vejo a mãe a tomar o pequeno-almoço numa das mesas da sala vazia, com um livro aberto ao lado da chávena e uma torrada esquecida na mão, a centímetros da boca, aguardando um telefonema do estrangeiro que não chegaria nunca, esperando que o pai, subitamente jovial e terno, lhe propusesse Volto mais cedo de Itália, Fernanda, que tal um fim-de-semana à beira-mar? Bebeu um gole de café a olhar a água, as árvores e os arbustos cada vez mais ressequidos da margem, a humidade que colava à varanda o seu bafo ansioso de animal. O café fez-lhe arder a língua e deixou, por um momento, de sentir uma afta dolorosa da bochecha, que não conseguia deixar de chupar constantemente. O público, inclinado nas cadeiras, assistia da sombra numa atenção desmesurada, ele pensou, sem medo, sem alarme, Como será esta tarde ao chegar a Lisboa? Ajudo-te nas malas? Consinto que vás? Chamo um táxi pelo telefone e permanecemos na sala, calados e tensos, à espera do ruído do motor lá em baixo, da buzina reticente do automóvel? Despedimo-nos no vestíbulo com um beijo recriminativo e amargo, a ferver de ódio? Torno para dentro, fecho a porta, e noto com melancolia que todo o pó da Azedo Gneco me pertence, todas as revistas, todos os livros inúteis, todo o lixo? Como se põe a funcionar a máquina de lavar roupa comprada em segunda mão no penhorista vesgo, coxeando na lojeca escura em que se acumulavam naufrágios de desgraças? Se a campainha tocar atendo, pergunto quem é, dobrado, como um canivete, do patamar? A assistência aplaudiu as suas dúvidas domésticas enquanto ele limpava o queixo ao guardanapo, empurrava a cadeira para trás, se levantava. Nos vidros a neblina esfiava-se como um fato coçado, os barcos, virados ao contrário na nesga de areia perto da estalagem, adquiriam uma espécie desbotada de cores, como rostos que acordam de compridos desmaios. Estrias derretidas de sol vogavam sem direcção entre as nuvens, e o horizonte permanecia deserto, desabitado de aves e de cães.

— Que lhe explicasse os pássaros, imagine-se só a estupidez — disse o pai com um trejeito resignado. — Pedir-me a mim que me armasse em biólogo sem mais nem menos, percebe, eu que sou um pobre homem de negócios.

Roçou pela mesa onde devia estar a mãe, a caminho da saída, e de passagem tirou uma faca grande, de serrilha, do aparador dos pratos e dos copos, enquanto o anão, subitamente iluminado por um violento foco lilás, vociferava:

— Senhoras e senhores, meninas e meninos, estimado público, façam a fineza de observar convenientemente a terrível arma do suicídio: não existe truque, não existe chicana, não existe aldrabice: trata-se, como verificam, de legítimo e autêntico aço inoxidável de fabrico português, o mesmo que conquistou Lisboa aos mouros, dilatou a Fé e o Império, torneou o globo, e actualmente empurra o arroz para o garfo, e o ajuda a extrair, com delicadeza incomparável, as espinhas da pescada no restaurante.

E num tom teatralmente interrogativo de final de episódio, destinado a estimular a curiosidade da assistência:

— Como irá o inventivo Rui S. utilizá-la?

Não eram borboletas, pensa, eram pintassilgos e verdilhões e pardais e melros e pintarroxos e poupas crucificadas no papel, eram os pássaros da figueira, os pássaros do poço, os pássaros da mata que ele coleccionava no armário do escritório, em dezenas e dezenas de gavetas numeradas, propondo-me num tom cúmplice, cochichado, que me entornava, apesar dos perfumes, apesar dos desodorizantes, apesar dos sprays, o seu bafo morno de velho no ouvido:

— Vamos rasgar-lhes a barriga para se perceber o que têm lá dentro?

— Cortar os pulsos, as carótidas, a garganta inteira, fazer hara-kiri? — perguntou estentoricamente o anão enquanto raparigas de diadema e saltos altos, com sorrisos congelados nos lábios vermelhos, percorriam a rebolar as nádegas o contorno da arena, transportando cartazes em que se lia Cortar Os Pulsos, Cortar As Carótidas, Cortar A Garganta Inteira, Fazer Hara- Kiri. — A gerência, damas e cavalheiros — berrou o anão com ar solene —, desejosa de obsequiar os seus selectos espectadores, distribuirá envelopes-mistério recheados de valiosas prendas aos que acertarem no método de suicídio escolhido pelo desventurado professor de História, graças à gentil colaboração dos Preservativos Donald, Donald o inimigo número um do crescimento demográfico, das Meias de Senhora Penélope, Penelopelize-se e sinta a diferença no olhar terno do seu marido, e do Ginásio Mão de Ferro, a Chelas, com sucursais em Tavira e na Póvoa do Varzim, porque Mão de Ferro, em menos de um ano, fará de si, na praia, a inveja dos homens e o alvo apaixonado do sexo oposto.

Guardou a faca no blusão sem que o empregado, de olhos fechados, o notasse, e abandonou a sala de jantar a caminho da rua. Sentia o corpo tenso, as costas suavam, a camisa pegava-se às omoplatas, uma criatura idosa, num camarote, apressou-se a tapar a cara com os dedos. E lá estava a recepção da estalagem, pensa, a prateleira das chaves, os postais ilustrados na armação, em cone, de arame, o telefone, os desdobráveis Visite Aveiro, o grande cinzeiro redondo, de louça ocre, com as iniciais da pousada, a funcionária antipática, de óculos presos por uma correntezinha ao pescoço, a preencher em letra difícil uma espécie de mapa de papel quadriculado. Pensa Lá estavam as plantas no lago sob a escada de caracol, e o verde escuro, quase obsceno, das folhas, lustrosas de um lado e baças do outro, as gavinhas semelhantes a tentáculos gelatinosos, as pedras de musgo, as rãs de louça: uma vez consegui arrastar a Tucha à Estufa Fria depois de horas de poderosos argumentos botânicos (Parece impossível que nunca tenhas lá ido, há fetos lindíssimos desenhados pela Chanel e importados directamente de Paris, viste com certeza as fotografias deles na Vogue), sentámo-nos num banco de ripas, a coberto de um arbusto repugnante e malcheiroso, e preparava-me para te tocar os seios, te apalpar as coxas, te beijar, quando, de repente, depois de ter passado por nós uma excursão de colégio, pilotada por uma professora de pernas razoáveis que dois tipos de bigode e lentes fumadas seguiam, de beata na boca, a resmungar madrigais, o que se me afigurava um eucalipto miniatura se transformou num guarda fardado, baixinho e nédio, que avançou para nós num turbilhão de ódio:

— Que pouca-vergonha vem a ser esta? — regougou ele.

A Tucha, pálida, alisava a saia, compunha a blusa, dava um jeito ao acaso aos cabelos com a mão desgovernada, e eu encolhia-me contra as ripas, engasgado de medo, abrindo e fechando a boca sem bochechas, sem gengivas, sem dentes, sem língua, reduzida a uma inútil caverna de pavor. O guarda, à nossa frente, rodopiava de fúria, um novo grupo de crianças despontava na curva de uma álea.

— E tire daí a pata, sua besta — ordenou-me o sujeito, escarlate —, vamos lá a respeitar a autoridadezinha antes que eu o obrigue a respeitá-la a pontapé.

Esquecera-me completamente do polegar pecaminoso na raiz das tuas ancas, friccionando-te devagar o púbis para baixo e para cima, esquecera-me completamente do joelho encostado ao teu joelho, das barrigas das pernas comprimidas uma de encontro à outra, das cabeças apateadas demasiado próximas. Transpirava de pânico e no entanto o homem era mais baixo do que eu, mais fraco, muito mais velho, fácil de intimidar com a ameaça de uma bofetada ou o fantasma omnipotente do pai. Pensa Foi nesse momento, Tucha, diante da minha cobardia, da minha incapacidade de lutar, que principiaste a desprezar-me? Afastou-se para a outra extremidade do banco, intimidado, um ramo qualquer roçou-lhe na orelha, e o ventre do guarda aproximou-se-lhe do nariz, coberto de grossos botões prateados, redondo, minúsculo, tenro, vulnerável: Mas nem mesmo assim fui capaz, pensa, continuei a diminuir, a empalidecer, a sentir o sangue rápido e desigual nas têmporas, à medida que o tipo se dava conta do meu receio e crescia de importância e de coragem:

— E agora, seus safados? Que tal uma multazinha, que tal uma estada no Governo Civil para vos curar dos ataques de tesão em público?

Pensa Uma calva cabeça pequenina, uns olhinhos minúsculos e estúpidos, o pau de fósforo no canto torcido da boca a dançar ao ritmo das palavras, o nariz que fungava, radiante de importância, inchado como um pénis doente. Os beiços recomeçaram desdenhosamente a mover-se numa aplicação cuspinhenta:

— Três dias de cana curam a tesãozinha num instante.

A Tucha abrira a carteira, procurava o lenço lá dentro, enxugava os olhos. Pensa Quantos anos teríamos? Vinte e dois, vinte e três? Contemplou uns minutos as plantas do átrio, moles como mucosas, desagradavelmente carnívoras, e encostou-se ao cipreste de arame dos postais ilustrados até a funcionária antipática, de óculos de corrente, acabar o seu mapa e atentar nele, com uma prega de desagrado na testa. O guarda introduziu os dedos no cinturão e balouçou ligeiramente o corpo esférico, sem músculos. Um bico de lápis despontava da algibeira.

— Os bilhetezinhos de identidade — pediu ele num sussurro oleoso de ameaças. — Os bilhetezinhos de identidade e os cartões profissionais.

— Queria que me tirasse a conta, se faz favor — disse eu amavelmente. — Voltamos hoje para Lisboa.

Não havia nenhum automóvel à porta salvo o nosso, poisado no cascalho, de grelha encostada a um canteiro de gerânios como se os pastasse, como se fosse um enorme mamífero de metal com os faróis das órbitas apagados e opacos, sonâmbulos, e a seguir a areia, a manhã nevoenta e pegajosa, os ombros das árvores adejando no silêncio, o céu e a ria reflectindo-se mutuamente como dois espelhos paralelos. O guarda, que movia as orelhas a ler, recuou um passo, indeciso: o tom da voz tornara-se-lhe aflitivamente respeitoso:

— Este papel aqui quer dizer que você é doutor? — perguntou ele a empurrar o boné para a nuca, enrodilhado de timidez.

— O infausto jovem — soluçou pomposamente o anão a designar-me com o indicador bombástico à família nas bancadas — vai abandonar a estalagem para o seu último e derradeiro passeio. Estamos prestes a chegar, senhoras e senhores, ao ponto mais alto, ao vértice, ao acme, ao cume, ao paroxismo do nosso inolvidável espectáculo. Maestro, o Bolero de Ravel.

Os quatro ou cinco sujeitos tristes da orquestra mudaram de ritmo, comandados por um indivíduo magrinho, de gravata e cabelos postiços, que os dirigia de vassoura em riste em grandes gestos veementes que lhe arregaçavam as mangas demasiado curtas e exibiam as luvas brancas, de dedos compridíssimos, e lá ao longe, sobre a água, oscilando de leve, os patos e as gaivotas do Vouga, imemorialmente imóveis, à espera de quê? A funcionária da recepção considerou-o sem amenidade, remexendo, sem o olhar, uma pilha de rectângulos de papel repletos de números minúsculos:

— O quarto tem de ser abandonado até ao meio-dia em ponto — informou ela no seu timbre ácido.

Que mulher tão ressequida, pensa, que corpo tão ressequido, que ressequido cagalhão, esquelético, rancoroso. Pensa A azia que ela não deve ter, como as tripas, carbonizadas, se lhe devem agitar lá dentro num tumulto sulfúrico. Os membros da orquestra usavam narizes de várias cores, bochechas enfarinhadas, chapéus de coco, camisolas às riscas e grossas sobrancelhas de carvão.

— É doutor, pois — disse a Tucha —, ensina na Universidade. — E a sua voz, baça de corrosivo ódio, parecia amolecer o guarda, esvaziá-lo da autoridade dos seus berros, diminuir-lhe a agressiva importância da farda, torná-lo num ser insignificante e provinciano, submisso, pronto a embrulhar-se em desculpas. Foi então que decidi casar contigo, pensa, foi então que pela primeira vez te admirei: os olhos enormes, a boca desdenhosa, o amargo pânico engolido à força a converter-se numa tonalidade sem réplica de patroa. Pensa O teu modo de falar com as mulheres-a-dias, os canalizadores, as empregadas de supermercado, as costureiras, a superioridade, para ti óbvia, sem réplica, do nascimento, a tosse do avô visconde na tua garganta, o snobismo arrastado, imperativo, da mãe dando ordens aos filhos por cima do tabuleiro de gamão. Pensa Foi então que decidi casar contigo para que me protegesses dos outros, impedisses os guardas das estufas de me acenarem com o Governo Civil, para que resolvesses por mim, por parvo que te pareça, o que eu não era capaz. O anão, efusivo, tornou a aproximar-se do microfone:

— Mais uma nota simpática, damas e cavalheiros — anunciou ele triunfalmente, enquanto a orquestra se calava num rufo de tambor. — Os nossos envelopes-mistério, destinados a premiar os que acertarem na forma de suicídio, corte dos pulsos, das carótidas, da garganta, hara-kiri, perfuração dos pulmões, certeiro golpe cardíaco, foram agora mesmo enriquecidos graças a um generoso donativo da Pomada Ejacuall, que aumentará facilmente o comprimento do seu pénis em três centímetros e meio. Sofre vosselência de problemas de tamanho, intimida-se de urinar nos mictórios públicos, queixa-se a sua esposa de insatisfação sexual, tantas vezes geradora de um mau entendimento entre os casais, quando não de tormentosas separações e dolorosos divórcios, angustia-o, em suma, o comprimento do seu órgão viril? Aplique Ejacull de manhã e à noite e obterá rapidamente a majestosa dimensão que ambiciona. Ejaculal, o creme que veio colocar os portugueses, de acordo com as derradeiras estatísticas do Instituto Estadual de Prazer do Arizona Phillips, Phillips & Phillips, no lugar cimeiro do mundo não socialista no que se refere à capacidade eréctil e ao volume dos corpos cavernosos. Ejaculal, o único medicamento do género que não provoca erupção, eczema, disformidade ou dor. E após esta agradável notícia de novo o Bolero de Ravel. Maestro, se faz favor.

O sujeito de casaca e cabeleira de estopa levantou a vassoura, o tipo de acordeão acenou com o queixo ao clarinete e à guitarra eléctrica, a música recomeçou, fúnebre, ganhando força a cada compasso, a mulher antipática da recepção voltou-lhe ostensivamente as costas, desinteressada dele, para examinar um dossier, hesitei um segundo, desconcertado, empurrei com o joelho a porta de vidro que rodou sem rumor, opondo-me a leve resistência oleada dos gonzos, e saí para o frio da manhã, bafiento de humidade suspensa e opressiva, como se milhares de partículas transparentes de algodão dançassem, sufocantes, no ar. O guarda devolveu-lhe os documentos, interdito:

— O senhor doutor desculpe mas eu pensei que o senhor doutor e a senhora fossem um desses casais de tarados que aqui levam a vida a apalparem-se diante de todos. A gente tem ordem para não consentir em porcarias, vem cá muita criança, muita escola, o senhor doutor compreende, e eu arrisco-me a perder o lugar se me puser com branduras: não podia adivinhar que o senhor fosse a pessoa de respeito que é.

A tira de areia, a água cor de merda, a transida aflição dos eucaliptos, aves desconhecidas passando, velozes, entre os ramos, o lodo pútrido e canceroso da margem, idêntico a leite coalhado, e, lá ao fundo, os patos, planando agora na direcção da cidade. Queria que me tirasse a conta, se faz favor, voltamos hoje para Lisboa: estradas lentas, descampados, povoações dispersas, o silêncio desconfortável, compacto, sobrepondo-se ao ruído do motor, sentido como uma espécie de cãibra no estômago: Quero-me separar de ti, quero-me separar de ti, quero-me separar de ti, repetem as mansas ondinhas cor de cinza, da margem, desfeitas nos costados ancorados dos barcos. E no domingo vou buscar os meus filhos, passear com eles no jardim da Gulbenkian, estender-me na relva, de olhos fechados, sob um salgueiro, enquanto eles jogam à bola, ou conversam, ou discutem, ou caem, ou choram. Pensa Nunca lhes liguei grande coisa, nunca lhes prestei muita atenção, foram sempre vagos, confusos e embaraçosos na minha vida, dois seres estranhos que se tornava necessário alimentar, vestir, entreter, vacinar, escutar às vezes, da cama, os lamurientos pesadelos que abanavam a casa adormecida, a impedir-me de descansar, de me esquecer de mim, de me submergir no poço pantanoso do sono. O cabo da faca apertava-lhe as costelas, o bico da lâmina picava-lhe a cintura: de pé no cascalho, à entrada da estalagem, escutava o rumor de tarântula do público, as suas tosses esparsas, o raspar dos sapatos, conversas, cochichos, alguns risos, esforçava-se em vão por distinguir as caras que a penumbra tornava anónimas, percebia a custo o jogo dos holofotes lá em cima, chovendo sobre ele a sua claridade impiedosa e excessiva. Junto à cortina dos artistas as irmãs acotovelavam-se com ansiedade, encorajavam-no com pequenos gestos da mão, e a da música, de cara empastelada de pintura e de lágrimas, sorria-lhe. Não posso falhar, pensou ele, tenho de conseguir um número decente. O guarda veio acompanhá-los à saída da estufa, minúsculo, insignificante, inofensivo, dissolvendo-se em desculpas:

— Ó senhor doutor, pela sua saúde não dê parte de mim à direcção. Eu irrito-me por tudo e por nada, é uma desgraça, até comecei agora na Caixa um tratamento para os nervos.

Remexeu desesperadamente os bolsos, extraiu das calças um frasquinho de pílulas, com uma mecha de algodão sob a rolha:

— Receitaram-me estes calmantes, o médico explicou-me que não há mais fortes, cortou-me a bebida, o tabaco, o café. E mesmo assim ainda agora perdi a cabeça com os senhores, já vê. — (E os olhos de rafeiro batido a fitá-los, a pedir, a implorar.)

A Tucha empertigou-se: Vais pagá-las todas, pensei eu, quando ela sorri assim a única solução é a gente amarrar-se ao mastro grande:

— Escreva aí num papel o seu nome e o seu número. O meu pai é deputado na Assembleia Nacional, vai com certeza querer falar com os seus patrões. Ele tem muito orgulho nas filhas, não admite que as desconsiderem. E a sua ordinarice, sabe, passa as marcas.

O tipo, microscópico, iniciou o movimento patético de se ajoelhar nas calças coçadas. As pestanas ralas tremiam:

— Ó menina tenha dó de mim que se eu perco este emprego fico arranjado da vida. Dou de comer a cinco bocas, a minha mulher não pode trabalhar por causa da tensão, volta e meia desata-me a inchar, não se aguenta nos cepos das pernas, leva os dias na cama como um trambolho, tenho de pagar a quem me tome conta dos filhos. — (E ele imaginou uma multidão de crianças ranhosas, de um bairro suburbano). — A gente nem dinheiro para uma casa decente arranja, vivemos numa barraca emprestada, a minha mais velha adoeceu, se me expulsam daqui estou bem quilhado. — (Os dedos rechonchudos adejavam, o beiço de baixo dir-se-ia prestes a rebentar em soluços, um furúnculo da testa, escarlate, ia explodir.)

Ao menos conseguir um número decente, pensou ele, não desiludir a plateia, não trair a expectativa inquieta das irmãs. Ariops, berrou com uma vénia na direcção do público ao descer do cascalho para a faixa de areia da pousada, repleta de limos, de desperdícios, de cestos rotos, de pedaços bolorentos de madeira. As minhas farripas de palhaço pobre, as minhas calças enormes, o meu casaquito de pano ondulavam ao vento. O sorriso da Tucha alargou-se, faiscando sempre, numa alegria perversa:

— Lembrasse-se disso antes já que se mostra tão preocupado com a família. — (A voz aguda dela despedaçava implacavelmente as tripas do guarda, e o sangue escorria, denso, no empedrado, logo sorvido por um renque de arbustos esfaimados). — O que me interessa é o seu nome e o seu número: não pode haver aqui malcriadões da sua laia.

Olhou para cima a fachada da estalagem, que a perspectiva tornava oblíqua, como que prestes a desabar, de uma só peça, sobre mim, e como na casa da parteira procurou calcular a localização da varanda do quarto numa fileira de varandas iguais, todas de estores descidos, com a mesma cadeira e a mesma mesa encostadas às grades na mesma negligência ferrugenta: esta? aquela? a outra a seguir? Uma ovação entusiástica explodiu de imediato na plateia ao mesmo tempo que o anão vociferava, tentando boiar no rio desordenado dos aplausos:

— Palmas para o derradeiro olhar saudoso à janela da mulher amada, um lance digno de Romeu, um verdadeiro soslaio de Abelardo. Reparem na magnífica contenção do artista, no seu estupendo jogo fisionómico, no braço que hesita, prestes a erguer-se num dramático adeus, fornece mesmo a ilusão de se levantar uns centímetros, e acaba por permanecer rígido, cosido ao tronco, na desesperada melancolia dos impotentes, comovidamente inerte. Queria apenas sublinhar que este dificílimo, ainda que breve, apontamento teatral, vos foi oferecido, em rigoroso exclusivo, pelos Cones Vaginais Explosivos Pimpampum, os quais, cinco minutos depois de introduzidos, minha senhora, recebem festivamente o seu marido, o seu amante, o seu namorado com um lindo fogo-de-artifício de estrelinhas prateadas, subindo-lhe das coxas num repuxo cintilante, até culminarem num estoiro equivalente a quinhentos gramas de trotil, que propulsionarão o leito, num turbilhão de lençóis chamuscados e de ferros torcidos, de encontro ao frigorífico da cozinha. Não esqueça, madame: Os Cones Vaginais Explosivos Pimpampum tornam o amor uma aventura diferente: transforme a monotonia das suas relações sexuais em marcos históricos que nenhum dos seus vizinhos esquecerá.

— Ó menina, ó menina, ó menina — pediu o guarda, milimétrico e verde, a tentar extrair um coto de lápis e um pedaço amassado de papel do bolso de cima da farda, os quais se espalharam pelo chão de mistura com uma pata de coelho e uma figa de plástico, embrulhadas no cordel do apito. A cara aumentava e diminuía compassadamente de terror como as bocas dos peixes, os olhinhos miúdos piscavam, descoloridos de angústia. O micróbio agonizava à entrada da Estufa numa pocinha de suor, de ramelas, de mau cheiro, de odores confundidos, e a Tucha fitava-o, sardónica, de cima para baixo, numa crueldade impiedosa e triunfante.

As fundações da estalagem enterravam-se, oxidadas, na areia, formando uma espécie de alpendre em que se acumulavam pilhas de remos, âncoras e cordas devoradas pela água, destroços de barcos, cones de cinzas, grandes caixotes de lixo contra uma parede de tijolo. Um velho vestido de augusto de soirée (um murmúrio correu na plateia quando o foco o exibiu, exagerando os andrajos do fato) agitava, na manhã cinzenta, as brasas de um fogareiro com um abano de verga, e os carvões acendiam-se de quando em quando como se lâmpadas pequeninas os iluminassem por dentro, semelhantes a grossos cristais cor de laranja. Em que circo é que teremos trabalhado juntos?, pensei eu, por que terras de província andámos em escavacadas rulotes puxadas por decrépitos carros americanos sem guarda-lamas, com as nossas focas lunáticas, os nossos elefantes de pelúcia murcha, os nossos cãezinhos, vestidos de sevilhanas, infinitamente melancólicos, os nossos hipopótamos absurdos e os nossos morcegos de pesadelo, em que miseráveis restaurantes de nódoas de mostarda e de moscas patudas comemos sopas de rancho observando pela janela suja os insectos do verão, que número sem graça partilhámos em noites de casa vazia, com um bombeiro e três magalas a assistirem, maçados, ao espectáculo? O meu pai inclinou-se na cadeira até tocar o nariz no meu:

— É preciso abrir-lhes a barriga para se ver como funcionam — insistiu ele a estender-me a faca dos livros. — Tens mesmo a certeza que não queres experimentar?

Seria ele o velho acocorado sob a pousada, pensou, no enorme silêncio das árvores e da ria? Seria ele um augusto de soirée de unhas polidas e fato de alpaca, de que as secretárias e os executivos não distinguiam os remendos, a largura ridícula, os bolsos cheios de borrachas de apertar para os jorros postiços das lágrimas? O vagabundo extraiu um pardal morto de um saco, cravou-o num pau aguçado, e principiou a assá-lo, sem lhe tirar as penas, no fogareiro de barro. O odor da carne queimada espalhou-se como uma nódoa na sombra. O guarda agarrou o pulso da Tucha e principiou a sacudi-lo com desespero:

— Pelos ossinhos da minha irmã que está na cova — guinchou ele — se tive a intenção de lhe faltar ao respeito.

O senhor Esperança, de cravo na lapela, avançou dois passos, alteou o microfone, experimentou a sonoridade batendo-lhe com a ponta curvada, em martelo, do indicador, e proclamou:

— Aprovo o suicídio como uma espécie, severa embora, de castigo, porque nunca me deu uma ajuda, ainda que insignificante, para pagar a renda. Foram os Preservativos Donald, o inimigo número um do crescimento demográfico, quem se entendeu este mês com a Dona Sara.

Tirou um copo de vinho, já cheio, do bolso, e ergueu-o no ar na direcção do público:

— Como barítono de fama nacional e internacional, como homem que se preza de o ser e como cavalheiro, proponho um brinde aos Preservativos Donald, de fabrico português, lubrificados com azeite e óleo de palma, com ou sem coroa de pêlos e à prova de rotura, nas suas quatro cores vermelho, sépia, anil e azul-turquesa, para além da digna variante em preto, especialmente recomendada a viúvos recentes, coronéis na reserva e bibliotecários castos. Aproveito outrossim a oportunidade para acautelar vosselências contra o perigo das imitações, aconselhando-os a que verifiquem sempre, ao solicitarem na vossa farmácia os Preservativos Donald, se o inconfundível patinho se encontra impresso, em baixo-relevo, na ponta acolchoada. Com Donald pequeno, médio e grande obterá a segurança de uma relação tranquila, como ainda há pouco o doutor Nelson de Jesus Júnior, ilustre fundador das Indústrias Sexológicas Donald e presidente vitalício e de honra do seu conselho de administração, afirmou à imprensa escrita, falada e televisiva à saída do palácio do Vaticano, em Roma, pouco depois de haver sido recebido, em audiência privada, por Sua Santidade o Papa, o qual lhe manifestou paternal júbilo e calorosa simpatia pela sua nobre actividade, dispensadora da condenável e pecaminosa pílula, e se dignou aceitar um preservativo em oiro maciço, destinado a embelezar a severa austeridade da sua mesa de trabalho. O doutor Nelson de Jesus Júnior teve ocasião de oferecer aos membros da Cúria embalagens de luxo dos Preservativos Donald, revestidos de púrpura cardinalícia e com um pequeno báculo gravado na base, tendo sido nomeado, em troca, Cavaleiro do Santo Sepulcro e recebido o honroso título de Guardião da Fé Cristã. Prefira Donald, o preservativo dos católicos.

Um vaporzito deslizou em frente da estalagem no sentido da foz, perseguido por uma coroa de gaivotas esfaimadas, desarrumando, com a tosse do motor, a mansa inquietação dos eucaliptos. A Dona Sara ajeitou melhor o alfinete com o retrato do defunto que lhe fechava o decote do vestido, num gesto de pudor inadequado aos seus seiscentos anos:

— Ora aqui temos o quartinho — informou ela num sopro de além-túmulo. — Os primeiros seis meses são de pagamento adiantado.

Comecei a puxar, incomodado, pela manga do vestido da Tucha, mas ela sacudiu-se com força, o cotovelo furou-me o estômago, e veio-me à boca a costeleta de borrego do almoço numa guinada de piripíri e de alho. Cercava-a um halo fosforescente de vingança, os próprios cabelos pareciam endurecidos e electrizados pelo gosto sádico da vitória, o vértice da língua despontava, exuberante, pelo intervalo dos lábios. Pensa Que bonita que estavas nessa tarde, caramba.

— Suma-se da minha vista seu estupor — sibilou ela a apontar com o dedo as áleas confusas de plantas, os caixilhos pintados de branco, a distância ensaibrada e os seus arbustos lãzudos e húmidos. — Suma-se da minha vista antes que eu mude de ideias.

A Dona Sara guardou as notas no lenço, voltou-lhe as costas, e caminhou a chinelar para a porta, arrastando a custo as pernas esqueléticas. Já com a mão no puxador fitou-o do umbral numa careta avinagrada:

— Queria avisá-lo que não permito visitas.

— Que grande filha da puta, a tua ex — disse a Marília enquanto a cinza interminável do cigarro lhe tombava e se desfazia no colo. Do andar de cima da Rua Azedo Gneco alguém (uma voz de homem) gritava frases indistintas para a rua. — Se vocês estavam no ranço o que é que o desgraçado havia de fazer?

Pensa Se a Tucha é filha da puta não serei eu tão filho da puta como ela?, enquanto o público aplaudia o brinde aos Preservativos Donald, e o velho depenava o torresmo do pardal antes de o introduzir amorosamente entre as duas metades de um pão:

— És servido? — perguntou o pai.

— Seja a que horas for, entende? — repetiu a Dona Sara a remexer no alfinete com os dedos demasiado brancos e magros, agitados por uma aflição constante. (Deves ter a tensão alta, pensei eu, a tensão alta, e diabetes, e ureia, e bicos de papagaio e a doença de São Vito.) — Visitas, nem cheirá-las.

Os chinelos dela a afastarem-se pelo corredor, uns gargarejos chocos no sótão entoando uma ária. A Marília enxotou a cinza da saia para o chão, sacudindo-se com uma biografia de Antonioni, e eu pensei Se sou filho da puta porque caneco estás aqui comigo?

— Sempre que há sarilhos ficas mais apático do que um boi de loiça — recriminou-o a Tucha descendo rapidamente o Parque para o metropolitano do Marquês de Pombal. — Outro dia na boîte levavas uma tosa se não fosse o meu irmão.

O mendigo, mastigando sempre, levantou-se para urinar de encontro a uma coluna, abanando o coiso, no fim, em grandes sacudidelas indiferentes: mas quando o conheceu melhor a Dona Sara esqueceu-se da proibição, convidava-o para tomar chá numa saleta hexagonal atravancada de arcas chinesas e grandes móveis velhos, em que um relógio invisível tilintava de tempos a tempos horas infinitas, oferecia-lhe biscoitos já moles erguendo com parcimónia a tampa de uma caixa de sapatos de cartão, e no dia em que a Marília lá foi entregar uns livros quis à força conhecê-la, e passaram uma eternidade de chávena na mão, enterrados em gigantescos sofás desconfortáveis, sem molas, a recusar bolachas e a ouvir a Dona Sara dissertar acerca de épocas mais felizes, afagando com os dedos de múmia o retrato castanho do marido, que se chamava Porfírio Alves, fora reformado da Companhia dos Telefones, e um autocarro atropelara, séculos atrás, na Avenida Infante

Santo. A pouco e pouco familiarizou-se com os restantes hóspedes, um preto de meia-idade, educadíssimo, irrepreensível, empregado no Banco de Fomento e grande apreciador, por motivos obscuros, do Sporting da Covilhã, um piloto da Marinha Mercante que, sempre que chegava de viagem dava um enorme enxerto de pancada na mulher, Por uma questão de princípio, explicou-me solenemente uma vez na paragem do autocarro, sem que eu, pasmado, percebesse de que princípio se tratava, o senhor Esperança, barítono de craveira mundial e habitante do saguão, um par de gémeas solteiras, sempre juntas, de anel de brasão, antigas empregadas dos Armazéns Grandela, que às terças-feiras tomavam chá connosco num silêncio sepulcral, fabricando sem descanso, em gestos simétricos, naperons de crochet, e o padre Mendonça, que chupava pastilhas de mentol para deixar de fumar, exalava em redor uma frescura de farmácia, vivia estrangulado no colarinho de celulóide, e referia-se sempre a Deus como a um patrão tirânico, demasiado exigente. Começava a sentir-me bem, pensa, e mudei-me para a Azedo Gneco contra o conselho do piloto, que partira na véspera, por uma questão de princípio, o braço esquerdo à mulher, e me incitou, num ângulo do corredor, a ranger os dentes de fúria, Chegue-lhe, abanando-me a gola do casaco numa colérica e atormentada súplica fraternal.

— Que burguesa insuportável devia ser a tua ex — tornou a Marília a sacudir novo rolo de cinza da saia com uma biografia de Visconti, enquanto eu lhe estendia timidamente o gato de bronze do cinzeiro, lembrando-me das minhas crises nocturnas de asma naquele indescritível armazém de pó, noites e noites acordado, sentado na cama, a arfar, com as estrelas coladas à janela numa harmonia suspensa, e Campo de Ourique e apertar-se à minha volta com as suas pequenas lojas e os seus prédios sem viço. A Marília descalçou-se e principiou a coçar pensativamente os joanetes:

— Por quanto tempo aturaste tu aquilo?

O velho acabou o pão e permaneceu estupidamente imóvel a mirar o fogareiro cujas brasas morriam, cada vez mais pálidas, na sombra quadrada do alpendre, despedindo faiscazinhas moribundas. Um fio líquido castanho escorria-lhe devagar do canto da boca, enquanto escarafunchava os dentes com o mínimo numa aplicação de saca-rolhas. O rapaz bêbedo hesitou: as luzes intermitentes da boîte acendiam-lhe e apagavam-lhe alternadamente a cara, o cabelo em desordem, a camisa rasgada a que faltavam botões. Dois pacificadores agarraram-no pelos braços e puxaram-no na direcção do bar.

— Se tornas a chateá-la — informou o irmão da Tucha, heróico, ainda de pé, a endireitar o nó ligeiramente desviado da gravata — faço-te a tromba num oito.

Tu não tinhas ninguém, Marília: a tua mãe falou-me vagamente uma vez num meio-irmão muito mais velho, emigrado no Canadá, um sujeito parecido contigo, de mãos na cinta, numa moldura sobre a televisão, com uma mulher de aspecto estrangeiro ao lado e uma criança a chorar, de goela desmesurada, no meio deles. O holofote procurou de novo o vagabundo do pássaro, que arreara agora as calças e defecava, de pernas abertas, junto ao fogareiro, uma interminável serpentina de carnaval, e a assistência riu-se. O cabelo amarelo vibrava mil antenas de arame, as gigantescas nádegas postiças, de pano, sacudiam-se de tremuras ridículas. A voz da irmã mais nova, algures no escuro, sussurrou, ondulante, ao microfone:

— Este engraçado apontamento foi-vos oferecido pelas meias e collants de senhora Penélope, penelopelize-se e sinta a diferença no olhar terno do seu marido, o tecido que transforma as suas pernas em autênticos momentos de sedução. Leves e suaves ao tacto, ricas de cambiantes e reflexos, escuras, de rede, com pintinhas, ou simplesmente cor de carne, as meias Penélope representam, por si só, a garantia de um grande amor. Impregnadas de um ténue aroma de lírios e de flores silvestres (o qual se mantém inalterável mesmo depois de sucessivas lavagens), e acopladas a um jogo de cintas vermelhas decoradas por lindas rosas de tule, as meias e collants de senhora Penélope, penelopelize-se e sinta a diferença no olhar terno do seu marido, recomendam-se especialmente para primeiros encontros, visitas a tios solteiros ou viúvos, respostas a anúncios de convívio e casamento, e às mulheres que desesperam já da felicidade pelo matrimónio e se refugiam no lausperene dos Mártires ou nos passeios colectivos de autocarro, aos domingos, de lancheira e pandeireta, ao mosteiro da Batalha ou ao Museu dos Coches. Penélope, a meia de quem gosta de ser feminina, Penélope, a solução dos seus complexos de timidez, o bem-estar de uma atracção irresistível, o adereço que a tornará invejada, admirada e desejada. Penelopelize-se e sinta a diferença no olhar terno do seu marido.

Começou a caminhar ao longo da margem no sentido oposto à foz. As solas trituravam a areia como se pisassem lixa ou pedaços de vidro, um vento frio introduzia-se pelas calças, pelo colarinho da camisa, pelos intervalos da roupa. A água que se dobrava e redobrava em grossas pregas de cabedal parecia fumegar como uma barrela, burgueses de merda, disse a Marília, marialvas de merda, disse a Marília, só me pergunto como aturaste aquilo tanto tempo, e lá estava Aveiro imprecisa na distância, parda contra o céu pardo e a água parda, a vibrar na nudez da manhã. Ao menos conseguir um número decente, pensou ele enquanto a faca lhe picava a cada passo a gordura das ancas, ao menos que não deixe o empresário envergonhado.

— O artista aproxima-se, sem a menor imperfeição técnica, do final do seu trabalho — gritou o anão, com um acento de alívio na voz, para a assistência que se desinteressava. — Esta magnífica apoteose, que todas vosselências decerto admirarão, apenas foi até agora conseguida em Londres, em 1936, pelo inolvidável e glorioso Aristóteles Szadagadanis, estrela grega do circo nacional do seu país.

A brisa mudou de rumo e os patos desarrumaram-se na lagoa: uma fracção do bando levantou voo para pousar mais abaixo, assustados ainda, palpando o ar com as asas desdobradas, as penas fininhas do pescoço erguidas numa espécie de zanga ou de alarme. Devia telefonar para a clínica, pensa, devia tentar saber o que se passa.

— Queres casar comigo? — perguntou ele à Tucha à medida que desciam os degraus do metropolitano, sujos de cascas, de papéis, de lixo, do lacre gelatinoso dos escarros. A quadrada boca de cimento, com restos de cartazes e palavras de ordem escritas a giz inflamado nas paredes, engoliu-os como a entrada do Castelo Fantasma as suas carretas bamboleantes, e lá dentro, na penumbra iluminada por tubos compridos de néon, a multidão apressada e ansiosa do costume.

— Eu? Casar contigo? — exclamou a Marília a rir, sentada, completamente nua, na cama da amiga. Era verão, pensa, usavas sandálias de plástico azul, abandonaras temporariamente o poncho, as tuas mamas, divertidas, tremiam, o corpo suspendia-se, como o dos deuses chineses, na claridade poeirenta do crepúsculo. Pensa Os teus tornozelos enormes, as tuas mãos de camponês, as gargalhadas duras, graves, masculinas, a percorrerem-te o tronco, a espalharem-se-te nas nádegas, a abanarem-te os rins. — Eu, casar-me contigo? — continuava ela, estupefacta. — Não te chegou uma experiência, desgraçado?

Nenhuma delas me levou a sério, pensou ele aos pontapés a uma lata de conservas ferrugenta que desenterrara, com o bico do sapato, da areia, nenhuma delas acreditou em mim. Levou dois anos atrás da Tucha, a insistir, a pedir-lhe, a convidá-la, a escrever longas cartas veementes, apaixonadas e patetas, dois anos a jurar uma paixão sem fim, até que o fulano casado, com quem ela mantinha uma tormentosa relação clandestina, emigrou para o Rio de Janeiro sem se despedir, e a Tucha, de raiva, disse-lhe que sim com a cara envidraçada em lágrimas, e a pintura dos olhos transformada num par de borrões suplicantes e patéticos. Meses depois percorria a nave central da igreja a passo lento, de fraque, com uma forma branca e leve, como que gasosa, pelo braço, enquanto de um e outro lado as cabeças emplumadas, ridículas, das tias, se inclinavam da coxia a fim de o observar melhor, esmagadas pelo órgão que rebolava lá de cima as pesadas vagas de uma marcha triunfal.

— Casar contigo, imagina — murmurou a Marília, pensativa, a acenar que não com a cabeça, enquanto procurava o maço de cigarros no cone de roupa emaranhado no chão.

— Palavra de honra que esperava tudo menos uma proposta dessas. Só que ainda não entendi se és burguês ou maluco, ou as duas coisas juntas para variar.

E de novo, como da primeira vez, meses de teimosas insistências, de um cerrado cerco submisso e sem tréguas, de ternos soslaios sem resposta, de amabilidades excessivas, de súplicas exageradas e dramáticas. Conhecia-lhe meia dúzia de relações passageiras, sem importância, esquálidos colegas da Faculdade, oblíquos camaradas de Partido, um escultor de barbas grisalhas e sandálias, notavelmente pouco limpo, com aspecto de caminhar de túnica sobre as águas, distribuindo aos frequentadores da Sociedade de Belas-Artes milagres abstractos: E porque não eu, pensa, o que existe nesses tipos que eu não tenha, porque diabo me não tomam a sério, não olham para mim de órbitas redondas, pasmadas de desejo? Uma ocasião, na sala de espera do médico das glândulas, li numa revista brasileira um artigo intitulado O Encanto Erótico dos Gordos, com mulatas de biquini e chinelos de salto alto voluptuosamente abraçadas a sujeitos esféricos, semelhantes a ovos cozidos sem casca: o texto gabava os méritos sedutores do duplo queixo, a orgíaca comodidade das barrigas enormes, a alegria de entrelaçar as pernas num par de tornozelos de elefante, citava depoimentos em itálico, transcrevia arrebatados versos de poetisas românticas que as banhas enlouqueciam de um furor de sonetos, e eu pensei Não vale a pena fazer dieta, não vale a pena emagrecer, não tomarei as pílulas do doutor para me tornar elegante como um ponto de exclamação, vou aumentar ainda mais uns quilos e um cacho de raparigas loiras, em vestidos de noite, decotadíssimas, bonitas e pintadas como as artistas de cinema das pastilhas elásticas, vão desatar, com certeza, a rodopiar, encandeadas, à minha volta. E no entanto, pensa, acho que a Marília se casou comigo por causa dos pais (Quem é burguês?) que ameaçavam morrer de desgosto se continuasses a viver com um homem em pecado mortal. Choraram todo o tempo, durante a cerimónia do registo, assoando-se com estrépito, comovidíssimos, a cada frase do conservador, e lanchámos os quatro numa pastelaria de

Arroios, com a mãe sempre a pingar emoções sobre o chá de limão e o pai, de colarinho desabotoado e gravata vermelha e amarela, bebendo sucessivas cervejas numa mudez compungida. Comemos bolos de creme, queques duríssimos, e torradas secas como fatias de pedra-pomes. Nas mesas vizinhas cavalheiros solitários e damas de cãozinho ao colo sorviam refrescos numa gravidade fúnebre, e os empregados berravam os pedidos dos clientes para um cubículo em cujo interior devia existir uma entidade qualquer, dispensadora de pastéis de nata e de garrafinhas de laranjada. Despediram-se no passeio ao pé da montra, com mais fungadelas, mais lágrimas, mais soluços estrangulados nos lenços, apanhámos o autocarro para a Azedo Gneco no quarteirão de baixo, e ao voltar-me vi os velhos a trotarem, juntos, para a paragem do eléctrico, ele alto e ela pequenina a tentar acertar o passo pelo do marido, e nunca se me afiguraram tão idosos e vulneráveis e tocantes como nessa tarde. Quando chegámos fechaste-te um grande bocado na casa de banho, e ao saíres evitavas cautelosamente olhar para mim: trazias as pálpebras grossas e o nariz vermelho, sentaste-te no chão a folhear um livro, ao tentar beijar-te empurraste-me com toda a força como se me odiasses, e eu decidi escrever à revista do consultório das glândulas a explicar que o Encanto Erótico dos Gordos era uma balela imbecil. Felizmente depois as coisas melhoraram, sem dúvida, pela mesma sem-razão aparente com que o céu se descobre, fomos jantar a um restaurante chinês da Duque de Loulé, repleto de orientais atarefados e dos candeeiros de papel de um Santo António de Xangai, consegui fazer-te rir com a minha aselhice de bandarilheiro com os pauzinhos do arroz, vim todo o caminho de regresso, excitado pelo porco doce, a premeditar fazer amor contigo, mas porém todavia contudo o elevador avariou-se no meio de dois andares, o alarme não tocava, demos murros nas grades até às quatro da manhã e por fim apareceu o senhor de pijama roxo do primeiro direito, seguido da mulher em camisa de dormir, que telefonaram a um cunhado entendido em mecânica, o qual, em roupão, todo mascarrado de óleo, aparafusava e desaparafusava peças sem sucesso, enquanto o prédio inteiro, em pantufas, consternado e solidário, nos encorajava e consolava. Uma senhora deu-nos de beber licor de cacau por uma palhinha, outra, de olhos fechados, rezava o terço de joelhos no capacho, às sete vieram os bombeiros num grande aparato de sereias, ambulâncias, capacetes areados, cordas, mangueiras e escadas, o entendido do roupão, inteiramente negro, martelava tenazmente nos confins da cave, os bombeiros, sob as ordens de um sujeito pausado, com três medalhas no peito semelhantes a tampinhas de limonada, e ceroulas a despontarem por debaixo das calças, rebentaram as grades a maçarico chamuscando-me o único casaco decente num calor infernal (os cabelos ardiam-nos como patas de insectos), íamos quase a sair quando alguém na rua abriu a mangueira pousada no soalho, a qual se ergueu numa erecção incontrolável atirando logo de pantanas a criatura das rezas que desatou a rebolar nos degraus e partiu a clavícula, os inquilinos fugiam aos gritos diante do jacto, inundados, o chefe das condecorações ainda gemeu Quem pôs essa merda a funcionar, mas o esguicho bateu-lhe em cheio na cara e ele foi projectado, às arrecuas, para o interior do apartamento da dama do cacau, deu de costas no aparador do vestíbulo, derrubou um mendigo de louça idêntico a Manuel de Arriaga sem casaca, um espelho enorme, de moldura de talha bichosa, tombou-lhe em cima do capacete e desintegrou-se em mil pedaços, o senhorio, de mãos na cabeça, berrava Ai o meu rico prédio até que a enxurrada de pessoas e água que trambolhava nos degraus o fez desaparecer, agitando um braço de náufrago, na piscina sem pé do rés-do-chão, em que as plantas se haviam reciclado numa murcha floresta de corais, quando a mangueira amoleceu e se calou, de novo estendida em concêntricas e inocentes espirais de lona, havia gente estendida por toda a parte de desmaios encharcados, subimos o andar que faltava a passo de cegonha no intuito de não pisar as vítimas que borbulhavam, rubricámos um abaixo-assinado ao núncio apostólico exigindo a canonização imediata da devota do terço, o comandante dos bombeiros, reanimado a golpes de licor pela dona do mesmo, que distribuía cálices generosos à corporação inteira, assobiava um apito que ninguém ouvia, um pandemónio de automóveis multiplicava-se na rua, fechámos a porta, despimo-nos, lavámos os dentes, demos corda ao despertador, apagámos a luz, e escutámos, através dos vapores fluidos do sono, para além dos urros, dos gemidos, das sereias, das badaladas dos pingos de água que tombavam no escuro, o martelo tenaz do cunhado das mecânicas, que prosseguia no seu poço, indiferente como o caruncho, uma obstinada tarefa de toupeira.

— Casarmo-nos contigo? — perguntaram ao mesmo tempo, indignadas, a Tucha e a Marília.

— Senhoras e senhores, meninas e meninos, selecto público que tanto nos honra com a sua comparência e entusiasmo — anunciou o anão fazendo parar o Bolero de Ravel com a manga estendida. — Temos a honra de vos apresentar As Esposas. Palmas para As Esposas, por favor.

O tambor da orquestra desatou a rolar lugubremente, e um foco acendeu-se de súbito, iluminando a cúpula de lona do circo (distinguia-se vagamente uma estrela por um pedaço rasgado), um trapézio a baloiçar de leve, e de pé no trapézio, de sapatilhas e fato de banho de lantejoulas, a Marília e a Tucha acenavam com a mão livre à assistência que aplaudia, à medida que o pozinho de giz dos ginastas se lhes soltava das palmas. O maestro agitou o cabo da vassoura numa elipse autoritária, o tambor calou-se com um derradeiro estrondo, e as pessoas, de pescoço torcido, contemplavam as artistas lá em cima, enquanto ele caminhava pela areia fora, de punhos nos bolsos e nariz no chão, na humidade turva da manhã.

— Nunca nos quisemos casar — disseram elas em coro —, o matrimónio não passou de um lamentável equívoco da nossa parte.

— Mesmo os filhos — acrescentou a Tucha cujas nádegas esféricas estalavam sob a roupa. — Foram de parto sem dor mas ele nunca respirava na cadência certa, trocou-me as contracções todas, por pouco, disse-me depois o médico, que não nasciam mongolóides. Estão a ver o que seria duas crianças de língua de fora a babarem-se lá em casa, a grunhirem coisas que ninguém percebe? Eu, por mim, enfiava-as logo numa clínica.

— De início — disse a Marília — cuidei que era um burguês recuperável, um socialista em potência apto a ser convertido, pela leitura, pelo convívio e pelo exemplo, à gloriosa ideologia da classe operária. Viver com ele constituía para mim parte do meu labor de militante, até que os camaradas, em reunião de célula, me demonstraram cientificamente o contrário, isto é, a sua mentalidade capitalista empedernida, o seu elitismo atroz, o seu egoísmo absoluto. Claro que procedi já à minha autocrítica no seio do Partido.

— O meu psiquiatra — disse a Tucha — explicou-me por A mais B que o Rui era sadomasoquista em último grau, desejoso de ter crianças anormais. Só a separação me permitiu resolver de forma não neurótica o meu complexo de Édipo: por vontade dele eu continuaria indefinidamente no período oral.

— Em certo sentido obrigou-me a abortar por omissão — acusou a Marília. — Quando eu declarava que não queria bebés era mais para o experimentar do que outra coisa. Respondia-me sempre que um par já lhe chegava, que não queria complicações ainda maiores. Trazia no sangue o egocentrismo intrínseco das classes dominantes.

— Nunca me levou o pequeno-almoço à cama — queixou-se a Tucha —, ficava espapaçado nos lençóis como um sapo numa prancheta, de boca aberta, à espera. E se havia nata no leite não bebia.

— Imaginava que as mulheres nasceram exclusivamente para o servir — completou a Marília —, comigo engolia sempre as torradas de cima, as que estavam mais quentes, e deixava-me as outras.

— Arranjava-lhe o peixe — disse a Tucha — e mesmo assim, se dava com uma espinha ou uma pele, desatava logo a protestar. Felizmente que os pequenos não herdaram os modos dele à mesa.

— Frango, por exemplo, não comia — disse a Marília —, só hamburger e arroz com molho de tomate. Anos e anos de hamburger e arroz com molho de tomate endoidecem qualquer pessoa.

— Não enrolava a bisnaga da pasta de dentes — disse a Tucha —, aplicava-lhe um apertão ao acaso ao pé da rolha e despejava logo metade do conteúdo na escova. Tanta que só faltava entupir o ralo com aquilo.

— De cada vez que fazia chichi — disse a Marília — deixava o rebordo de plástico cheio de pingos. Eu, para me sentar lá, tinha de o limpar primeiro com papel higiénico.

— Nunca foi capaz de ir ao supermercado comigo — declarou a Tucha, pendurada de cabeça para baixo, pelos joelhos, na barra do trapézio, enquanto a Marília, de mãos dadas com ela, oscilava no vazio. — E quem diz supermercado diz talho, diz padaria, diz alfaiate, diz loja de brinquedos, diz tudo. Era eu quem levava o carro à oficina para mudar o óleo.

— Exigia que as pessoas existissem em função dele — garantiu a Marília rodopiando sobre si mesma numa acrobacia confusa que a orquestra sublinhou num compasso vigoroso e o público aplaudiu com estrépito. (Na pista, aclarado por um holofote menor, o anão, de braços abertos, avançava e recuava como para a receber no solo se ela se despenhasse lá de cima.) — Precisava de uma disponibilidade constante, de um afecto sem limites, de uma adoração sem condições, e quem aguenta uma situação dessas muito tempo?

— Nem as camisolas dobrava — disse a Tucha, sentida —, tinha que lhe escolher a roupa de manhã porque se andasse ao gosto dele metia medo. Cheguei-me a perguntar se não seria daltónico.

— Manteve-se sempre um reaccionário do pior calibre — disse a Marília deslizando por uma corda, até à pista, e agradecendo de mãos erguidas, rodando o corpo, o entusiasmo da plateia, que o anão estimulava obrigando-a a dirigir-se, aos pulinhos, para o centro da arena. — O cancro do capitalismo minou-o por completo, o espectro da religião agrilhoava-o, a luta de classes punha-o em pânico. Ainda bem que o Partido me salvou do seu contágio mostrando-me sempre a linha correcta de actuar.

— Apenas depois de me separar dele consegui ser feliz — disse a Tucha a escorregar, por seu turno, pela corda, e a aproximar-se, empurrada pelo anão, da Marília, que a aguardava com um enorme sorriso cúmplice na boca carmim. Uma pinha de antigos namorados, inclinados sobre a balaustrada de um camarote, ovacionavam-nas rendidos de admiração, e ele pensou sem melancolia, a fitar os eucaliptos de Aveiro, quase brancos na neblina, cujas últimas ramadas pareciam dissolver-se nas nuvens, Sinto-me já tão longe disto tudo. E o cabo da faca, contra o sovaco, a dificultar-lhe os movimentos como o gânglio de uma ferida.

— Estão aqui todos os pássaros da quinta — esclareceu o pai enquanto as folhas de cartão com aves crucificadas, de redondas órbitas de gelatina e patas curvas, negras e vermelhas, se amontoavam ao acaso na alcatifa. Os cabelos das têmporas começavam-se a desprender da brilhantina, uma farripa solta bailava na concha da orelha. O candeeiro design da secretária deixava-lhe na sombra a metade de cima da cara e os seus olhos de agora, críticos e perscrutadores.

— Sempre queres que lhes abra a barriga e tos explique? — perguntou ele à procura de outro charuto na caixa de prata.

À medida que a manhã se dilatava e crescia sentia-se como se circulasse numa luminosidade de sótão, num ovo de vidro, numa espécie de cristal de pus que modificava os sons, reagrupava as árvores numa ordem diferente, dividia o vento e trazia consigo o odor rombo da ria, semelhante ao cheiro podre de um cadáver: a Tucha e a Marília sumiram-se a correr, perseguidas pelo foco, atrás da cortina, o camarote dos antigos namorados aquietou-se, uma pega grasnava numa moita, amarravam o queixo da mãe, na clínica, com um lenço, o céu parecia formado por sucessivos degraus de água matizando a lagoa e copiando-se uns aos outros como num jogo sem fim, o pai examinava atentamente, de pálpebras franzidas, uma borboleta que a pouco e pouco se tornava um pintassilgo de pupilas desvairadas de terror, voltou-se para observar o edifício da pousada Já terás acordado, estarás a tomar banho agora?, cuidou ouvir o motor de um carro na estrada, Os ingleses, hóspedes que chegam, tu?, um ruído de motor Quem é que se vem enterrar com este tempo numa arca de Noé pilotada pela mulher antipática da recepção?, Maestro o Bolero de Ravel faça favor, ordenou o gnomo na sua vozinha bitonal ridiculamente imperativa, a vestires-te, a comer o pequeno-almoço, a acender um cigarro, sentada na cama, com uma ruga na testa, o sujeito da vassoura gesticulou com ímpeto e o temeroso fungagá recomeçou num estrondo de pratos, o Carlos, de risca muito bem desenhada no cabelo, botas altas e alamares, mandou embora o último cavalo empenachado num estalo de chicote, apoiou o pé esquerdo no rebordo lascado de velhice da pista exibindo o bico areado da espora, mirou a plateia no soslaio de desafio lento, seguro de si, insuportável, do costume, e lá estava o odioso sorrisinho obtuso dos jantares em casa dos pais, as sarcásticas piadas anticomunistas sem graça, a perna traçada com ar proprietário na poltrona de couro, o mijo do eterno uísque na mão:

— Que tal vai o Partido, ó camarada? — questionou dobrando-se para diante a fim de se servir do aperitivo de queijo que um membro da assistência lhe estendeu e ele engoliu numa rapidez instantânea e impassível de camaleão. Odeio as tuas patilhas de forcado, pensei eu, odeio a tua água de colónia, as tuas gravatas de seda, o monograma da camisa, odeio a desenvoltura subserviente com que conversas com o meu pai, o teu modo atrevido de observar as coxas das raparigas, de te debruçares para elas murmurando frases que eu não entendo pelo canto desdenhoso dos beiços.

— Ó mãe — queixou-se a irmã, mais nova a chorar —, calcule que me telefonaram a dizer que o Carlos anda metido com a Filipa, aquela minha amiga do colégio.

O Carlos deixou-se cair, refastelado, no sofá, entre a mulher e uma outra moça mais ou menos da mesma idade, de aspecto aciganado, sem largar o chicote que serpenteava pela alcatifa fora, dava a volta a uma mesa de talha e se sumia na boca escura do átrio. O foco que o iluminava revelava uma estreita linha de suor junto à raiz do cabelo, e o beiço de cima brilhava também, rodeado pela espessa mancha da barba:

— Encontro-me aqui hoje convosco — anunciou ele no seu tom baço e rugoso, que tornava as frases exasperadamente desagradáveis — na sequência de um amável convite do Ginásio Mão de Ferro, o único em Portugal dotado de professores especializados capazes de transformarem o seu corpo, mesmo enfezado, mesmo raquítico, mesmo anémico, mesmo corcunda, numa impressionante e opulenta estátua de músculos que fará de si, na praia, no decurso da calmosa estação estival que se aproxima, o alvo apaixonado dos olhares femininos e a inveja admirativa dos seus amigos. Recorra ao Ginásio Mão de Ferro e torne-se temido, solicitado, respeitado, procurado, adulado graças à consistência, volume e força dos seus bíceps. Gostaria de melhorar a sua situação profissional, de adquirir relações novas, de ser convidado amiúde para festas, cocktails e aniversários, de ocupar posições de indesmentível relevo social, de seduzir aquela que há tantos anos persegue em vão em lugar de responder a aleatórios anúncios de convívio do jornal e se encontrar, em pastelarias dúbias, com senhoras de meia-idade, infinitamente tristes, que mexem no fundo das chávenas o açúcar da sua solidão, com um romance de Harold Robbins na mesa de pedra? O Ginásio Mão de Ferro, dirigido por professores especializados, entre os quais se conta o glorioso Jacinto da Conceição Augusto, Mister Músculo Ibérico em 1959 e actualmente consorciado com uma princesa sueca, dar-lhe-á, para além do que acabei de enumerar, o gosto de viver, a capacidade de abrir as tampinhas das garrafas de cerveja com um simples piparote do mínimo, ou de deitar uma porta blindada abaixo com um impulso ocasional do cotovelo. Com as suas secções de ginástica educativa, correctiva, aplicada, rítmica e de manutenção, o seu sauna finlandês, as suas salas de esgrima, boxe, jogo do pau e karate, as suas massagens especiais a cargo do competente Júlio Dedo de Ouro, o departamento de banhos turcos e duches escoceses, e o Restaurante Supervitaminado Mão de Ferro para uso exclusivo dos sócios, onde as refeições se compõem de vinte e três qualidades diferentes e complementares de comprimidos, pastilhas, pílulas, cápsulas, ampolas bebíveis, intramusculares e endovenosas, xaropes, aerossóis, hóstias, suspensões, choques eléctricos e insulínicos, cremes, fortificantes e supositórios, o Ginásio Mão de Ferro constitui entre nós uma iniciativa ímpar destinada a proporcionar aos portugueses a saúde, o bem-estar, a silhueta e os tendões que merecem, afastando para longe o horrível espectro da doença física, psíquica ou psicossomática, tensão alta, enfarte do miocárdio, varicocele, microcefalia, macrocefalia, sífilis, gonorreia, febre de malta e tifo, eczema, estrabismo, calvície, olhos vazados, bócio, reumatismo, dores de cabeça, ouvidos e garganta, exoftalmia, tosse convulsa, pré-convulsa e não convulsa, prisão de ventre, entorse, unhas encravadas, hemorróidas, calos, ansiedade, angústia, esquizofrenia, fracturas do fémur, insónia, alcoolismo, pontos pretos, droga, escorbuto e ideia ou tentativas de suicídio. — (O foco mudou de cor: era agora verde-alface e o Bolero de Ravel prosseguia impiedosamente a sua marcha, enxotado, como um peru, pela vassoura frenética do maestro.) — E por falar em suicídio, senhoras e senhores, e referindo-me especificamente ao número que o meu cunhado neste momento executa — (Mais trinta ou quarenta metros, pensou ele, e consigo ver as gaivotas de perto, as que flutuam na água e as que poisam nas bóias de cortiça que balizam a ria e penteiam o dorso com os bicos) —, quanto ao acto de libertação ou loucura ou desespero ou simples patetice que esse sujeitinho gordo irá tentar dentro de breves instantes — (visto da janela era já uma sombra pequenina a caminhar, obstinada, pela areia, na manhã cinzenta, um vulto insignificante que desaparecia ao longe, no novelo de pinheiros e de névoa, como os heróis de cinema no final dos filmes, uma coisinha que palpitava, parecia crescer, se evaporava) —, a minha opinião estritamente pessoal, o meu palpite, a minha aposta, a minha convicção íntima, damas e cavalheiros — (segredou uma frase qualquer ao ouvido da moça aciganada, que desatou a rir e lhe puxou a orelha numa repreensão divertida) —, é de que falhará, sem honra nem glória, a sua proeza, ou antes, o seu projecto de proeza, do mesmo modo que até agora tem, por assim dizer, falhado tudo na vida.

— Um arranhãozito no pulso quando muito — opinou a rapariga morena a tilintar as escravas do braço. — Põe-se-lhe um penso rápido e fica óptimo, vão ver.

— O Carlos tem toda a razão — concordou a irmã mais nova fitando a outra com ódio. — Se o pai caísse na triste asneira de o meter na firma era um desastre completo.

— Isso da Filipa não tem importância nenhuma — respondeu a mãe. — Dá-lhe um bocado de rédea e ele farta-se dela num instante.

— É óbvio que vai falhar — repetiu o Carlos afagando o joelho da rapariga com o polegar vagaroso. — Note-se que em trinta anos não conseguiu nada de jeito.

— Basta atentar nos casamentos dele — declarou a voz do obstetra do meio da plateia, logo procurado por um holofote vermelho que trazia à tona e empurrava para as trevas sucessivas fileiras de espectadores, alguns dos quais se apressavam a acenar com a mão na esperança de uma câmara escondida. — Basta reparar nas asneiras sucessivas que tem feito.

— Talvez mais alguns pintassilgos, não? — sugeriu amavelmente o pai continuando a abrir as gavetas do armário e lançando para o chão placas de cartolina repletas de pássaros mortos. — Pintassilgos, verdilhões, rouxinóis, poupas, pintarroxos, melros, canários — enumerava às cegas —, todas as aves que quiseres.

Quais asneiras? pensou ele sentado na areia, no meio das ervas, a espiar a água densa, varoposa, imóvel, do Vouga. A separação da Tucha, o aborto da Marília, o não ter ido para a empresa como o velho queria, não ter sequer aceite, por orgulho?, por coerência? (mas coerência com quê?), por um mero, infantil instinto de revolta, um lugar nominal na direcção? Quais asneiras?, pensou ele, intrigado, vasculhando o súbito, angustioso, enorme vazio da memória até onde o braço da lembrança conseguia.

O frio barbeava os arbustos e os ramos dos pinheiros, agitava os eucaliptos, brandia a pele da água como uma testa que pensasse. De tempos a tempos uma camioneta rebolava na estrada que não via, e o rumor ia decrescendo, lentamente, na direcção da cidade, perseguido pela zanga dos cães.

Pensa Quais asneiras?, e o cego da quinta surge de repente (Num simpático contributo dos Cones Vaginais Pimpampum) a caminhar pela latada fora à procura, com a bengala, do banco de pedra onde costuma sentar-se ao fim da tarde, de cara mosqueada pelo filtro verde das folhas e pelas sombras e manchas de luz que o sol dispersa e reúne, como se destruísse e refizesse constantemente um puzzle sem nexo (Palmas para os rapazes dos efeitos especiais, trovejou o anão, e o público aplaudiu com ímpeto), até que a ponta da bengala roçou no calcário, ele avançou a hesitar o braço para a superfície plana, angulou os joelhos, acomodou-se, e os óculos de mica, ameaçadores e redondos, abarcavam a quinta inteira numa atenção silenciosa. O vento de agosto trazia até ele o odor doce do pomar, os violoncelos da erva ondulavam nos canteiros.

— Viva o Ginásio Mão de Ferro — gritou o Carlos enquanto o polegar desaparecia na saia da Filipa, formando um relevo que avançava, reptando, na direcção das coxas.

Deitado na areia, com a nuca no cotovelo dobrado, via as nuvens viajarem, muito alto, no sentido do mar, quase sólidas na sua espessura de borracha, estirando-se e encolhendo-se como o fumo dos cigarros dos espectadores junto às fileiras de lâmpadas amarelas do circo, à medida que o frio de fevereiro lhe endurecia o rosto como se o envolvesse numa pasta desconfortável de barro. Escutava o sopro das árvores, o grasnar disperso dos patos, um ou outro pombo bravo a atravessar os eucaliptos, assistia à vagarosa descida da maré, recuando palmo a palmo na areia com os seus detritos, os seus limos, os seus cadáveres inchados de gatos, imaginava a Marília a fazer a mala na pousada, a atirar-lhe para dentro, ao acaso, sem a dobrar, a roupa das gavetas, a varrer com a palma os pentes, as escovas e as bisnagas para um saco no fio, deixando os cabides vazios a balouçarem na barra de alumínio, e nisto, sem mudar de expressão, sem um gesto, quase sem mover os lábios, o cego disse

— É o menino que aí está?

e eu pensei Como é que ele veio até Aveiro, como diabo me descobriu aqui? Andaste a tropeçar nos arbustos e nas canas até me reconheceres pelo olfacto como os cães velhos distinguem os donos? Pensa Nem sei se continuas vivo, há que tempos que não pergunto por ti aos meus pais, há que tempos que ninguém passa férias na quinta, o musgo deve crescer nos móveis, nas toalhas, nas cortinas, nos sorrisos cor de iodo dos retratos, no quarto do sótão de sobrado instável, invadido pelas trepadeiras, pela hera, pela carnívora fome do caruncho, se calhar a casa afundou-se irremediavelmente no passado como esses barcos presos a uma rocha que se desfazem de quando em quando no Tejo, crescem dálias e narcisos das terrinas, uma estranha flora de líquenes reproduz-se nas fronhas, nas colchas, nas toalhas, no bolor dos lençóis, a Marília puxava as correias das malas, daqui a nada telefona para a recepção a pedir que um empregado lhas leve para baixo ou tentará arrastá-las, sozinha, pelo corredor adiante, embaraçada pelo poncho, ajudada pela criada das limpezas, pagará a conta, chamará um táxi que a conduza ao comboio, explicará à mulher antipática O meu marido segue depois no carro, Quantos dias ficará ali o automóvel sem que ninguém lhe toque, pensou ele, no instante em que um pio de gaivota lhe furava a cabeça de orelha a orelha (Exactamente como uma agulha, disse o anão à plateia, uma agulha muito fina, incandescente, dolorosa) e o vento sacudia, zangado, os eucaliptos, a mão tocou sem querer o cabo da faca (um murmúrio alastrou nos camarotes, comunicou-se às ripas precárias do balcão), hesitou, afastou-se, e a alcatifa do escritório encontrava-se agora completamente repleta de pássaros de bico aberto, patas espetadas e redondos olhos fixos de gelatina, que o pai e ele, de pé, observavam numa atenção fascinada.

— É o menino que aí está? — perguntou de novo o cego na sua entoação de papagaio.

— Asneiras sobre asneiras sobre asneiras — disse o médico, muito longe. — Centenas de asneiras pagam-se caro.

Ouviu um ruído à sua esquerda e, sem olhar, soube que o cego se lhe tinha sentado ao lado, de óculos escuros voltados para a água, reflectindo um navio minúsculo a vogar tremulamente no vidro. Como estará a mãe, pensou, o que terá acontecido durante estes dias na clínica, quantas horrorosas camisolas de listras a prima tricotou de quinta-feira a hoje, a contar as malhas com os beiços pregueados?

A casa da quinta abandonada, o poço abandonado, as figueiras abandonadas pingando o seu leite rosado e inútil no chão, a mata a flutuar, azul, ao fundo, nas densas e longas e escarlates tardes de verão, pejada de pássaros imóveis e mudos que aguardam a noite na pauta dos ramos, idênticos a semifusas sem som, uma cadeira de lona desbotando-se, solitária, no pátio tão sozinha como o portão enferrujado, os tristes compartimentos da casa, o lugar geométrico, mais claro, dos quadros nas paredes vazias, uma máquina de costura coberta de pó num desvão, uma vassoura atrás de um cortinado sujo. Circulava de quarto em quarto quase sem roçar o soalho (Palmas para a equipa artística e técnica dos cenários, pediu estentoricamente o anão) observando, como na claridade tamisada e irreal dos sonhos, os objectos antigos do passado, mais pálidos, mais misteriosos, mais pequenos, carregados de um qualquer oculto significado que não entendia, que não conseguiria nunca entender, móveis escancarados de que pendiam restos lívidos de vestidos, aguarelas desbotadas, reposteiros traçados que se soltavam das argolas, camas sem colchão reduzidas ao esqueleto das tábuas, círculos de cadeiras repletos de fantasmas sussurrantes, de bocas invisíveis conversando baixinho, de cabeças que se inclinavam, sérias, umas para as outras em segredos confusos, desceu ao rés-do-chão numa subtileza de perfume, atravessou a copa envidraçada e os grandes vasos de plantas murchas acenando os longos pescoços sobre o rebordo de barro, a sala de jantar onde o tempo estancara nos relógios imemorialmente avariados, Um bocado de rédea, disse a mãe à irmã mais nova, e essa léria da Filipa acaba num instante, o cubículo de postigo em que se guardavam em monte as bicicletas agora cobertas de teias de aranha, cagadelas de ratos, porcaria, a cozinha de mesa de madeira e tampo de mármore ao centro, os lava-loiças de alumínio sob a janela, o frigorífico esbeiçado, os fogões já sem bicos, o azulejo das paredes fracturado de rachas e de fendas nas quais proliferavam as margaridas da ausência, e saiu para a quinta pelo jardim em desordem, com o cortador de relva encostado ao muro e os lagos de cimento, sem água, forrados de uma poeira esbranquiçada de lixo. Estendido na areia, a duzentos metros da estalagem, entre os crocitos cada vez mais próximos das gaivotas (Não vou abrir os olhos, pensou ele, não vou vê-las enquanto não chegar ao poço e o meu pai me trouxer às cavalitas de volta para casa), ouvia o som dos seus sapatos a pisar as folhas secas que se acumulavam no pátio sem que nenhum ancinho as varresse, e depois o cascalho das áleas que os saltos esmagavam e o tambor duro e mate da terra, as raízes que se dissolviam em carvão, as ervas elásticas, como falanges que se encolhiam e esticavam, protestando debilmente a cada passo. Pensou Vai chover, como chove esta noite em que escrevo o final do meu livro, deitado ao pé de ti no silêncio gigantesco do quarto, com uma perna sobre as tuas pernas e o suave sopro do teu sono no meu ombro respirando ao ritmo lento das palavras, pensou Vai chover como chove no papel, como chove na cama, como chove nas nossas coxas misturadas, como o teu filho chove no teu ventre e me chama com a voz marciana e transparente das anémonas, pensou Daqui a pouco pouso a esferográfica e o bloco na mesa de cabeceira, arrumo-me contra ti, apago a luz, o teu braço redondo aperta-me o pescoço e o pénis cresce apaixonadamente encostado ao isósceles do púbis como crescem as nuvens da manhã de Aveiro desdobrando as asas no basalto do céu, como crescem as ervas na quinta por tratar, como crescem os meus dedos no teu peito, nas tuas costas, na carne cheia, redonda dos rins, como a tua saliva cresce na minha língua e os pés se cruzam e se deslaçam num movimento cada vez mais rápido. É o menino que aí está?, perguntou o cego enquanto a bengala tacteava a areia ao seu redor numa agilidade súbita de antena, o Carlos remexia o interior das saias da Filipa mirando-a intensamente no olhar trágico, exageradamente pestanudo, dos senhores de risca ao meio dos postais ilustrados antigos, ouviu o motor do táxi da Marília trepidar na estrada na direcção da estalagem, o cheiro da água aproximava-se arfando a custo o seu cansaço, a figueira do poço surgiu lá adiante, por detrás de um arbusto, despida de folhas e de vida, seca, cor de cinza, reduzida às articulações nodosas de gota dos ramos, distinguiu o perfil do poço, a roldana ferrugenta, o balde velho, a Filipa desabotoou a blusa, libertou os bicos de couro dos seios, o nozinho de pele do umbigo, a tábua achatada e lisa da barriga que os ossos da bacia levantavam na cintura, o Carlos lambia-lhe os flancos, espremia-lhe o peito, procurava a própria breguilha com a mão livre (A do anel de brasão, pensou ele, a daquele ridículo cachucho pretensioso), o Bolero de Ravel da orquestra tornou-se manso e cúmplice, o senhor Esperança, agora de smoking, comedido e digno, segurou delicadamente o microfone, inclinou-o para a boca, e apontou o par que rebolava, meio nu, do sofá para a alcatifa, perante a indiferença da família:

— Este pequeno apontamento erótico, ao nível das melhores casas de Paris, Londres, Nova Iorque e Manila, a cargo de talentosos artistas nacionais sem outra escola que a tarimba do circo, é-vos oferecido por um produto bem nosso, bem lusitano, bem português, por uma recente descoberta da ciência pátria, pela última maravilha da técnica coimbrã: a pomada Ejaculal, agora também em creme e spray a pedido de inumeráveis clientes, o medicamento que aumenta o tamanho do seu órgão viril em três centímetros e meio, unicamente em duas semanas e mediante uma discreta aplicação bidiária de manhã ao levantar e à noite ao deitar, ou seja, nos momentos em que vosselência lava os seus dentes, podendo aliás utilizar a mesma escova e a mesma quantidade de produto, uma polegada no máximo, para ambos os tipos de tratamento. Perguntará com razão o cavalheiro: e como se consegue esse milagre, como se atinge essa até agora impensável perfeição, como se alcança a domicílio, com sigilo e comodidade, o oculto desejo de uma vida, a que se deve a extraordinária, fantástica, desmedida dilatação do meu pénis? Pois o Instituto Universitário Independente de Coimbra, cavaleiro da Ordem de Cristo e de Utilidade Pública, comendador do Mérito Agrícola, sócio de Honra da UECC (União Europeia para o Coito Cristão) e titular da SIEVV (Sociedade Ibérica de Estudos Vulvo-Vaginais), desvenda-lhe, por meu modesto intermédio, o seu maravilhoso segredo: o Líquen Roxo do Mondego, vegetal raríssimo colhido nas margens desse poético curso de água, nas imediações da foz, pelas propícias madrugadas de terça-feira gorda e quarta-feira de cinzas, o qual, pulverizado, amassado, acidificado, desidratado, liofilizado, atomizado, concentrado, combinado com mênstruo de mulher virgem, escarro de criança, espermacete de baleia e sumo de peúga, confere aos músculos do púbis a dureza do aço, concede aos testículos um volume médio de cinquenta e sete centímetros cúbicos vírgula três, e provoca, na sequência dos seus apocalípticos, repito, apocalípticos resultados, o desmaio exaltado, frenético, vencido e obediente das mulheres. Com Ejaculal, meu caro amigo, você transporta um autêntico autotanque do sexo na barriga.

O Carlos, em cuecas, extraiu uma bisnaga do bolso do casaco e exibiu-a à roda, como os toureiros, num chuveiro de aplausos, enquanto a rapariga aciganada, no chão, erguia para a pomada Ejaculal o braço suplicantemente implorativo.

— Mesmo que ele me peça o divórcio de joelhos — disse a irmã mais nova à mãe, limpando cautelosamente a cara com o lenço de forma a manter intacta a pintura dos olhos — não lho dou nem por sombras por causa das pequenas: não quero que lhes aconteça o mesmo que aos filhos do Rui.

— Senhoras e senhores, damas e cavalheiros, meninas e meninos, digníssimas autoridades presentes, selecto público — gritou o anão com torcidos trágicos na voz, à medida que os holofotes percorriam em todas as direcções a cúpula do circo, e o Bolero de Ravel prosseguia com ferocidade a sua marcha implacável, empurrado pelo maestro da vassoura cujo cabelo postiço escorregava, às sacudidelas, pela nuca, descobrindo a calva pegajosa de suor e as farripas descoloridas esvoaçando em desordem —, temos a honra de vos anunciar que o insigne Rui S. irá proceder, dentro de mui escassos momentos, à histórica consumação do seu arrojado número. Pela primeira vez em Portugal, e graças aos nossos amáveis patrocinantes, um artista imola-se perante vosselências, em espectáculo rigorosamente não televisionado, no intuito de vos proporcionar alguns instantes de agradável passatempo, longe das preocupações, angústias e maçadas do quotidiano.

    O táxi voltou a cruzar a estrada, lá em cima, agora na direcção de Aveiro, e o ruído descontínuo do motor parecia enredado na humidade da manhã como os gemidos de um náufrago na areia, que a curiosidade das pessoas embrulha de perguntas, de exclamações, de sugestões e de suspiros. Pensou Daqui a quantas horas chegas a Lisboa? Pensou O que dirão os teus pais quando te virem entrar? Imaginou as lágrimas e as perguntas da mãe, o bovino silêncio perplexo do pai, o jantar a três, com a televisão acesa e o locutor do noticiário a mirá-los, nas pausas da leitura, nos soslaios moribundos do Senhor dos Passos, imaginou o tio reformado que vinha sempre, depois das refeições, beber num canto da mesa o seu bagaço lento de viúvo, parado no limiar da porta, confundido, a alargar a gravata com o dedo (O que aconteceu, o que se passa, de quem são aquelas malas no vestíbulo?), hesitando em entrar, em sentar-se, em falar, em tirar o baralho do bolso para a interminável paciência do costume, molhando o polegar com a ponta da língua para espalhar as cartas na toalha.

    — Ser-se revisor da Carris — anunciou ele com pompa, erguido, quase em bicos de pés, nos sapatinhos de camurça — era trabalho de muita responsabilidade no meu tempo.

    Apesar da insistência do foco que o cegava (talvez que um risco de sol lograsse atravessar o nevoeiro e lhe roçasse a cara da sua luz poeirenta e triste), distinguia-o, insignificante, humilde, apagado, a balouçar, surpreendido, na gabardine enorme repleta de valetes e manilhas, junto aos empregados mais modestos do circo, os que articulavam as grades para os tigres, montavam a rede dos trapezistas, e traziam a rolar as peanhas lascadas, vermelhas e brancas, dos leões, e ele pensou Sempre simpatizei contigo, velhote, pensou Um domingo em que estavas doente visitei-te em tua casa, um átrio minúsculo, salitas de brinquedo de raros móveis cobertos por jornais, por mantas, por lençóis, uma escada apertada e lá em cima tu, escanzelado, pálido, de barba por fazer, em pijama num desconjuntado leito de bilros, com a mesinha de cabeceira repleta de frascos de xarope que ocultavam o retrato de uma senhora carrancuda, severa, feíssima, girando os olhos globulosos pelo quarto. O som de um autoclismo avariado tropeçava-nos de contínuo na cabeça, fazendo estremecer o calendário Michelin pendurado de um grampo da parede, as cortinas da janela mosqueavam-se de sujidade, e os prédios emergiam, desfocados e ondulantes, por detrás, como se um vento misterioso soprasse as fachadas de papel. Havia uma revista antiga aberta sobre a cama, um sofá escavacado a um canto, de costas protegidas por um losango de naperon amarelo do tempo, uma tira contra os insectos amarrada por um cordel à lâmpada do tecto. Sentei-me na borda do colchão (Que mãos tão magras, tiozinho, pensei eu, que pulsos frágeis de lagartixa, como é que te aguentas de pé com esse corpo?), o odor indefinível da casa, feito da soma de muitos odores difíceis de elucidar, pairava no compartimento e invadia-lhe, enjoativo, as narinas, os ossos esticavam-lhe a pele da cara tal os rostos bicudos e tensos dos mortos, como que à escuta de inaudíveis ruídos de sombras, o velhote extraiu o termómetro do sovaco, ergueu-o, horizontal, à altura do nariz, a fim de decifrar a fitinha prateada, disse Trinta e nove e meio na sua vozita sumida de corvo, as gaivotas guinchavam cada vez mais perto, ouvia-lhes o bater rápido das asas, sentia-lhes o aroma salgado das penas, e um reflexo de mar cresceu-lhe por momentos no interior das pálpebras, Ser-se revisor da Carris, sussurrou o viúvo, é uma tarefa complicadíssima, entende?, achava-se junto ao poço, sob a figueira, com a mancha da mata a oscilar ao longe, a trunfa caída do maestro espalhou-se como uma medusa no estrado, a vassoura rodopiava num frenesim de desespero, os músicos ascendiam como labaredas em torno dos instrumentos enlouquecidos, a bengala do cego tocou-o no joelho É o menino que aí está?, perguntou o timbre de papagaio a dissolver-se na pasta molhada da manhã da ria, espreitou para dentro do poço, inclinando-se do peitoril desfeito, e não havia água no fundo, só uma nodoazinha de lama a rebrilhar entre tufos de ervas e pedaços de pedras, o pai surgiu à sua esquerda a cheirar a desodorizante e a perfume e disse-lhe Já viste os pássaros?, apontando para a alcatifa de arbustos, de frutos podres, de seixos e de cagalhões secos do chão, e ele notou, a agarrar o cabo da faca, cravados com alfinetes nas folhas de cartolina, de braços abertos e órbitas redondas e espantadas, a mãe, as irmãs, a Filipa, o Carlos, o obstetra, a Marília, o senhor Esperança, o cego, o tio viúvo, de quando em quando as folhas secas dos eucaliptos sopravam na sua direcção um segredo múltiplo, indistinto, de frases, viu a recepcionista antipática da pousada, os colegas da Faculdade, a troça dos alunos, a careta desconfiada da parteira, Silêncio por favor, urrava o anão sem que ninguém lhe obedecesse, o público acotovelava-se e empurrava-se para examinar melhor, os focos, todos acesos, giravam ao acaso na pista, na plateia, no balcão, na cúpula de lona, despertando e esquecendo um sem-número de objectos e de rostos, trapézios, cabos, cordas, vigas de alumínio e de madeira, o pai ajeitou o cabelo contra as têmporas e entregou-lhe a faca de papel, Vou-te ajudar a entender os pássaros, disse ele, vou-te ajudar a compreendê-los, o cavalo de pano formado por dois primos passou a galopar a caminho de casa, viu-se a si mesmo numa placa de cartão etiquetada e numerada, a penugem do peito, o bico, as patas, as pupilas, arremelgadas de pavor, as asas desfraldadas dos braços, debrucei-me, curioso, para mim, e agora as gaivotas gritavam, estridentes, nas paredes do meu crânio, os eucaliptos oscilavam, a primeira revoada de pardais soltou-se em desordem do pomar na direcção da mata, Corta a barriga a esse, disse o meu pai apontando-me com o dedo, corta a barriga a esse para eu to explicar, ainda abriu os olhos, ainda tentou erguer-se, penosamente, da areia, subir no ar saturado, reunir-se às gaivotas que giravam sobre o seu corpo estendido, mas a faca, o alfinete, a faca mantinha-o cravado na sua folha de papel, e à medida que os olhos se esvaziavam e deixara de escutar, progressivamente, os aplausos entusiasmados da assistência, conseguiu distinguir, para lá da pista do circo resplandecente de luzes, os contornos da cidade do outro lado da ria, que se apequenavam devagar até se sumirem por completo no nevoeiro descolorido da manhã.

Este livro foi impresso na
LIS GRÁFICA E EDITORA LTDA.
Rua Felício Antônio Alves, 370 – Bonsucesso
CEP 07175-450 – Guarulhos – SP – Fax: (11) 3382-0778
Fone: (11) 3382-0777 – e-mail: lisgrafica@lisgrafica.com.br